Я в Лиссабоне. Не одна

Современная
эротическая новелла

Книга, которую сожгли в России в XXI веке

Оттава 2020
Accent Graphics Communications

Я в Лиссабоне. Не одна: Новеллы / Сост.: Наталья Рубанова. Рис.: Каринэ Арутюнова. – Оттава: «Accent Graphics Communications», 2020. – 376 стр.

ISBN 978-1-77192-539-6

«Секс является одной из девяти причин для реинкарнации. Остальные восемь не важны», — иронизировал Джордж Бернс: проверить, была ли в его шутке доля правды, мы едва ли сумеем. Однако проникнуть в святая святых — «искусство спальни» — можем. В этой книге, первый тираж которой был уничтожен по не поддающимся логике «цензурным соображениям» в России 21 века, собраны очень разные — как почти целомудренные, так и весьма откровенные тексты современных писателей, чье творчество объединяет предельная искренность, отсутствие комплексов и литературная дерзость. Она-то и дает пищу для ума и тела, она-то и превращает обычное, казалось бы, соитие, в акт любви или ее антонима. «Искусство Любить», или Ars Amandi, — так называли в эпоху Ренессанса искусство наслаждения. Читайте. Наслаждайтесь.

Каринэ Арутюнова

Модеста Срибна

Татьяна Дагович

Мария Рыбакова

Денис Епифанцев

Александр Кудрявцев

Татьяна Розина

Иван Зорин

Вячеслав Харченко

Лия Киргетова

Сергей Шаргунов

Константин Кропоткин

Андрей Бычков

Валерия Нарбикова

Улья Нова

Илья Веткин

Вадим Левенталь

Мастер Чэнь

Наталья Рубанова

В сущности, есть лишь один вид психической ненормальности — неспособность любить.

Анаис Нин

Каринэ Арутюнова

«Commedia dell Arte»

Судьба

Вообще-то он любил блондинок. С их ломкой несоразмерностью, акварельной анемичностью, прозрачностью запястий. «Примавэра, Боттичелли», — бормотал он и пощелкивал суховатыми пальцами, провожая их размытым астигматизмом оком, — любил блондинок, но получалось с брюнетками, неумеренными в плотском, остро-пахучими, назойливо заботливыми, — странная закономерность втягивала в водоворот утомительных страстей: брюнетки попадались с плотно сбитыми икрами, обильным прошлым, — с истрепанной бахромой ресниц, бездонной влагой глаз, — их усталые груди легко укладывались в подставленные ладони, а бедра мерцали жемчужным, — они жаждали и добивались — постоянства, подтверждения, закрепления. Тогда как блондинки оставались фантомом, ускользающей мечтой окольцованного селезня, ароматной вмятинкой на холостяцкой подушке, мятным привкусом губ, русалочьей подвижностью членов...

Женился неожиданно для всех — на кургузой женщине с темными губами, — плечистой и широкобедрой, — южнорусских смешанных кровей, — ничто не предвещало, но вот поди ж ты, — все совпало: его птичья безалаберность, ее домовитость и властность, его язва и ее борщи, его запущенная берлога и ее маниакальная страсть к порядку.

Его голова, похожая на облетевший одуванчик, его помутневший хрусталик, в котором еще множились танцующие нимфетки в плиссированных юбочках. Ее широкий, почти мужской шаг. Отсутствие рефлексий. Умение столбить, обживаться, осваивать пространство, наполнять его запахами, напевным говорком. Отсекать лишнее. Оставляя за собой беспрекословное право. Многозначительной паузы и последнего слова.

Жажда

«Ай, какие цыпочки, — мужчина усердно мял ее грудь, точно сдобу в булочной, — короткими сильными пальцами, — в зеркале пузатого комода из-под полуопущенных век на нее поглядывала разрумянившаяся томная проказница, будто сошедшая с полотен Рейнольдса — со сверкающими виноградинами глаз и живописным беспорядком в одежде, — Ах!» — Мужские руки нетерпеливо путались в пуговках. «Странно, — подумала она, — когда он успел раздеться?» — композиция в зеркале была до смешного отрезвляющей. Если бы не его настойчивость! — но уже тянуло низ живота, — знакомое ощущение жажды стягивало гортань. «Еще, еще», — бормотала она, — ничего, что у него тяжелая выдвинутая челюсть и неопрятно-жирный клок волос на лбу, будто склеенный чем-то липким, — какое значение имеет его плотный низко посаженный зад на кривоватых ногах, когда чуткие руки и губы исследуют каждый уголок ее вмиг увлажнившегося тела. «Ммм», — промычал он, вгрызаясь в нежное основание шеи, раздвигая пряди волос на затылке, — грудь наливалась и нестерпимо ныла, кусая от нетерпения губы, она замерла — долгожданное тепло разливалось толчками, — в полумраке его лоб блестел. «Ыыыы, — застонал он и еще сильней задвигал губами, пораженный открытием. — Ну что ты, маленькая? Хочешь?» — Она утвердительно кивнула и, плавно опустившись на колени, уткнулась лицом ему в живот — пахнуло несвежим бельем и немытым телом.

Готовая к этому, она все же резко отшатнулась.

— Что, не нравится? — Мужчина настороженно рассмеялся и сдавил пальцами ее затылок.

— Жаль, что вы — не еврей, — холодея от ужаса, тихо произнесла она.

— Не еврей? Ты спятила, что ли?

— Понимаете, — она торопливо проглотила слюну, — при обрезании удаляется крайняя плоть, — это всего лишь полоска кожи, — там скапливается грязь, смазка, — и от этого...

— Что? — Мужчина замолчал, видимо, не зная, как реагировать на неслыханную наглость, — затем резко поднял ее с колен. — Нет, скажи, ты больная? Ты хоть понимаешь, что несешь? — Не еврей. — В голосе его промелькнуло явное огорчение, досада уступила место растерянности. — Ты зачем сюда лезла? Зачем притащилась? Чего увязалась за мной? — Он смачно выругался, по инерции продолжая некоторые манипуляции левой рукой. — Так славно все началось: мышка попалась чистенькая, ароматная — на студенточку похожа или училку младших классов — легко согласилась, будто давно ждала этого, и решительно пошла рядом... уже поднимаясь по лестнице на второй этаж, позволила мять и трогать себя везде — все упругое, первосортное, так и просится в руку... все складывалось как нельзя лучше. В последний раз он был с сорокалетней разведенкой — плоскогрудой неинтересной женщиной, корыстной и лживой. «Вот дрянь, дрянь! Нет, это она нарочно кайф обломала!» — прилив злобы придал ему сил. Он покосился на белеющую в темноте грудь и скомандовал: «Ладно, спиной развернись, я хочу кончить!»

Долго возилась с замком, чертыхаясь и охая, подталкивая коленкой дверь. Зажимая ладонью промежность, вихрем понеслась в уборную. Из комнаты, шаркая тапками, вышел муж:

— Ты где ходишь так поздно? — Чай будешь? Я поставлю. — Он нашарил рукой очки и прислушался к шуму льющейся воды из ванной комнаты.

— Нет, от чая молоко прибывает, — глухо ответила она. — Стоя перед умывальником, смотрела на белесую струйку молока, стекающую на живот: из роддома она вернулась месяц назад, с перевязанной грудью и пустыми руками. А молоко все прибывало.

Цвет увядающей сливы

Эта, в окне, ночи не спит. Бродит призраком по унылой двушке, вдувает кальян истрепанным ртом, караулит либидо. Зябнет, но упорно голым плечом выныривает из блеклой вискозы в угасающих розах, — бывшая боттичеллиевская весна в кирпичном румянце на узких скулах, с узкими же лодыжками и запястьями, с канделябром ключиц цвета слоновой кости — сама себе светильник и огниво, — прикуривает, жадно припадая, — рассыпаясь костяшками позвонков не утратившей лебединого шеи. Бывшая балерина, светясь аквамариновым оком, кутается в невесомое, ждет. Любви, оваций, случайного путника — изнуренного ночными поллюциями Вертера с прорывающим пленку горла кадыком, либо стареющего бонвивана: жуира с сосисочными пальцами и подпрыгивающим добродушно животом. На лестнице она вдыхает в меня прогорклым, кошачье-блудливым, туберозами и пыльным тюлем, — жабья лапка хватает, тянет за рукав, умоляя морщиной рта, нарисованной старательно перед подслеповатым зеркалом, — о, зеркала стареющих примадонн, покрытые слоем патины и грез! Кокетливо взбивая застывшие прядки, она улыбается себе, пятнадцатилетней, плачущей от любви, детской любви, mon amour, с пунцовой розой в волосах, с молитвенно спаянными ладонями — сама себе поцелуй и сама себе любовник, — она жадно целует свой рот, прижимаясь пылающей щекой к собственному отражению. Уличный зазывала Театра Кабуки, переодевающийся за ширмой в мгновение ока, предстающий то умирающим от любви юношей самурайского рода, то нежной сироткой с озябшими коленками. В кимоно цвета увядающей сливы.

Commedia dell arte

...некоторые из них уходили, а редкие — оставались на ночь и плакали на его груди: сначала от счастья, потом — от невозможности счастья, — после — от быстротечности всего сущего. Они плакали на его груди от того, что приближался рассвет — тот таинственный час, когда случаются стихи, — не пишутся, а случаются, как неизбежное, — а уже после наступало утро — время не поэзии, но прозы. Прозы опасливо приоткрытых форточек, пригорающей яичницы, надсадного кашля и струйки сизого дыма. Время одиночества.

Он не помнил их ухода, а только торопливые обмирающие поцелуи, — их жаркие слезы, их сдержанную готовность к разлуке, привычку быстро одеваться, обдавать волной острых духов и терпкой печали — о, женщины, похожие на мальчиков — с глазами сухими, однажды выплаканными, — они ироничны и беспощадны, их кредо — стиль, — умелое балансирование на сколе женственности и мальчишеской отваги, — пляшущий огонек у горьких губ и поднятый ворот плаща — гвардия стареющих гаврошей, заложников пульсирующего надрыва Пиаф, смертоносного шарма Дитрих и Мистингет.

Или женщины-дети: опасно-требовательные, сметающие все на своем пути, — как эта башкирская девочка, — с телом узким, подобным восковой свече, — о, если бы была она безмолвной красавицей с Японских островов с подвернутыми ступнями маленьких ног, с цветной открытки из далекого прошлого. Юная поэтесса смотрела на мир из-под косо срезанной челки, знала такие слова как «концептуально», «постмодернизм», — лишь на несколько блаженных мгновений клубочком сворачивалась на постели, умиротворенная, надышавшаяся, разглаженная, пока вновь не распахивала тревожную бездну глаз, вытягиваясь отполированным желтоватым телом, пахнущим степью, желанием, горячим потом. Где начинались желания маленькой башкирской поэтессы, заканчивалась поэзия — опустошенный, он выпроваживал ее и выдергивал телефонный шнур, чтобы не слышать угроз, мольбы, чтобы не видеть, как раскачивается она горестно у телефона-автомата, а потом вновь скользит детскими пальцами, отсвечивающей розовым смуглой ладонью по его лицу, — бродит вокруг дома, молится и проклинает, стонет и чертыхается всеми словами, которые способна произносить русская башкирская поэтесса, живущая в Нью-Йорке.

«А в прошлой жизни я была китаянкой, — такой... не вполне обычной китаянкой, не говорящей по-китайски, то есть совершенно русскоязычной, впервые попавшей на родину предков, — а там — о, ужас! — все по-китайски лопочут и к тому же не воспринимают меня как иностранку, о чем-то спрашивают и не получают ответа, — говорит она и плачет, сначала жалобно, а потом зло. — У тебя аура — фиолетовая, с оранжевым свечением по краям», — она вскидывается посреди ночи, юная, полная жара и тоски, и сидит у кухонного стола, поджав узкие ступни, кутаясь в его рубашку, — одержимая стихами, она напевает вполголоса странные песенки, чуждые европейскому уху.

Была женщина-актриса, известная актриса, подрабатывающая в ночном клубе, — девушка из его прошлой жизни, не его девушка, чужая, но мечта многих, кумир — белоголовый ангел, кричащий о любви. Каково быть ангелом с металлокерамической челюстью и двумя небольшими подтяжками: одной — в области глаз, где раскинулась сеть тревожных морщинок, и еще — на трепетной груди, уставшей от ожидания, опавшей, разуверившейся? — В объятиях актрисы было суетно и печально, почти безгрешно — не было утешительной влаги в ее сердце, в уголках ее подтянутых глаз, — в ее холеном изношенном лоне.

В женщину нужно входить как в Лету, познавать ее неспешно, впадать в устья, растекаясь по протокам. Эта, последняя, назовем ее Анной, либо Марией, можно — Бьянкой, — станет последней и единственной — лишенная суетности, расчета, эгоизма — само безмолвие, стоящее на страже его сновидений, оберегающее его откровения, не позволяющее праздному любопытству завладеть его страхами, воспоминаниями — зимой его осени, весной его зимы, его расцветом, его Ренессансом и его упадком, — его бессилием, — его печальным знанием. Как все прекрасное, она придет слишком поздно, как все прекрасное, она явится вовремя — как предчувствие конца, — как голуби на площади святого Марка, как вытесанные из камня ступени, ведущие в прохладную часовню, как промозглый ветер на набережной и ранний завтрак в пустынном «Макдональдсе», как последняя строка, созвучная разве что пению ангелов. Непроизносимая, запретная, страшная, подмигивающая раскосым глазом, будто загадочное обещание маленькой японки из зазеркалья детских грез, — как последний акт «Божественной комедии» — плывущая в сонме искаженных лиц пьянящая улыбка Беатриче.

Хромая гейша

Если кто еще не понял, Танька была гейшей.

Гейшей она стала не так давно, после знакомства с Бенкендорфом, скромным художником-фотографом, коллекционирующим шейные платки и карточки с голыми девушками. Сказать по правде, до знакомства с этим удивительным человеком Танька вела разнузданную половую жизнь.

Вообразите тихую девчонку, которая ждет жениха из армии — три года ждет, поглядывая в окошко, письма длинные пишет, конверты запечатывает, марки покупает, а он берет да и женится на другой. Иная бы плюнула и жила себе дальше, вот и Таня жила… Таня, да не та — опозоренная, отвергнутая, она зажмурила глаза и шагнула вниз, — жива осталась, только хромала, припадала на одну ногу, потешно ныряя тазом. Нежноликая, легко краснеющая, сшибала сигареты у ларька, — пошатываясь, дыша отнюдь не «духами и туманами», распахивала короткое демисезонное пальто, и тут уже все было по-настоящему, без дураков.

Таня была отзывчивая, и часто давала «за так», а малолеток и вовсе жалела, обучала нежной науке в теплых парадных: отшвыривала тлеющий окурок, заливаясь румянцем, прикрывала веки и устраивалась поудобней на грязных ступеньках.

Шальная, на спор могла спуститься с девятого на первый, естественно, голая, в одних чулках, чувство стыда было неведомо ей — таращилась безгрешными своими васильковыми глазищами, нимфой белокожей плескалась в полумраке лестничного пролета, доводя тихих старушек и добропорядочных граждан до сердечного приступа.

Таня была шальная, но добрая: подкармливала приблудных псов, носила на свалку за новостройкой кости, обрезки и прочую требуху, трепала по свалявшимся загривкам, вздыхала над ними — их тоже бросили...

Совсем бы пропала «хромая невеста», если б не повстречался на ее пути пожилой фотограф, любитель клубнички, и не сделал бы из Таньки настоящую блядь — не вокзальную дешевку, дающую всем без разбора, а дорогую гейшу в расшитом драконами шелковом кимоно.

Художник Бенкендорф, как все творческие люди, находился в постоянном поиске источника вдохновения.

Откуда было взяться ему в скучном городишке с единственной привокзальной площадью, химическим комбинатом, пустующим кинотеатром «Октябрь», усыпанными шелухой скамейками школьного парка?

Откуда было бы взяться ему, этому проклятому вдохновению, если бы не пленительные отроковицы, юные лолиты, созревающие по весне, набухающие под нелепыми фабричными одежками, — порхающие в предчувствии, любопытные, еще не заматеревшие, не отягощенные, не измученные бытом.

К сожалению, не все в городе ценили Набокова и вряд ли одобрили бы тайную страсть художника, оттого и приходилось ему всячески маскироваться, изворачиваться, юлить.

Обитатели города большей частью были грубы, неотесанны и плохо понимали про «утонченное», оттого Бенкендорф вел достаточно уединенную жизнь, жизнь затворника, почти аскета.

Немолодой мужчина в шелковом шейном платке вызывал у простого человека, идущего, скажем, из какого-нибудь трамвайного депо или с химического комбината, иногда усмешку, а порой и активное неприятие.

Помимо платка у художника были ухоженные руки — маленькие, крепкие волосатые кисти с маникюром и тяжеловатая челюсть сластолюба и страстотерпца. Глаз у него был профессионально наблюдательный — томный, живой, чувственный, не упускающий ничего такого, что могло бы скрасить вынужденное затворничество вполне нестарого еще мужчины с богатым воображением.

При достаточно небольшом росте внешность у него была импозантная: ухоженная бородка, подернутая благородным серебром, пробуждала вполне конкретный отклик у жадных до впечатлений девочек из ПТУ, продавщиц и прочих обделенных вниманием, не только одиноких, но и глубоко замужних, годами везущих на себе воз семейных тягот. Замужние дамы были наиболее благодатным и благодарным материалом. Комкая в горсти бумажку с адресом, ожидали, трепещущие, — для него надевали лучшее, давно, с самой свадьбы, не надеванное, какого-нибудь цвета мадагаскарской чайной розы, — для него же и снимали: дрожащими от волнения неухоженными пальцами сдирали потрескивающее белье и, почти теряя сознание, выходили на свет божий, выступали из темноты, прекрасные в своей неловкости, единственные в своей неповторимости — дремучие, заросшие, испуганные...

Возможно, это оставалось самым удивительным воспоминанием недолгого женского века, — затмевая свадьбу, рождение детей, редкое внимание мужей, футбольные матчи, пиво, зимнюю хандру и весеннее обострение.

Входили под покровом скудного вечернего освещения, точнее, полного отсутствия оного, — содрогающиеся от внезапной отваги, а выходили уже иными. Загадочно улыбаясь, вдыхали ночную сырость, — расправляли перышки, лепестки, опьяненные новой ролью.

...

Как вы догадались, встреча «хромой невесты» и скромного художника была всего лишь вопросом времени — все дороги вели к гастроному, откуда ковыляла уже с утра нетрезвая Таня и куда направлял свои стопы маленький мужчина в пестром платке.

Художник был небрезглив. То есть, он бы предпочел, вне всяких сомнений, чтобы все девы благоухали, источали и тому подобное, но опыт подсказывал ему, что и в куче навоза может затеряться самородок. Несмело ковыляющий, подпрыгивающий, вихляющий вдоль витрин с живой рыбой. Завидев приближающегося мужчину, самородок качнулся и приблизил к нему чуть одутловатый, но прелестный лик.

Девушка была смертельно пьяна. Это он учуял моментально — о, если бы только это!

Девушка была пьяна, немыта, заброшенна — в складках припухших век светилась берлинская лазурь, а нежность кожи могла соперничать с тончайшей рисовой бумагой.

Девушка была из породы краснеющих катастрофически, от корней волос до самой груди.

Мария Магдалена, нежная блудница, заблудшая дочь, дитя мое страждущее...

Взволнованный, он сделал шаг навстречу, не дожидаясь, пока малютка распахнет пальто, под которым, как известно, ничего не было.

Вот и пришло оно, позднее вдохновение, в виде маленькой немытой бродяжки. Как это водится, начало нового периода, самого удивительного в жизни провинциального художника, стало началом его конца.

Омытая в семи водах, облаченная в шелковый халат, внимала юная Таня науке обольщения. Поначалу застенчивая, неловкая, как на приеме у гинеколога, поднаторела в соблазнительных позах — не прошло и полугода, как стала она самой дорогой блядью города. Карточки с «гейшей» шли нарасхват.

Выкрашенные в черный цвет волосы кардинально изменили ангельский облик «хромой невесты». Уверенной рукой подрисовывал маэстро тонкие, разлетающиеся к вискам брови вместо чисто выбритых Таниных, растирал белила и румяна, обмахивал кисточкой округлые скулы. Выучил пользоваться туалетной водой, брить ноги и подмышки, двигаться маленькими деликатными шажками, носить кимоно, приседать, склоняя голову набок.

Над историей Чио-Чио-сан Танька рыдала, сотрясаясь худеньким телом. Слезы текли по напудренным щекам, обнажая мелкие конопушки. Она уже знала такие слова, как «знатный самурай» и «харакири». Японские острова стали далекой родиной, а подмигивающая азиатка из отрывного календаря — идеалом женской красоты.

В отличие от прекрасных азиаток, ноги у Таньки были белые и гладкие, с правильными изгибами в нужных местах.

— «Ослепительница», — беличьей кисточкой художник щекотал тупенькие пальчики с аккуратно подпиленными малиновыми ноготками, неспешно прохаживался по шелковой голени. Ослепительница дрыгалась, хохотала ломким баском.

В каком-нибудь Париже или Стамбуле цены бы не было многочисленным талантам мсье Бенкендорфа, но в нашем городе порнография столь же высоко ценилась, сколь жестоко каралась. По всей строгости закона.

Когда вышибали дверь и вламывались с понятыми — двумя угрюмыми соседками, пропахшими борщом и размеренным бытом, и двумя совершенно случайными (!) прохожими в одинаковых шапках-ушанках, мосье как раз устанавливал штатив.

«Содом и Гоморра, оспадиспаси», — прибившаяся к понятым старушка из пятнадцатой квартиры пугливо и часто крестилась. Ее острое личико светилось от любопытства.

На фоне занавешенной алым шелком стены в не оставляющих сомнений позах изгибались две нежные гейши, абсолютно голые, с набеленными лицами и зачерненными, как это и положено, зубами. Гейши зябко ежились, переступали босыми ступнями и послушно улыбались в направленный на них объектив.

Птички небесные

Все чаще являлась ему Она. Выводящая старательные буковки — с нажимом и наклоном вправо: «Прощай. Твой Бармалей».

Отчего Бармалей, никто уже не помнил, — так сложилось — Бармалей, и все тут.

Идущая на него растопыренными руками и ногами, «очень-преочень страшная»… — «Бармалей ты мой», — хохотал Петров, небольно выкручивал страшилищу руки и подгребал к себе, умиляясь кукольной хрупкости.

Подгребал к себе, подминал, комкал, мял, разглаживал… Один за другим разжимались пальцы, и обессиленная ладонь раскрывалась лодочкой — плыла, покачивалась на волнах. Теперь Бармалеем был он, нет — просто чудовищем. Чудовище и аленький цветок.

Цветок подрагивал, благоухал, тянулся палевыми лепестками. В сердцевине его огромный Петров сворачивался клубком, поджимал ноги и забывался блаженным сном.

Сон повторялся с завидным постоянством, и пробуждение походило на обвал: в полной тишине, с клокочущим сердцем, он ожидал рассвета.

На рассвете сказка выцветала, уступая место дневным хлопотам. Разве что иногда вырывалась на волю — то краешком платья, — то детской ладонью, сжимающей поручень в метро.

В том-то и ужас, что многие напоминали ее. Ничего особенного. Ни роскошных кудрей, так, небрежно спадающая на глаза челка, — ни особой глубины и страстности, — только ломкость прыгающего кузнечика, стрекозье порхание, трепыхание и тонкая кожа — решительно везде: то горячая, то прохладная, с полынно-медовым привкусом, — особенно здесь — на животе, и тут — у предплечья, а еще — у выступающих ключиц, у разлетающихся в стороны лопаток. «А здесь у нас будут крылья», — смеялся Петров, и легко касался выступающих позвонков, и не было больше чудовищ, бармалеев, аленьких, а только это пугающее ощущение уязвимости — ее ли, своей ли?

Он больше не принадлежал себе.

Распятая бабочка-капустница трепыхалась под ним, просила пощады — ладони Петрова крепко обхватывали голову с разметавшимися медными волосами, а губы выдыхали в аккуратную ушную раковину: «Лююю…» — и шум прибоя приносил ответное: «Ююю...»

«Ну, иди же, Петров, иди», — оказывается, у капустницы есть руки, ноги, живот, — раскинувшиеся достаточно привольно. Вот эта выступающая косточка бедра, и эта повернутая пятка, и тающий полукруг груди с отчетливо обозначенным соском — все это было женское, конкретное, весомое, именно что весомое. Да, легкое и неожиданно телесное, совсем не стрекозье ее естество.

«Иди же, Петров», — а теперь и вовсе запахивала халат, носилась от зеркала в ванной к прихожей, — потряхивая мокрой челкой — уже другая, обыденная, одна из тех, проходящих, проезжающих мимо, одергивающих подол платья, подрисовывающих безукоризненную линию губ, глаз, завершающих скульптурную лепку скул пушистой кисточкой.

«Пока, маленький», — все эти приторные подробности, которые уж никак бы не прошли с другими — умными, взрослыми, — а вот с ней — поди ж ты — проходило все. Глупо улыбаясь, он оборачивался вслед, но ее уже не было. Или была, но другая, уже не его.

Интересно, какой она была дома, с другими? Куда девался аленький цветок? Или там была другая игра? В Белоснежку? В Снежную королеву? В девочку-недотрогу? Или, напротив, игра была с ним, а с другими она была настоящей. Какой? Он не знал.

Девочка со скрипкой. То ли дело контрабас: тыл, тяжкий телесный низ, утробные частоты. Его дело — подать реплику вовремя. Ни секундой позже. «Люби меня», — стонал контрабас, но скрипка оставалась безучастной. Она была прилежной, играла в такт. Не лучше, но и не хуже иных. Ее предплечье смело обхватывалось пальцами.

Ошибки быть не могло. Родом из детских снов — принцесса, плачущая в окне дома напротив. Девочка с легкими волосами. Даже не девочка, а так — дуновение.

У дуновения было имя, фамилия и даже, более того, муж. Игорь. Или Олег. Неважно. Имя мужа казалось навязчивой подробностью. Она тоже не упоминала. Тактично умалчивала. Не поглядывала на часы, не юлила. Просто одномоментно становилась другой. Словно всем своим видом сообщая: время истекло. Твое. Твое, Петров.

Убегая, принцесса теряла хрустальный башмачок.

Она — не теряла. Застегнутая на все пуговицы, придирчиво осматривала себя с головы до ног и уже на пороге прижималась легко — легче не бывает — к размякшему спасителю. Ровно на пару секунд.

«Спать, Петров, спать», — бормотала она, уже отрываясь, целуя воздух где-то за ухом.

…

Та, другая, приходила по звонку, почти всегда без опозданий. Застывала на пороге полувопросительно: «А вот и я…» Как будто не решаясь войти. Прихорашиваясь в прихожей, случайно, совершенно случайно задевала взглядом стоящие у зеркала тапочки без задников — смешного размера, почти детские.

Удивительно, но они не мешали друг другу. Первая была фантом. Вторая — из породы «отчаянных парней».

«Ну, посуди сам, какие мы любовники, Петров. Любовники — от слова "любить"».

Она все понимала и прощала все. Или делала вид, что прощает.

Глаза ее улыбались в темноте, светились пряным лукавством. Она все просчитала. Буквально на пальцах. По законам недолгого женского бытия. «Мне хорошо с тобой, Петров», — улыбалась она и закидывала руку за голову, уверенная если не в завтрашнем, то уж в сегодняшнем дне без всяких сомнений. Женщина-виолончель. Страстная, сдержанная, взрослая.

Там, в далеком окне, маячила тень принцессы, лучезарной девочки, но эта ночь принадлежала этой, другой.

Мечта, кто против нее? Мечта должна оставаться мечтой, а любовь...

Какая разница, как это называется — тайное, бесстыдное, святое, жаркое?

Называй как хочешь. Здесь никто никого не спасал. Они были на равных. Курили на балконе, болтали, задрав ноги, — будто школьники, сбежавшие с урока. Заговорщики. Из глубины квартиры раздавалась трель звонка, и он, смущенно улыбаясь, швырял окурок вниз и плотно прикрывал балконную дверь. За собой. Она же продолжала курить, покачивая ногой. Ничто не выдавало ее замешательства. Разве что закушенная нижняя губа и привычное выражение глаз — ничего не случилось. Ничего не случилось, ничего такого — когда звонят, нужно ответить. Нужно ли? Бывали случаи, когда он не отвечал? Объятый страстью, допустим. Не желающий слышать позывных из внешнего мира.

Внешний мир стрекотал в трубке, щекотал ушную раковину. По мере того как нарастало крещендо, Петров сжимался, опускал голову — вновь чудовище, ужасное чудовище, пренебрегающее единственной своей миссией. Спасать.

— Спаси, Петров, — ворковала трубка, — жалила, жгла.

— Ну что ты, аленький, — сорвавшееся с губ слово выпорхнуло за дверь, взъерошенным клубком скатилось к ногам.

Стараясь не стучать каблуками, она сдернула пальто с вешалки.

Ничего не случилось, — ничего. У нее был налаженный, отработанный годами ритуал спасения. Смятая пачка сигарет, скамья у чужого подъезда. Горячая ванна, ароматическая соль. Не одиночество. Свобода. «Ты ничего мне не должен, Петров. Не мучайся. Выдохни. Ведь мы друзья? В следующий раз ты вновь позвонишь мне, и мы вновь будем курить на балконе, болтать ногами, обниматься, любить...» Стоп. Нет никакой любви.

Нет никакой любви, давно нет, а если и есть, то бродит она далеко от этих мест, торчит в чужих окнах, так и не спасенная, состарившаяся, разуверившаяся в спасителе.

— Какой-то он бесхребетный, твой Петров, — твердила умная подруга, выпуская сизые кольца дыма. — Ни то ни се. Ну ладно бы спасал бы уже там кого-то, но спасать ведь нужно каждый день? Неделю, две, месяц, год.

— Нет, год не потянет, — ухмылялась она, вообразив себе героическую позу и напряженные мускулы Петрова.

И тут ей становилось легче, оттого что вслед за этим приходило четкое понимание того, что да, не потянет.

Ни здесь, ни там. Так и будет метаться от балкона к дивану — немолодой, лысеющий, с одышкой уже...

Черт! Похоже, спасать надо его.

Так и есть. Заросший седой щетиной, с желтоватым отечным лицом, сидел у стола, накрытого просто, в лучших традициях. Бутылка, немытый стакан. Что-то там в томате. Грубо нарезанные ломтики ветчины.

— Богато живешь, Петров, — засмеялась она, стягивая плащ. Налила, не дожидаясь приглашения. Опрокинула, с зажмуренными глазами нашарила...

— Спасать тебя буду, — коснулась небритой щеки: уже отяжелевшая, разморенная.

Все было как в последний раз. Бездонно. Беспощадно. Отчаянно. Не любовь, нет. Затмение. «Сегодня затмение, Петров. Ночь. Самая длинная в году».

Голый, переступил разбросанную по полу одежду, выбрался на кухню, потянулся к бутылке.

Распахнул балконную дверь. Пахнуло свежестью, утром. Недавним дождем.

«Ну где ты там, Петров?» — Голос виолончели был теплым, расслабленным, певучим.

«Сейчас», — подумал Петров. Чиркнул зажигалкой, затянулся.

В окне напротив было темно. Никого там не было.

Но в глубине, он знал, он точно знал, в глубине окна, невидимая никому, плакала скрипка.

«Сейчас», — повторил Петров и плотно прикрыл дверь.

Зеркало

Еще только начали избавляться от табелей и прыщей, а уже вот она, взрослая жизнь, началась.

Распахнулся занавес, и на подмостках вместо привычной мизансцены — такой многообразной в своей однотонности — новые лица, голоса. Привычный мир закончился — для кого раньше, для кого позднее, кто-то проскочил, вырвался вперед, кто-то задержался на старте, — и вот уже — выпрастываются из школьных воротничков, из пузырящихся изношенных до лоска коричневых брюк — колени, локти, шеи, ключицы, кадыки — мы уже начались. У стойки школьного буфета, хватаясь за подносы с потеками яблочного повидла, — в пролетах между этажами, между контрольными по обязательным и второстепенным предметам, — по одному, в затылок, выходим, ошалевая от безнаказанного, уклоняясь от опеки, мальчики и девочки выпуска … года, — строем маршируем мимо закопченных домов, проваливаемся на вступительных, — уже через год, повзрослевшие, сталкиваемся лбами на похоронах «классной»: или через пять? десять? Вот и Юлька Комарова — она уйдет первой: ломкие ножки без единого изгиба, — смешные ножки-палочки и ясные, слишком ясные глаза — нельзя с такими глазами… нельзя с такими глазами любить взрослых мужчин. Моросит дождик в вырытую могилу, и земля уходит, ползет — глинистая, комьями впивается в подошвы, обваливается, крошится, разверзается.

Зато та, другая — третий ряд у окна, четвертая парта (красные щеки, пуговки с треском отскакивают от тесного платья), — нянчит троих, таких же щекастых, крикливых, кровь с молоком. Со школьной скамьи — на молочную кухню, — левую грудь Машеньке, правую — Мишеньке, потом переложить: Машенька сильнее сосет, а Мишенька так себе — сосет и левый кулачок сжимает, будто насос качает, — а сама и девочкой не успела побыть — Жиропа, Хлебзавод, Булка, Пончик…

Вот и дорога в школу, припорошенная лепестками астр, георгин — махровых, сиреневых, бордовых. Там, на углу — прием стеклотары, а чуть дальше, за девятиэтажкой, я всегда останавливаюсь: там живет некрасивая девочка, — на углу стоят они, взявшись за руки, раскачиваются как два деревца, никак не разомкнутся — старшеклассник, совсем взрослый, и девочка эта, от некрасивости которой что-то обрывается внутри, — точно птенец, тянется клювом, осыпает мелкими поцелуями его прыщавое лицо. Выросшая из короткого пальто, в войлочных сапожках, самая удивительная девочка, моя тайная любовь, мое почти что отражение.

А в мае тропинка эта между домами становится особенно извилистой, запутанной, — все укрыто белыми соцветьями — говорят, это цветет вишня — вишня и абрикос, абрикос и яблоня. Первый урок — физкультура, — можно не идти, второй — геометрия… ненавижу, ненавижу, — я ненавижу все — спортзал, запах пота, огромную грудь математички, шиньон и сладковатый душок комочков пудры, утонувших в складках шеи, — я ненавижу кройку и шитье, выпечку «хвороста». Люблю сидеть у окна, листать книжку и рисовать глупости.

Я перетягиваю грудь обрывком плотной материи и бегу во двор — там крыши, деревья, гаражи, — на мне брезентовые шорты и полосатая майка. Стоя у зеркала, медленно разматываю ткань, медленно, наливаясь восторгом и отчаяньем, — там, в зеркале, — мой позор и моя тайная гордость, моя взрослая жизнь, мое пугающее меня тело — оно всходит как на дрожжах, меняет очертания, запах, превращает меня в зверька: жадного, пугливого, одержимого.

Это завтра я буду мчаться, опаздывать, кусать до крови губы, — буду честной, лживой, наивной, блудливой, всякой, любой… Я буду бездной и венцом творения, воплощением святости и греха.

Это завтра. А сегодня я всего лишь одна из них: взлетаю на качелях до крыш, размахиваю руками, изображаю мельницу, вкладываю пальцы в рот, но слышится жалкое шипение, свистеть не получается. «Уйди», — он сплевывает под ноги и толкает в грудь с непонятной мне ненавистью, и останавливается, сраженный догадкой.

Я ненавижу лампы дневного света, запахи мастики и хлора, я не люблю женскую раздевалку, потому что все голые — смеются, переговариваются, — и все у них взрослое, настоящее, без дураков: округлые животы, темные лохматые подмышки и треугольники, и они ничуть не стыдятся этого и не страшатся.

Люблю переменку между пятым и шестым, потому что уже почти свобода, потому что напротив — седьмой «А», можно пробежать мимо и увидеть одного мальчика с такими глазами… совершенно особенными, — а еще я люблю, когда окна распахнуты в почти летний двор, ветерок гуляет, ветерок шныряет и белые комочки — любовные послания — порхают, переполненные предгрозовой истомой: жарко, тошно, смешно и уже как-то совсем несерьезно, и училка расстегивает пуговку на груди и, закусив губу, смотрит куда-то вдаль, поверх наших голов, поверх таблицы Менделеева, а потом откашливается и обводит класс шальным взглядом.

Макарена

Макарена — зимняя женщина мсье.

Сейчас я поясню. Мсье — человек солидный. И, как всякий солидный господин, он вынужден немножко…

планировать свой досуг. Нет, это не чтение «Маарив»[1] и не субботняя алиха[2] вдоль побережья, которое, как он утверждает, совершенно особенное, не такое, как, скажем, в окрестностях Аликанте...

С этим трудно не согласиться. Побережье в Тель-Авиве уютное, шумное, располагающее к неспешному моциону, особенно вечернему, в глазастой и зубастой толпе фланирующих пикейных жилетов, юных мамаш, просоленных пожилых плейбоев, наблюдающих закат южного светила с террасы приморского кафе.

Не чужды романтическим настроениям сезонные рабочие с явно выраженным эпикантусом нижних и верхних век. Сидя на корточках, с буддийским смирением взирают они на беспечную толпу. О чем думает сезонный рабочий, блуждая по гостеприимному берегу? О далекой родине, об ораве детишек, о жадных подрядчиках, о растущей плате за схардиру[3]?

О чем думает нелегальный рабочий, сидящий на корточках у телефонного аппарата? Чеканным профилем устремившийся в далекую даль, в темнеющую с каждым мигом морскую гладь...

О чем думает краснолицый румын, вытянув в песке натруженные ноги? О лежащей неподалеку чьей-то сумке? О маленьком мсье, как раз в это мгновение проходящем мимо с заложенными за спину руками?

Вряд ли существует точка пересечения маленького мсье и краснолицего румына в сооруженной из газетного листа наполеоновской треуголке.

Впрочем, разве что однажды, в косметическом салоне гиверет Авивы, отдавшись безраздельно

---

1 Ежедневная газета.
2 Пробежка (ивр.).
3 Съемная квартира (ивр.).

смуглым пальчикам юной колумбийки, задумается мсье о тяжкой судьбе нелегалов.

Отчего так несправедлива человеческая жизнь? Видите ли, философствовать в приятном расположении духа — это вовсе не то, что восклицать, воздевая руки к небу, скажем, в приступе отчаянья.

Отчего пленительное, видит Бог, создание — юное, гладкокожее, достойное, вне самых сомнений, самой завидной доли — отчего взирает оно на него, маленького мсье, снизу вверх, в божественной улыбке обнажая ряд жемчужных зубов?

В том году на побережье царила макарена. Ламбада ушла в далекое прошлое, но разнузданное вихляние оказалось весьма заразительным: два крепко сколоченных немолодых сеньора с живыми бусинами глаз, похлопывая себя по ляжкам, уморительно вращали уже черствеющими суставами.

«Макарена!» — восклицали они, — будто два заводных зайца, хлопали в ладоши, приглашая весь мир радоваться вместе с ними.

Тель-Авив плясал макарену. Вялые, будто изготовленные из папье-маше клерки, мучнистые банковские служащие, жуликоватые подрядчики, их мужеподобные жены, их дети, девери, падчерицы, их русские любовницы — все они, будто сговорившись, дружно прихлопывали, потрясывая ягодицами, щеками, разминая затекшие кисти рук, ленивые чресла.

Пока маленькая колумбийка вычищала известковые залежи из-под ногтевых пластин мсье, побережье переливалось тысячью обольстительных огней.

Огромная бразильянка неистово вертела как будто отдельным от остального шоколадного тела крупом.

Словно намекая на то, что в жизни всегда есть место празднику.

…

Эта графа называлась «сомнительные удовольствия». Будучи от природы человеком маленьким и довольно боязливым, мсье предавался фантазиям. Фантазии эти носили самый непредсказуемый характер.

Например, собственный публичный дом. Не грязная забегаловка, каких полно на тахане мерказит[1] и во всем южном Тель-Авиве, а приличное заведение для уважаемых людей. Закрытый клуб. С отборным товаром. Жесткими ограничениями членства. Неограниченным спектром услуг. О, фантазии мсье простирались далеко...

Склоненная шея педикюрши лишь распаляла воображение, подливала масла в огонь.

По ночам мсье любовался широкоформатным зрелищем в окне напротив — там жила девушка, явно русская, явно свободная, — возраст ее колебался в диапазоне от двадцати до пятидесяти. Изображение было размытым, почти рембрандтовским. Очертания полуобнаженного тела в сочетании с каштановой копной волос — о, кто же ты, прекрасная незнакомка? — доводили волнение мсье до апофеоза, и тут трисы[2] с грохотом опускались.

О зимней женщине нужно было заботиться загодя. Запасаться впрок. Как зимней непромокаемой обувью и зимним же бельем.

Зимнюю женщину нужно пасти, выгуливать, доводить до наивысшей точки кипения. Зимняя женщина

---

1 Центральная автобусная станция (ивр.).
2 Жалюзи (ивр.).

должна возникать на пороге, мокрая от дождя, стремительная, робкая.

Только зимняя женщина способна сорваться по одному звонку, — едва попадая в рукав плаща, помахивая сумкой, взлетать на подножку монита, такси, автобуса, — покачиваясь на сиденье, изнемогать от вожделения, пока маленький мсье, щелкая подтяжками и суставами больших пальцев, прохаживается по кабинету, прислушивается к звонкой капели там, снаружи, к легким шагам за дверью.

Только зимняя женщина способна медленно, головокружительно медленно подниматься по лестнице, — закусив нижнюю губу, срывать с себя... Нет, медленно обнажать плечо, расстегивать, стягивать, — обернувшись, призывно сверкать глазами, — пока он, маленький мсье, будет идти сзади — весь желание и весь надменность, — властный, опасный, непредсказуемый малыш Жако.

В этом фильме он постановщик и главное действующее лицо. Голос за кадром — вкрадчивый, грассирующий, иногда угрожающий. Героиню назовем, допустим, Макарена, — сегодня она исполнит роль юной бродяжки, покорной фантазиям мсье. Действие разворачивается на крохотном островке между рулонами ватмана и массивной офисной мебелью.

Для роли юной бродяжки куплены — впрок — необходимые аксессуары: светящееся прорехами белье цвета алой розы, изящный хлыст и черная же повязка для глаз. Облаченная в кружева, бродяжка мгновенно становится леди — возможно, голубых кровей, настоящей аристократкой — униженной, заметьте, аристократкой. Она ползет на коленях, — переползает порог — тут каждая деталь упоительна — униженная леди не первой свежести в сползающих с бедер чулках, — она справляется с ролью, тем самым заслуживая небольшое поощрение.

Громко крича, мсье бьется на этой твари, на этой чертовке, — брызжа слюной, он плачет, закрывает лицо желтыми старыми руками. Раскачивается горестно, сраженный быстротечностью прекрасных мгновений. Обмякшая, вся в его власти, она открывает невидящие, словно блуждающие в неведомых мирах глаза. Будто птичка, бьется мсье меж распахнутых бедер. Как пойманная в капкан дичь, мон дье...

Старый клоун, он плачет и дрожит, щекоча ее запрокинутую шею узкой бородкой-эспаньолкой, мокрой от слез и коньяка.

О чем же плачет он — неужели о маленькой шлюшке из Касабланки, о маленькой шлюхе, растоптавшей его юное сердце? Да, вообще-то он француз, но истинный француз появляется на свет в Касабланке, Фесе или Рабате, — он появляется на свет — и быстро становится парижанином, будто не существует всех этих Марселей и Бордо. «Французской провинции не бывает, моя прелесть! — Париж, только Париж...» Первый глоток свободы, первое причащение для юноши из приличной семьи, для маленького марокканца с узкой прорезью губ, пылающими углями вместо глаз, — для болезненного самолюбивого отрока, воспитанного в лучших традициях. Будто не было никогда оплавленного жаром булыжника, узких улочек, белобородых старцев, огромных старух с четками в пухлых пальцах, огромных страшных старух, усеявших, точно жужжащие непрестанно мухи, женскую половину дома, выстроенного в мавританском стиле, с выложенным лазурной плиткой прохладным полом и журчащей струйкой фонтана во дворе. Будто и не бывало спешащих из городских бань волооких красавиц в хиджабах.

Плывущий в полуденной дымке караван белокожих верблюдиц.

Он будет медленно отдаляться, оставляя глухую печаль и невысказанную муку...

Будто не было никогда этой дряни, исторгавшей гнусную ругань на чудесной смеси испанского, арабского и французского, — этой роскошной портовой шлюхи, насмеявшейся над его мужским достоинством, над самым святым, мон дье!

— «Скажи, меня можно любить, скажи?» — мычит он по-французски, — играет с ее грудями, словно с котятами, а потом вновь берет... он берет ее, дьявол, наваливается жестким, сухим, как хворост, телом.

Задрав всклокоченную бороду, хохочет беззвучно, — седобородый гном в белой галабие и черных носках из вискозы, он исполняет танец любви, мужской танец, танец победителя, захватчика, самца.

Действие фильма разворачивается стремительно и сворачивается по сценарию, без лишних прений. Отклонений и вольностей быть не должно.

Застегнутый на все пуговицы, спускается мсье по ступенькам... Главное умение зимней женщины — исчезать так же незаметно, как появляться. — С зажатой в ладони 50-шекелевой купюрой сворачивает она за угол и взлетает на подножку проезжающего мимо такси.

Тахана мерказит[1]

Грузовик подъехал к самому подъезду, а она все стояла у окна, скрестив руки на груди. Тот, кто лихо соскочил с подножки и подал ей руку, был чужой.

---

1 Центральная автобусная станция (ивр.).

Чужой по определению, чужой во всем, в каждой подробности, — с этим выгоревшим залихватским чубом, с золотой цепочкой на груди, — широкоскулый, с припухшим глазом, с калмыцким степным загаром.

В кабине пахло потом, острым мужским парфюмом; динамики подрагивали и хрипели, ухарски повизгивали голосом Маши Распутиной, дребезжали тягостным мугамом, повторяющимся многократно, — так называемой музыкой таханымерказит. Заметив, что она поморщилась, он положил руку ей на колено.

— Прости, малыш, сама понимаешь, пробки, соф шавуа,[1] — от этого «малыш» стало еще неуютней, но рука его уже по-хозяйски расположилась на ее бедре, и она промолчала. Растопыренная пятерня хамсы раскачивалась перед глазами: еще не поздно сойти, обратить все в сиюминутный каприз, в шутку, но эту возможность она упустила, когда он затормозил у русского магазина на углу и вернулся, прижимая к груди пакет с бутылкой вина и наспех упакованной снедью: орешки любишь? жареные, — он запустил пальцы в пакет и развернул ладонь. В лице его, обернутом к ней, было… такое знакомое радушие, очень мужское. Он был из тех, кто ловко откупоривает, наливает, раскладывает на тарелке грубо нарезанные ломти сыра и колбасы.

Он был голоден, жевал быстро, забрасывал в рот орешки, отпивал вино, смотрел на нее с веселой ухмылкой: что ты не ешь? Разве не за этим он вез ее сюда, в темную квартирку с окнами, выходящими во двор, со скрипучей теткой в бигуди, выросшей как гриб на винтообразной лесенке, — разве не за этим, — за быстрым насыщением, утолением жажды, голода?.. Иди сюда, — он потянул ее через низкий столик,

---

1 Конец недели (ивр.).

потянул легко и, резко развернув спиной, усадил на колено.

Он был из другой стаи: молодой волк, желтоглазый, с выступающими белыми клыками, и он любил ее, как мог, ласкал неумело — поджарый, мускулистый, он подтягивался на локтях и перебрасывал через себя; говорить им было не о чем, и они лежали, обессиленные, тяжело дыша. Сквозь трисы[1] пробивался яркий свет, такой неуместный в эти минуты.

Это тогда, в парке, он свистом подозвал огромного пса, вразвалку подошел к ней и обхватил руками, будто загребая: не бойся, он у меня дурачок! Огромный пес оказался щенком: вертел хвостом, смешно подгибал длинные тяжелые лапы и упирался в колени плюшевой головой.

Шли по дорожке, поглядывая друг на друга искоса, посмеиваясь, болтали о всякой всячине, а думали об одном и том же. Только его мысли были быстрые, волчьи, — они пахли паленой шерстью и мокрой травой, а еще дымком потягивали сладковатым, а ее — стекали тяжелой волной, плескались юркими рыбками.

Он даже не спросил, свободна ли она, будто ответ ее имел хоть какое-то значение, да и она не торопилась спрашивать, и не было всех этих милых реверансов — только ударяющее по глазам полуденное солнце, его жадный взгляд, ее торопливое согласие... не слишком ли легко она далась, позволила эту внезапную близость, сократив дистанцию до дюйма? Лежи, не вставай, — скомандовал он, и она с удовольствием подчинилась, подперев голову рукой, с расслабленной усмешкой наблюдала за его передвижениями: странно, она ощущала себя маленькой, послушной, и ей было приятно, что этот молодой волк повелевает ею.

---

1 Жалюзи (ивр.).

В квартире было знакомое нагромождение случайной мебели, подобранной там и сям, но уж никак не купленной — потертый диванчик, разнокалиберные стулья, унылая голая лампочка — единственная дань роскоши — безвкусная картина на всю стену, в крикливых хризантемах; перехватив ее взгляд, он улыбнулся: от прошлых жильцов осталась…

Потом какое-то немое безумие — то ли вино ударило, подкатив кислым к горлу, растеклось веселыми ручейками, то ли солнце окончательно скрылось за крышами пестро налепленных домишек: темнота казалась пряной, обволакивающей, — только светились глаза, мелькали руки, ключицы, скулы; в какой-то момент он причинил ей боль, и сам испугался, и долго жалел ее — жалел, укачивал, засыпая, отлетая, — а она жалела его, такого молодого и одинокого в этой чужой стране и уж совсем чужого ей, — перебирала слипшиеся от влаги жесткие пряди, проводила ладонью по медной мальчишеской груди, спотыкаясь о позолоченный крестик.

Грузовик долго петлял по узким улочкам, пробираясь между натянутыми бельевыми веревками и замершими в преддверии паствы молельными домами. Они молчали, улыбались посветлевшими, будто омытыми дождем лицами. Перед выходом, почти у самого дома, она с силой притянула его ладонь и прижала к губам.

Модеста Срибна

Сокровища

> — Чем это вы занимаетесь?
> — Мы ищем сокровища.
> — Это такая метафора, означающая поиск
> чего-то сверхматериального?
> — Нет. Мы ищем сокровища.
>
> *«South Park»*

Вдыхать аромат майской свежей зелени, лежа на траве. От коленок остаются вмятины, пятки тянутся к солнцу, от локтей тоже ямки в земле. Главное — лежать тихо, чтобы бабушка не заметила. А меня и так как бы и нет. От меня только вмятины в земле, ну еще синий бантик может выдать, но я им не пожертвую, он мой любимый — с мягкими, пушистыми на ощупь, белыми горошками. Зато есть жук, он точно есть: он жужжит, меня не видит, он планирует посадку на огромный распустившийся бутон пиона волшебного цвета. Сейчас, сейчас я это поймаю! Как это у меня получалось: нужно прищурить глаза — зеркально-зеленый панцирь жука перемещается по листочкам пиона, ловит солнце и швыряет искры зелени и солнечного аромата прямо в меня. Главное — чтобы бабушка не увидела. От этого всего фейерверка шумно опадает несколько лепестков пиона волшебного цвета. Они такие бархатные и переливаются. Брать пальчиками осторожно, чтобы не помять, рассмотреть в тени, осторожно переместить на солнечные пятна, поднять повыше, ближе к солнцу — покрутить — спрятать в книжку. Конечно, они засохнут, будет уже что-то другое, но все равно сохранить.

Опустить голову на траву. Понюхать землю. Поковырять ее пальчиком. Посмотреть, как согнулись травинки, а потом выравниваются. Услышать звон пролетающей мухи. Затаиться, когда по дороге проходит бабушка. Закрыть и открыть глаза. Увидеть коробку с сокровищами под кустом. Подтянуть к себе. Открыть. Замереть.

Сделать вдох, поймать запах сокровищ. Отмереть.

...

Эта стопочка обычных праздничных. Самые красивые из них — новогодние, с мультяшными картинками. А вот эти — по мотивам восточных сказок. Мне они очень нравятся, знаю наизусть все детали:

таинственные женщины в полупрозрачных одеждах, мужчины с властным взглядом хищного зверя. Птицы с чудным оперением кружатся над героями. Каждая открытка украшена завитушками, которые я люблю перерисовывать.

Оттягивая момент наивысшего удовольствия, я подбиралась к самой заветной стопочке. Сейчас они были моими любимыми. Их мне меняет Ирка на восточные сказки, она хочет собрать целую серию. Мне их, конечно, жаль. Я долго их любила. Но восточные сказки уже стали моей частью. Это происходило постепенно. Сначала я подолгу их рассматривала, пока картинки не оживали в моем воображении. Я уже видела, как издалека скачет рыцарь…

— Представь себе, Ирка, слышишь, как земля содрогается от стука копыт? А дыхание коня — он его совсем уже загнал. А ты знаешь, какие у него глаза?

— У кого? У коня?

— Да нет же, у рыцаря! Понимаешь, он же любит эту даму, а она в беде: сидит под замком в высокой башне, томится…

— А кто ее туда посадил?

— Кто, кто… Дэв — злой горный дух.

— Ого. А какой он?

— Страшный, огромный и очень властный, у него полно всяких драгоценностей, которые скрыты в пещерах в горах. Но она с ним — ни-ни, она надеется, что рыцарь ее спасет. Ждет его, томится…

— Томится? А как это?

— Ну как… Ну, это так, знаешь, внутри так сладко-тягостно-невыносимо.

— Как?

— Идем за сарай, я тебе покажу.

— Сейчас Ленка с Катькой должны прийти, мы же собирались кроликам травы нарвать и молочая.

— А… ну да, тогда потом.

— Ира, а кроликам эти цветы можно?

Катька присела возле мелких желтых цветов и ждала, когда Ира подбежит к ней.

— А, нет, это же собачки! Кроликам такое нельзя. Им вообще цветы нельзя, только клевер и листочки молочая еще они любят.

— А мне они нравятся. Если бы я была кроликом, я бы, наверное, их ела.

Катя отрывала мелкие цветы и сжимала их в пальчиках, изображая, как «гавкают» собачки. Их желто-белые мордочки то высовывали, то прятали пушистые оранжевые язычки.

— Ладно, девчонки, на сегодня кроликам хватит, пошли уже.

И мы вчетвером — загорелые, в легких платьях и шлепанцах — уходили с поляны с двумя полными корзинками травы. Смеялись, пинали друг дружку, Ирка что-то шептала Лене на ухо — та хохотала, толкала Катю. Катя почти упала на меня, я поймала ее — и мы все вместе побежали по тропинке к хутору.

…

В сарае пахло сеном и кроликами. Ира — хозяйка этих пушистых созданий — со знающим видом раскладывала в клетках пучки травы, распределяя, кому сколько достанется. А мы тем временем разобрали кроликов, теребя их за ушки, дергая за лапки, прижимали и любовно тискали то ли от разрывающей детскую душу любви к этим пушистым зверькам, то ли от летнего солнечного дня, в котором все вокруг было прекрасным.

— Катя, ты чувствуешь?

— Что?

— Ну, когда прижимаешь кролика?

— Ты чего?

— Ну, я не знаю. Вот ты своего Богдана любишь?

— Да.

— А как?

— Не знаю. Люблю и все. Он такой классный, у него волосы светлые, как мне нравится, и глаза голубые. Он так смотрит на меня…

— А ты представь себе, что тебя запер в высоком замке злой страшный Дэв, и ты ждешь, когда твой Богдан примчится тебя спасать.

— Ага.

— Ну что, давайте, девчонки. Ира, ты закончила? Бери веревки. Лена, возьми перышки и пошли за сарай… Ира, а дома кто-то есть?

— Тетя, но она с Танечкой сидит, сюда не придет.

Дверь сарая со скрипом закрылась, в темноте сверкали кроличьи глаза и слышен был хруст жующих зверьков.

Мы зажмурились от ударившего в глаза полуденного солнца, прошли вдоль огорода и скрылись за сараем.

— Ну, что, сегодня принцессой будешь ты, Катя?

— Да, я буду.

Ленка начала хихикать.

— Ленка, а ты когда?

— Я боюсь, вдруг кто-то увидит.

— Да никто не увидит. Соседи на работе, тетя Вита с малой сидит. А если даже кто-то будет идти, мы услышим. Сразу Тимка залает, ты же его знаешь, — сказала Ира.

— Лена, все равно пойти больше некуда, у Иры лучше всего — двор большой и сарай за огородом.

— Ладно, Катя, раздевайся и залазь на лестницу, мы тебя будем привязывать. Ленка потом.

Катя быстро задрала легкое ситцевое платьице — голова, как обычно, застряла, но я ей помогла его стянуть. Волосы растрепались, синие Катькины глаза вспыхнули каким-то огоньком изнутри, и ее румяное загорелое личико с веснушками на носу приобрело таинственное выражение.

— Слушай, Катя, ты принцесса, — мой голос изменился, я начала говорить тихо и как-то глубоко и протяжно. — Тебя забрал Дэв и начинает пытать.

Катя поднялась по приставленной к сараю лестнице на пару перекладин. Ирка полезла вместе с ней, чтобы привязать ее руки веревками. Катя закрыла глаза, а когда открыла — она уже была пленницей злого Дэва.

— Ты будешь женой Дэва, — злобно щурила глаза Ира в роли слуги горного великана, затем подняла рукой подбородок пленницы и приблизилась к ней. Но Катя мотала головой из стороны в сторону. — Все равно будешь! И никто тебя не спасет, не жди. Потому что Дэв тут хозяин!

— Слуги, давайте пытать ее. Посмотрим, как долго она выдержит, — мой голос был ледяным и властным.

Лена начала тихонько щекотать шею Кати перышком, а я пока наблюдала всю эту картину со стороны и поглядывала — не едет ли всадник, ну и на всякий случай — не идет ли кто со стороны огорода. Катя совсем уже вошла в роль. Она искоса посматривала на меня, иногда закатывая глаза — то ли от ужаса, то ли от наслаждения, иногда хихикала, когда Лена увлекалась игрой с перышком.

— Ну что, не едет? — деловито спросила Ира.

— Нет.

Пришло мое время. Я грозно и решительно приблизилась к извивающейся и раскрасневшейся от солнца и переживаний Кате, поднялась к ней. Пристально посмотрела в глаза, потом коснулась шеи, и рука стала медленно и нежно спускаться по загорелому девичьему телу. Мне нравился запах Кати: солнца, лета, травы, озерного песка. Я спустилась на перекладину ниже и почти уткнулась Кате в живот. Он втягивался и выпячивался, бедра еще не приобрели своего девичьего рельефа.

— Ну что, ты не передумала? Сдаешься?

Катя героически помотала головой.

— Все равно тебе некуда деваться.

Следующим движением я начала стягивать с жертвы трусики. Катя пыталась сопротивляться — игра становилась еще более интересной. Девчонки замерли. Ирка на всякий случай выглянула из-за сарая, чтобы никого не было. Перышком я гладила живот, бедра, проскальзывала ниже по ногам, а потом снова поднималась, касаясь нежной детской промежности, которая спустя годы должна была превратиться в женское лоно. Катя сжимала ноги, но я их властно раскрывала. И вдруг Катя вроде бы очнулась.

— Вон он, едет, я слышу стук копыт!

Катя оттолкнула меня коленом.

— Это милый мой едет спасать меня, он отрубит тебе голову, проклятый Дэв!

Ира с Леной переглянулись, не зная, как действовать дальше, но внезапно залаял Тимка — и тогда уже испугались мы все.

— Ой, девчонки, кто-то идет, отвяжите меня скорее, — завопила Катя.

Мы с Леной полезли отвязывать ее. Ирка выбежала глянуть, кто там идет.

— А, это тетя Вита с Танечкой вышли гулять. Ничего, она добрая.

Катя уже натягивала трусы, а я подавала ей платье.

Ленка шепнула Кате на ухо:

— Ну что, представляла своего Богдана?

— Ага, — Катька улыбнулась.

А Ленка заохала:

— Ой-ой-ой, мой Богданчик скачет меня спасать! Да в штаны бы наделал твой Богданчик.

— Дура ты, ничего ты не понимаешь! — Катя шлепнула Ленку по спине. Та увернулась — и мы все вместе побежали вдоль огорода.

...

Закатное солнце ласково касалось всего, что попадалось ему на пути: даже противного петуха, который клюнул меня прошлым летом, и у меня остался от этого шрам на коленке. Косые лучи пробирались сквозь листву шелковицы и падали ажурной сеткой на землю. Четыре пары сандалий и шлепанцев валялось под деревьями на уже подсушенной летним зноем траве. Здесь была целая посадка — больше десятка больших шелковичных деревьев означали плавный переход к «более лесным» деверьям. Никто не знает, кто их посадил, но глядя на синие от ягод шелковицы руки и губы детей, было очевидно, что местная детвора была этому рада.

Подруги устроились на «своем» дереве. Тогда у каждой была своя ветка, своя коллекция открыток, своя история. Но шелковица объединяла их всех в одну игру, один дом на всех.

— Ира, ты принесла?

— Да, меняемся, как договаривались.

В моей коллекции появилась еще одна открытка из новой серии. Это были фотографии удивительно красивых горных пейзажей, я никогда не была в таких местах. Старинные храмы в горах — все это было сказочным, но я понимала, что это где-то есть на самом деле, что еще более будоражило мое воображение. Сейчас они были моими любимыми. Их мне меняет Ирка на восточные сказки, она хочет собрать целую серию. Мне их, конечно, жаль. Я долго их любила. Но восточные сказки уже стали моей частью…

Любимый мой дворик,
Ты очень мне-ее дорог,
Я по тебе-ее буду скучать.
И будут мне сниться
Твоих друзей лица,
Скорее дай руку и прощай…

«Шелковичные» девочки с синими губами и загорелыми ногами, которые выглядывали из-под листвы, выдавая убежище подруг, растягивали свою «дворовую». Постепенно темнело: скоро всех «загонят» по домам, но пока они наслаждались теплым летним днем, пели песни, иногда рассказывали «страшилки», выдавали друг другу свои сокровенные тайны и, конечно же, мечтали. Будущее рисовалось теплыми летними тонами, легкими акварельными мазками. Никто тогда не мог себе представить даже в самых страшных историях, что Ира через несколько лет переживет групповое изнасилование совсем недалеко от наших мест, где мы собирали траву для кроликов, а еще через десять лет ее не станет — она совершит самоубийство, оставив двоих детей. Катя выйдет замуж, у нее появится сын, но через год выяснится, что он инвалид, муж бросит их, а через десять лет Катя умрет от рака матки. Как сложилась судьба Лены, где она — я не знаю… Шелковица наша за столько лет должна была вырасти, но почему-то она мне кажется такой маленькой. Вот моя ветка, а это ветка Иры, чуть выше — Кати, рядом — Лены.

— Катя, догони меня!

Я вздрогнула, обернулась. Девочка с синими от шелковицы губами спрыгнула с соседнего дерева, за ней — другая, и они помчались по тропинке наперегонки.

Татьяна Дагович

Зернышко граната

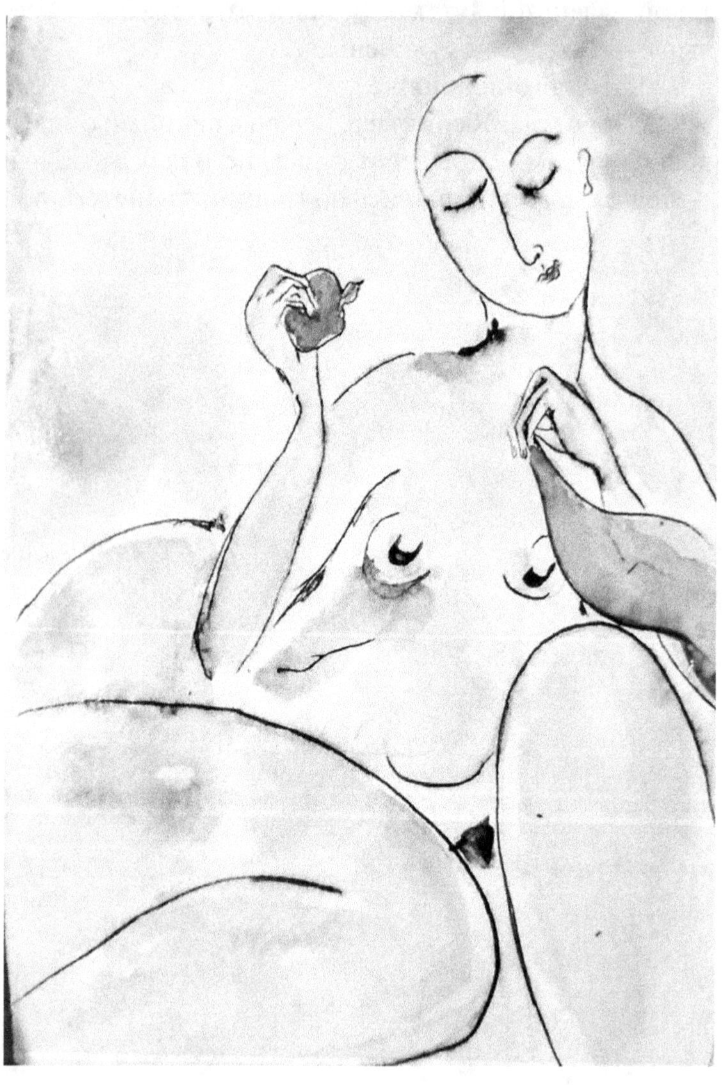

Серые клубы дыма над водой.

— Не кричи, ты разбудишь теней, — сказал ей тихо муж, и Персефона закричала шепотом:

— Все решено на этот раз. Все. Я больше терпеть не собираюсь. Я ухожу к маме.

— К маме... - повторил Аид спокойно. Лицо его оставалось таким, как всегда — жесткие губы слегка искривлены, словно от брезгливости. — Все к тому шло. Такая теща.

— Она всегда говорила, что ты гад.

— Гадес, — поправил он, — это мое любимое имя. Но чаще я пользуюсь вторым.

А потом спросил, скорее себя, чем Персефону, или даже не спросил — проговорил:

— Почему всегда она… Мне казалось, что тебе было хорошо со мной. Очень хорошо. Но как только она позвала, ты нашла повод... Останься со мной, Персефона, не оставляй меня одного. Я тебя люблю. Твоя родительница может приходить к нам, когда захочет, пусть убедится, что с тобой все в порядке, и снова расцветет морковка...

— Со мной ничего не в порядке! Я никогда не скрывала, как ненавижу это твое, как ты его называешь, царство. А ты такой же, как оно. Да, мне было хорошо, да... Но это освещение... Почему у тебя вечная темень? Ведь это ты так устроил все. Я лишь хотела... посадить... хоть ирис, хоть фиалку какую-нибудь чахлую... Хоть зеленый горошек...

— Тебя не нравится мое царство. Но я? Я, разве я был тебе плохим мужем? Я сделал тебя царицей, я одел тебя в драгоценные наряды. Разве я не снимал их с тебя медленнее, чем здесь идет время? Не держи зла за слова, но кто твоя мама? По сути она простая крестьянка, сельская дурная баба. Сама растила дочь без отца и тебе желает стать разведенкой.

— Не смей так!.. Тебе ведь сверху говорили отпустить меня? От Зевса приходили? А тебе все равно. А тебе говорили.

— Если ты передашь ей, что тебе хорошо со мной, она угомонится. Там снова будет урожай, а нас оставят в покое.

— Ну ладно, ты был хорошим мужем, — Персефона заговорила вдруг серьезно, и только некоторые гласные срывались истерическими нотками, выдающими: она несет чепуху и не уговаривает, а обвиняет. — Если ты меня любишь, пойдем со мной. Брось это царство, кому оно надо, его даже отобрать у тебя никогда не пытались! Мама нашла бы, где нам жить, и без стакана амброзии мы не останемся.

Аид молчал.

— А если на время? Тебе ведь тоже положен отпуск, ну, слушай, ну что здесь без тебя случится, тени — они и есть тени, они и не заметят, что тебя нет.

— Я никуда отсюда не уйду, — ответил резко Аид: его голос металлом отразился под сводами. — Ты можешь идти. Ты свободна. Ты права — мне было указание сверху.

— Я уйду, — она обернулась, рассматривая сквозь струящийся дым его темное лицо. Длинный горбатый нос. Резкие морщины. Густые, закинутые назад волосы цвета железа. Она словно ждала чего-то.

— Почему ты не идешь? — раздраженно спросил, но тут же другим голосом, мягко — насколько привыкший к мертвым мог мягко: — Подожди, иди сюда. Я должен дать тебе что-то на память.

Персефона повернулась лицом к мужу, но не сделала ни шага: он сам подошел к ней. Смотрел

— ей, как всегда, стало тоскливо и беспокойно от его взгляда, она хотела отвернуться, но он зажал ее голову в ладонях и прижался губами к губам. Что-то маленькое, гладкое, прохладное скользнуло с его языка на ее язык. Гранатовое зернышко… Зубы, сжавшиеся от внезапного напряжения, раздавили его, и сладкий, терпковатый гранатовый сок брызнул в нёбо — так мало, чтобы хотелось еще, и язык шарил в поисках исчезающего вкуса. Она не могла захотеть оторваться от мужа, она старалась захотеть. И прижималась к жестким губам – еще, еще ближе (только не встречаться взглядом). Она трогала седые волоски на его груди, впивалась зубами в плечо, почти всерьез, почти стараясь прокусить плотную сухую кожу. И не поняла, как проглотила зернышко — Аид заметил и резко развернул ее, а Персефона вздохнула: она не знала его секрета, не замечала, что он почти спокоен.

В погоне за утерянным вкусом, радуясь всякому его прикосновению как подаренной секунде жизни, Персефона не понимала, что Аид делает с ней. Он вертел ее, как вертят игрушку-лабиринт, чтобы шарик попал в нужное место. И гранатовая косточка попала: в сердце. А потом он вбивал — чтобы косточка крепко засела в сердце, чтобы никакая солнечная кровь не могла ее вымыть. Он знал. Она не знала.

— Ты вернешься? — спросил снова, когда, одетая кое-как, сделала нерешительный шаг в сторону наземного мира: вопрос словно придал ей решимости.

— Нет. Нет, Аид, я ухожу от тебя к маме, я никогда не вернусь. Мне здесь не место. Я не забуду, я никогда не смогу забыть, но я не вернусь.

— Ты вернешься, — бросил он, уже чем-то занятый.

Персефона пробиралась сквозь клубы безвкусного дыма. Тени бродили, видя ее, спотыкались, то ли падали, то ли расступались — без памяти, неотличимые друг от друга. Аид на троне таял за спиной, и другой, пустой трон рядом с ним, таял. Пустыми окнами пугали полуразрушенные дома. Пепелища, обгоревшие стволы. Дороги были завалены камнями и мусором. Как и речушки с едким запахом, через которые приходилось перебираться вплавь. Только вода Леты была медово-чистой. Добралась до ворот. Большой пес не хотел отпускать ее, подпрыгивал, лизал лицо, заглядывал в глаза то одной парой глаз, то другой. Вилял хвостом, потом поджимал хвост. Скулил.

Деметра стояла у самых ворот. Высокая, красивая, а спина — неподвижно-прямая. Пшеничные косы уложены венцом вокруг головы. Взгляд — в одну точку, терпеливый и тревожный. Поджатые губы. Горько сведенные брови.

— Мама! — воскликнула Персефона. — Мамулечка!

Та вздрогнула и кинулась к ней.

— Перси! Моя... моя хорошая девочка! Да... да ты вся мокрая! Ты что, вот это все вплавь? Скотина, он не мог тебя хотя бы до ворот подвезти? Хотя... чего от него ожидать, эти сволочи...

Мама обнимала ее, не замечая, что собственное платье мокнет, а голос был такой, будто сейчас заплачет.

— Моя девочка, мое солнышко... Скотина. Такой же, как твой папаша, одна семейка. Но они меня не знают. Они думают, что они хозяева жизни, но я им устрою! Я им такую жизнь устрою! Моя доченька... Подожди. Я же все, все предчувствовала, вот, я и одежду взяла. Я же не могла не знать. Держи, переоденься. Давай я тебя прикрою, вот так, что ли.

Персефона начала переодеваться. Ей было неловко, она торопилась: от этого выходило еще хуже — трусики липли к ногам, сухая одежда становилась мокрой. Она убеждала себя, что проходящим мимо теням нет дела до ее наготы, у них свои проблемы, они только что умерли. Она не хотела признаваться себе, что стесняется матери — что это новое тело с красными от поцелуев сосками, с плотно сжимающимся, все еще беспокойным межножьем, уже будто не то тело, которое мать произвела из себя и видела тысячи раз.

Она должна была сказать что-то радостное, в тон маме, но слов не находилось. Внутри росло что-то молчаливое. Прорастало гранатовое зернышко. А мама говорила:

— Я и крем на всякий случай взяла для рук, тебе не надо? Наверняка обветрились там, внизу. Хочешь пить? Я перекусить взяла, нам ехать не близко. Ты согрелась?

Персефона начала возвращаться к жизни только в машине. Все было по-старому: мама за рулем, а Персефона на пассажирском сиденье грызет овсяное печенье. Деметра, которой приходилось следить за дорогой, спрашивала уже спокойнее:

— Ну как, как это вообще могло произойти? Я до сих пор не верю. Папаша твой, старый козёл, подарил тебя, как вещь какую-то. Сколько я сама от него намучилась... но мы же Зевс, весь из себя верховный... Ты даже к сердцу не бери, что я его папашей твоим зову — какой он тебе отец? Ты моя дочка, только моя.

— Я не знаю, мам. Это было так неожиданно. Мы просто гуляли с девчонками, цветы какие-то дергали, болтали. Я уже не помню... Какой-то цветок был необычный... А тут — он... Я так испугалась... Он, знаешь, такой... своеобразная внешность! Я просто оцепенела. Я стою — и он стоит. И смотрим. А у него такой взгляд... И тут он руку мне протянул... Сказал...

Он меня и увез. И я только внизу уже поняла, где я и кто он.

— Обижал тебя? — в голосе затаенный ужас и мольба, и все дни, за которые земля высохла и растрескалась.

— Да нет, ты не думай. Нет. Он на самом деле был очень ласков со мной. Много рассказывал. Все время говорил, что меня любит, и что он не такой, как те, наверху, что он любит одну меня и навсегда. Корону подарил.

— Корону! Кому они нужны, будто у меня нет...

— Ну, знаешь, у тебя все больше венки — а у него корона такая... с камнями.

Мать бросила на нее быстрый взгляд, сведя золотистые брови на переносице, и Персефона вжалась в сиденье. Она очень любила маму, они были такой тесной парой — мама и дочка. Но она боялась маминого гнева. Нет, супруг Аид не был так страшен в гневе, как мама Деметра!

— Но у тебя они легкие, венки, — объяснила Персефона, — а у него тяжелые. Давит. Потом голова вечером болит. Хотя там нет вечера. Ни дня, ни вечера, ничего — все только дым клубится серый да тени, везде тени: сами не помнят, кем они были, что делали. Ничего не помнят, мамочка, вот это мне в них не нравится! С ними даже поговорить из-за этого нельзя, они ничего не способны рассказать, а я бы хотела знать, что в мире творится.

Деметра, держа руль левой, положила правую руку на плечо дочери:

— Ничего, моя Перси, ничего. Теперь ты со мной, теперь все будет у нас по-старому, как всегда, и ты забудешь, забудешь это происшествие... как страшный сон. Мы обе забудем этот кошмар.

Дальше ехали молча. Персефона смотрела вокруг. Целовала свежий воздух сквозь приспущенное окошко, ласкала глазами синь неба, ловила губами солнечные лучи.

Мама напомнила — зачем мама напомнила, теперь мысли и от солнца, и от ветра возвращались к тому дню.

...Собирала с другими цветы, а потом будто выключили свет, и выключили глупый треп подружек. Он смотрел на нее, она смотрела на него. Он протянул руку и спросил: «Будешь моей женой?» Она молчала. Она не заметила, как ее рука оказалась в его руке. Блестящая темная машина. Они ехали очень долго, и он смотрел вперед, а не на нее. Хотелось ли ей, чтобы он посмотрел на нее? Было ли ей страшно? Она не могла шевельнуться. От страха ли? Эта странная неподвижность, как будто тело изнутри наполнилось чем-то новым, как будто оно только теперь стало телом, и эта дрожь, дрожь-ожидание: когда же он прикоснется, когда же он прикоснется. Но он смотрел вперед, а мимо проносилось мертвое пространство космоса. Пусть хотя бы посмотрит! Пусть делает что угодно, но пусть хотя бы посмотрит, эта дрожь без прикосновения несносна.

В том месте, где сумерками клубились тени живших когда-то, Аид дотронулся до нее. Он стоял за ее спиной, он положил левую руку на ее плечо, и больше не шевелился. Время исчезло. Кажется, они стояли так несколько часов, потом несколько лет, и еще несколько веков. Она видела его отражение в темной стеклянной стене перед собой — горбатый нос, глубокие борозды, страшные разметавшиеся волосы. Она любовалась. Глаза его были закрыты. Ей показалось, что из-под века скатывается слеза, но то были только тени бродящих вокруг теней. Эта вечность была такой хорошей и такой невыносимой! Неподвижная ладонь Аида и дрожь внутри Персефоны… Невыносимое счастье, невыносимо так ждать — когда же он обнимет ее второй рукой, когда опрокинет на дымное ложе, и она, боясь произнести вслух слово, мысленно умоляла его, мысленно говорила ему, что больше не может ждать, что умрет, если сейчас же не… Он как будто услышал — и резко развернул ее к себе: глаза открыты. Его взгляд — смерть. Черные дыры в космосе. И теперь ей стало страшно. Словно жизнь кончилась (так и было). Дрожь, стремление — пропали. Он опрокинул ее, раздвинул ноги, ей стало больно, она закричала, не понимая смысла этих быстрых движений. Но когда все прошло и он гладил ее, и просил за что-то прощения, она словно приросла к нему и не могла отделиться. Лазала как маленький зверь по его большому телу. Накручивала на пальцы волоски его груди. Целовала коричневые, почти черные соски, плоский пуп, стирала кровь — он сделал ее женой. Иногда, словно случайно, кусала. Пробовала, когда ему будет больно. Кожа его была шершавой. Она сжимала зубы изо всех сил, но ему и это было лаской. Она и потом так и не научилась причинять ему боль.

Аид оправдывался. Это неправда, что его нельзя любить. Он не будет смотреть ей в глаза. Он лишь хотел, чтобы у него была жена, чтобы он мог сделать ее счастливой, любить и баловать, чтобы мог отдать ей все сокровища, собранные здесь, внизу. Персефона не слушала. Проводила ладонью по его огромным ногам, покрытым, как ракушечным узором, ровными седыми завитками, приятно щекочущими. Нажимала на выдающиеся колени. Царапала ногтем горбатые большие пальцы ног — он смеялся: «Не надо, что ты делаешь». Но она — маленькая хозяйка, брак заключен, теперь это все принадлежит ей, и она может этим распоряжаться, как захочет. С детским любопытством рассматривала, а потом ласкала то, что сделало ее женой и привязало навсегда. И снова поднималась в ней странная дрожь, веки опускались, она вытягивалась на нем, искала руками его рук, искала губы...

И он ее любил во второй раз: теперь она не смотрела в его глаза, теперь она поняла смысл его движений и танцевала с ним, попадала в ритм. И задыхалась — так радостно разрешалась ее дрожь, так хорошо стремление становилось действием и окончательно разрешилось зелеными искрами под закрытыми веками. Она благодарила его, смеясь, с закрытыми глазами.

Но потом Персефона открыла глаза. Она смотрела в струение теней. Темные волны. Темные клубы. Сколько видит глаз. И ее трон — рядом с троном Аида...

...Земля за окошком была покрыта зеленоватым пухом — самой нежной, самой первой зеленью, и напряженные почки на ветвях были готовы распуститься, но еще закрыты.

— Мам, почему так голо?

— Потому что.

После паузы:

— Я им показала, на что способна. Пусть знают. Вскарабкались мужики на гору и думают, что самые крутые. Они без меня — ничтожества. Пустое место. Нет меня — нет людей, и кому они нужны? Выдумки! Они без жертв не могут, у них же зависимость. А подумать об этом, когда дочку отдавал, у Зевса божественного ума не хватило. Дочку! Да он хоть бы за все эти годы поинтересовался, как ты там! Хоть бы раз о дне рождения вспомнил. Но теперь все будет иначе. Мы будем вместе. Смотри, уже цветы раскрываются, всего за какой-то день. Клетки делятся неистово. Ядра едва поспевают. Скоро будут плоды — самые вкусные из тех, что когда-либо тяжелили ветви. Такого, такой весны, никогда еще не было! Такого года, как этот, еще не было и больше не будет.

Дома Персефона удивилась тому, что все выглядело так же, как до ее ухода. Даже забытая маечка так и валялась на стуле, как кинула ее, когда уходила гулять.

— Я ничего не трогала, — пояснила Деметра, поправляя косу. — Только пыль сметала. Я очень ждала тебя.

— Спасибо, мама, — сказала Персефона и снова прижалась к ней, втянула ноздрями запах сухих колосьев и ее благодатной кожи. — Как светло! Я раньше не замечала, как хорош этот свет. Он льется и под деревья, и через ткани, он изменяется, но остается таким же легким, таким радостным!

— Можешь принять душ, а я пока приготовлю ужин.

Персефона боялась наступления вечера, она не желала прощаться со светом, и неуверенно просила солнце — тоже все-таки какие-то родственные связи — остаться на ночь, но Гелиос отвечал устало: «У меня и так сверхурочных больше тридцати часов».

Однако закат был таким теплоцветным, так переливались в нем краски, что Персефона не жалела о дне. А когда пришла ночь и цвета растворились в синем, оказалось, что насыщенная ночная тьма с перекличкой насекомых и шорохом трав не имеет ничего общего с сумерками подземного царства. Мать Деметра заснула (она всегда забавно сопела во сне, почти похрапывала), а Персефона все любовалась тьмой.

На следующий день они завтракали вдвоем, мать и дочь, как всегда, как годы до происшествия. Мелкими глотками Персефона пила горячий ячменный отвар. Мама, намазывая мед на лепешку, говорила:

— Ты знаешь, когда все это закрутилось с твоим отцом, я была далеко не в восторге. Нет, он, конечно, ничего… по другим причинам. Но когда поняла, что у меня будешь ты… Я была так счастлива. Я с самого начала знала, что на этот раз будет маленькая девочка. Она будет расти, я буду учить ее сеять и жать, кормить в земле семена, поддерживать пробивающиеся ростки. И мы всегда будем вдвоем — две богини. Когда ты была в моем лоне, я все время разговаривала с тобой…

— Если бы он посватался как следует… — неожиданно для себя сказала Персефона. — А то как-то вышло… не по-божески.

— Именно что по-божески, — саркастично усмехнулась Деметра. — Но не бойся, моя девочка, я ведь не собиралась тебя запирать здесь, это я образно выразилась, что мы всегда будем вместе. Я хочу, чтобы ты была счастлива, чтобы у тебя была семья, много детей… Как у всех. Не думай, будто я хочу, чтобы ты повторила мою судьбу. Ты знаешь… будь ты хоть сто раз богиня, когда ты мать-одиночка, на тебя косо смотрят. Можно сколько угодно повторять: уж я-то свою семью обеспечить могу, получше некоторых с яйцами. Уж у меня-то никогда не будет пустых закромов. Но они жалеют, за спиной перешептываются… Идиоты! У тебя все будет не так, как у меня, ты еще будешь счастлива! Понимаешь, просто Аид не тот бог, за которого я бы тебя выдала. Такое только твоему двинутому папаше, кобелю-перестарку, могло прийти в голову. Он же старик по сравнению с тобой — этот

Аид. Тебе бы кого помоложе, из твоего поколения, чтобы вам хоть поговорить о чем было. Хотя бы мальчик этот, с крылышками на кроссовках... Как его? Вот это тебе была бы пара. Он шалопай, конечно, но, я думаю, далеко пойдет... Как он тебе?

Персефона вздрогнула, потому что она не слушала слов матери, она вспоминала последний поцелуй Аида. От поцелуя веяло смертью, но он был таким легким! Аид почти не прикасался к ее губам, просто был рядом. Она слышала его дыхание, а он провел указательным пальцем по ее лбу. Тогда Персефона ответила матери: «Хорошо», — зная, что этот ответ подходит ко многим вопросам.

— Но такого мужа, конечно, сложно будет удержать на месте, — рассуждала Деметра, — он то тут, то там. И ни в коем случае не рассчитывай, что тебе удастся его изменить, доченька, мужчину невозможно изменить, к нему можно только приспособиться и научить его приспосабливаться к тебе. Поэтому я в свое время решила не выходить замуж. Зачем мне под кого-то подстраиваться?.. Почему ты ничего не ешь? Тебе не нравятся лепешки? Хочешь сыра? Тебе надо поправиться, смотри, на кого ты стала похожа! Совсем исхудала. Я тоже хочу поправиться, теперь не до диет, — Деметра виновато засмеялась: — Я потеряла пятнадцать килограммов за это время.

Весна обратилась теплым щедрым летом, наполненным птичьими голосами. Этим летом мать, как и обещала, старалась проводить с Персефоной много времени. Они вместе гуляли по полям и лугам. Деметра работала, Персефона помогала ей как могла. Ходили в горы, и Деметра многое рассказывала дочери — то, чем раньше не делилась, считая ее маленькой. У Персефоны уже был однажды муж (твой первый муж, говорила об Аиде Деметра, будто намечался второй), а значит, можно было делиться с ней многим.

Деметра рассказывала, как тяжело жили с Зевсом, и как была счастлива, когда этот брак распался. Дурочка Гера взяла его себе — можно только посмеяться над ее бедными трепыханиями: он гуляет, она бесится, а все почему? А потому что у женщины должно быть свое содержание в жизни, свое дело. Вот она, Деметра, целый день в работе, она берет на себя ответственность, а Гера — кто? Покровительница брака. Курам на смех: мужика в доме удержать не может, а покровительница брака... Это только таким бракам покровительствовать, как первый твой брак, Перси! Но у Деметры с Зевсом все было наоборот, он жутко комплексовал и ревновал к ее могуществу. И сколько ему ни повторяла: «Да ты, ты верховный бог, ну чего тебе еще надо?» — он каждую жертву подсчитывал: сколько ей принесли, сколько ему. Да, в постели им было хорошо, но это же еще не все, поверь, дорогая девочка, жизнь долгая. У богов жизнь практически вечная, а вечность в постели не проведешь.

Персефона отводила глаза и смотрела на дальние горы, на легкие клочья облаков.

Теперь она узнала, что у нее, оказывается, есть старший брат, Плутос, но о нем мать говорила равнодушно, словно и не ее ребенок. Деметра желала себе только девочку, вторую богиню — вровень себе, любимицу, спутницу. Толстый мальчик, думающий исключительно о деньгах, был ей неинтересен. Папашин сынок!

«А иногда, когда ты маленькая была и я тебя из школы забирала... Знаешь, бывало, я задерживалась — ненадолго совсем. На пару минут, ну ты же знаешь, сколько у меня всегда дел. Иду и выглядываю тебя — а детей много, такой муравейник пестрый... И я тебя не вижу. Вдруг кажется, что я опоздала — и все, тебя нет, и не будет, ищи — не ищи. Становилось холодно. Я вся коченела. А потом вдруг смотрю: вот ты стоишь, чего же я тебя не видела! Тут и ты меня замечаешь, машешь просто и не знаешь, как я счастлива тебя видеть. И я плакала, и старалась, чтобы ты не видела, как я плачу...»

Иногда мать вдруг останавливалась посреди трудов, подходила к ней, обнимала и прятала мокрое лицо в ее волосах. Колосья щекотали Персефоне ноздри, она была счастлива.

Но Персефона все чаще ловила себя на том, что ей больше нравится лениться, а не помогать. Стоять и смотреть, как мать что-то там пропалывает, окучивает, подвязывает, все эти быстрые и ладные движения Деметры. Так было всегда: мать, всегда занятая, до происшествия редко находила время на долгие задушевные разговоры и объятия, редко допускала Персефону к своим трудам.

Со временем Персефоне все больше нравилось оставаться одной. Ложиться среди высоких колосьев так, чтобы было светло и тепло, но солнце с неба ее не видело, и лежать. Чувствовать спиной покалывающие стебли, распаренную землю и думать, что там, внизу, под метрами этой живой, щекочущейся букашками земли, клубятся вечные сумерки, и блуждают беспамятные тени, и смотрит на них с трона Аид, ее муж — темным взглядом, как черным лучом. Представляла себе его странное лицо. Костистые кисти рук. Шею. Комкала в руках землю. Растирала комки земли по бедрам — снаружи внутрь. Клала землю в рот, размазывала по губам. Здесь, наверху, у земли был сладковатый привкус, а там, в подземном царстве

— соленый и холодный. Она вжималась в землю сильнее, но не достигала рук мужа. Она знала, что ему плохо. Что он сам будто смотрит в свои глаза и сидит неподвижно, и не поднимает взгляд наверх, туда, где она. А ей хотелось, чтобы Аид снизу, из-под земли провел пальцами по ее позвоночнику, от шеи спускаясь ниже, и чтобы потом рука его скользнула меж ног ее. Она стонала, укутываясь в колосья, и плакала, потому что знала: внизу, в сумерках, никогда не будет желать его так сильно, как здесь.

Персефона ждала сбора урожая. Когда поспели плоды граната, зернышки которых были похожи на чудесные драгоценные камни, она сказала Деметре:

— Я больше не могу быть у тебя. Я должна вернуться к мужу.

Персефона ждала запретов и увещеваний, ждала страшного гнева матери — более страшного, чем гнев Зевса, но Деметра ответила тихо:

— Я понимаю. Я давно ждала, что ты мне это скажешь. Эти плоды граната... — и, помолчав, добавила: — Я хотела для тебя другой судьбы.

Мать довезла ее до самых ворот. Персефона не оборачивалась, чтобы не видеть провожающий взгляд Деметры — муж учил ее не оглядываться. Шел мелкий дождь. Тени, еще не потерявшие человеческий облик, хватали ее за одежду, о чем-то умоляли, кричали, доказывали, но разбежались, когда ликующий повизгивающий пес выскочил встречать вернувшуюся хозяйку. Он ловил счастливо мечущийся хвост то одной, то другой головой, тыкался носом ей в ноги, вылизывал щеки. «Ну хватит, хватит», — Персефона утиралась одной рукой, а другую запускала в черную шерсть, чесала загривок и гладила. Пес был единственным, кто мог радоваться здесь.

Персефона не сопротивлялась дымному ужасу, давала стонам наполнить себя и не пыталась внушить себе, что теперь царство Аида ей ближе или приятнее. Ей было плохо, но это не страшно. Путь лежал мимо развалин, гор мусора, пепелищ. Ее перевозили на ладьях через черные вязкие реки — одну, другую, третью... Лишь светлые воды Леты искушали глотнуть — и не достаться ни мужу, ни матери. Увидела Аида. Как медуз, расталкивая тени, побежала к нему, целовала его седые виски. Он отстранился.

— Не забывай, кто мы: мы — царь и царица.

И Персефона заняла свое место на пустом троне.

Сумеречные волны носили пустые души. Ветер кружил их и свивал в косы, сталкивал и разводил. Вечные сумерки, не похожие ни на сладкий свет дня, ни на густую тьму ночи. Вечные души, не помнящие, кем они были и чего хотели от жизни. Персефона смотрела на них, потерявших все: время тянулось безнадежно медленно.

Аид повернулся к ней: сколько же часов или дней прошло с ее возвращения?

— Любимая моя, жена моя, — говорил Аид, — без тебя все было мукой!

— Я не смогу прожить в твоем царстве и месяца, — ответила она удивленно.

Он отводил одежду с ее груди, но как будто не решался дотрагиваться. Вдруг их взгляды встретились, и Персефона увидела в глазах Аида всего лишь не очень страшную смерть, прикрытую обидой, такой наивной обидой, словно Аид был маленьким мальчиком, а не повелителем мертвых, а еще увидела наивный вопрос: «Можно, пожалуйста, можно?»

— В первый раз ты была здесь гораздо дольше месяца, — сказал он печально, опуская руки.

— Я и не выдерживала. Я умирала каждые полчаса, но это возвращало меня к тебе, в Аид, а ты и не замечал. Все мертвые приходят к тебе.

— Вот видишь, ты не уйдешь от меня. Я так рад!

И, словно она ответила «можно», холодные ладони ложились ей на грудь, а слюна превращалась во рту в гранатовый сок, и они кусали губы друг друга под непонимающими взглядами теней, оставив троны, найдя себе ложе на дымных камнях. Он раскрывал ее осторожно, как цветок, снизу вверх, стопы, лодыжки — только поцелуями, и, видя всех, кто умер до сих пор, равнодушно бродящих вокруг, Персефона открывалась Аиду, открывалась смерти и любила за всех, кто больше любить не может, плача от жалости к ним.

Она не раскаивалась, что вернулась. Знала, что прошел уже месяц, и не уходила.

— Правда, из меня получается хорошая царица подземного царства? — спрашивала она мужа. — Я справедливая. Я ответственная.

— Ты прекрасная.

— Аид, послушай. Я вот все думаю: скучно у нас как-то. Тени неорганизованно бродят. Может, нам устроить им какие-нибудь состязания? Спортивные? Театральные? Я уверена, у нас тут и олимпийских чемпионов, и поэтов пруд пруди. И музыкантов.

— Тебе все еще скучно у меня, моя маленькая Персефона?

— При чем здесь скука! Я просто хочу быть хорошей царицей. Не вечность же в короне без дела сидеть. Надо что-то придумать. У женщины должно быть свое занятие.

— Ты помогаешь судьям. Ты хранишь мудрость. Ты любишь меня.

— Это не то!

— Значит, тебе все-таки скучно. Сплавай на Острова блаженных, развейся. Там тебе по крайней мере будет с кем поговорить, если я скучен тебе.

— Милый, милый, ты не скучен мне. Поцелуй меня!

Персефона плыла на ладье по подземным озерам. Правила сама. Вдали от теней воздух чище, дышать легче. Она стала замечать, что подземное царство вовсе не уродливо — в бледном свете, испускаемом большими озерными рыбами, снующими под кормой, цветами распускались сталактиты, музыкой падали с них капли, а стены пещер поблескивали алмазами, изумрудами и сапфирами. «Это все — мой муж!» — думала она влюбленно.

На Островах блаженных, как обычно, было радостно. Размещенные здесь герои встретили ее возгласами:

— О, Персефона нас навестить пришла! Давай к нам! Идем к костру!

Помогали ей сойти на берег, слишком уж заботливо обнимая за плечи, теребили волосы. Ей не нравились эти жесты.

Персефона сидела с ними у костра, слушала их песни, смеялась их грубым шутками. Они угощали ее шашлыком и говорили не как с царицей, а как со своей, с подружкой. Да и какая она им царица? Острова блаженных только формально принадлежат ее мужу. Об Аиде герои говорили с ухмылочками, пренебрежительно. Один упомянул, что силы в Аиде никакой, Геракл его как-то на поединок вызвал. И что? А что — раз-два, и готово, хорошо хоть доктор Аиду нашелся, а то остались бы мы без загробного мира. Заметьте, это когда Геракл еще смертным был. «Да, Геракл...» — мечтательно повторил кто-то. Им, конечно, повезло по сравнению с остальными, но Острова блаженных все же загробный мир, а Гераклу посчастливилось попасть на Олимп...

Персефона закусила подрагивающие губы. Ничтожные смертные, такие же тени, как и все.

Она поднялась и ушла, не прощаясь. Плыла туда, где клубились несчастные тени, к своему несчастному мужу, которого одолел смертный. Одолел, ранил. Убил бы — если бы можно было убить смерть. Она нашла шрам от раны, целовала. Аид стонал. Тени пугались. Она любила его уязвимым. Ему ничего не сказала, ему было бы неприятно слышать. Кто он, если вдуматься? Какой царь? Ему не приносят жертвы, не молятся. Что его царство? Повелевать теми, кто уже умер, невозможно — они не боятся ни смерти, ни наказания, да и не нужно — они ни на что не способны. Он приставлен здесь к ним, как ничтожный пастух, глядящий за овцами, чтобы не разбежались. У Аида нет ничего, но есть Персефона. Его огромное тело, усеянное ранами, было залечено ее прикосновениями.

Со временем Персефона привыкла держать веки полуопущенными, внешне это добавляло ей царственности, но внутренне это было ее приспособлением к сумраку.

Однажды, оборвав поцелуи, Персефона спросила:

— Аид, у тебя не может быть детей?

— Как же нет? У нас есть тени, столько теней. Куда же больше.

— Я просто в себе уверена. Я не проверялась, но, учитывая, кто мои родители... Понимаешь, не может быть, чтобы во мне проблема была. Только без обид, да?

— Я не понимаю. Тебе чего-то не хватает? Они, они все — твои дети. Посмотри, какие они беспомощные без памяти! Им нужна твоя забота. Им нужна любовь.

— Конечно, в переносном смысле — да, они как дети. Это не имеет значения. Мама просто говорила, что мечтает, чтобы у меня было все как у людей... как у богов — семья, муж, детей много. А у нас с тобой не получается почему-то.

— Опять она! — гулко разнеслось в сером тумане. — Мама, мама, мама! Послушай, Персефона, мы можем хоть когда-нибудь остаться вдвоем, без твоей мамы? У меня такое ощущение, что и в постели она с нами рядом, дает тебе указания, как лечь да как повернуться.

— Тогда ты спишь с обеими богинями и должен быть рад. Ты же всегда и во всем завидовал отцу. Всегда считал, что отец себе получше кусок урвал... что, не так?

Аид молчал. Смотрел на свое царство, а Персефоны словно не было здесь. Еще глубже морщины на лице: как порезы, еще седее волосы. Чужой. И тяжесть легла на Персефону. Ад, который муж придерживал над ней, навалился. Но она понимала его. Она не сердилась.

Рано или поздно должен был прийти час, когда она скажет это:

— Я ухожу, Аид. Ухожу к маме. Я вернусь. Я по-прежнему тебя люблю, я просто не могу здесь долго находиться. Проблема не в тебе. И не в том, что у тебя не может быть детей, это тут тоже ни при чем. Я просто больше не могу. Не выдерживаю.

— Но если ты умрешь, ты снова вернешься ко мне.

— Рано или поздно я стану такой, как они. Смотри, как вылупились на нас! И слушают. Они слушают нас, ничего не понимая. Слова понимают, а почему мы друг на друга кричим и почему целуемся — не понимают. Когда я стану такой, ты сможешь меня любить?

— Да.

— Нет. Я тебя даже не вспомню.

— Я не дам тебе...

— Когда-нибудь я глотну из Леты, и на этом все кончится. Поэтому я лучше уйду сейчас. А ты дождешься меня. Спасибо, что увез меня тогда...

Ее голос доносился уже издалека: она убегала, уплывала, уезжала.

Мать ждала у ворот.

...

— Ты можешь что-то другое надеть? — спросила у дочери Деметра. — Не забывай, мы — богини, люди хотят на нас смотреть и видеть воплощение своих надежд. Благополучия, счастья, самой жизни, наконец, а ты все в джинсах. На мистерии — в джинсах... ну куда это годится?

— Да, мама.

— И не смотри так, смотри прямо. Почему ты так странно смотришь?

Полуприкрытые веки. Но не потому, что свет режет глаза. Она просто привыкла у себя дома... Сколько лет прошло! А мать не хочет признавать, что у нее есть свой дом, свое царство. Свой муж. Мать по-прежнему присматривает ей хорошеньких юношей, хотя сама Персефона уже не юна — она вечна, бессмертна, веки ее тяжелы — она никогда не закрывает глаз, но и не открывает широко в своем царстве. Как и супруг. Они смотрят из-под полуопущенных век, а полупрозрачные тени танцуют им полутанцы. Иногда одна или другая тень испускает вдруг долгий протяжный стон, от которого содрогается все царство. Персефона теперь уже не боится, она знает. Это память. Благотворное действие лекарства оборвалось — и она, заботливая царица, мать своих подданных, обнимает тень, все более напоминающую человека, за проницаемые плечи, и ведет к Лете. Тень скулит и стонет по дороге, а она шепчет: «Ничего, ничего, чуть-чуть осталось, совсем чуть-чуть. Сейчас выпьешь, сейчас полегчает». Возвращаются от Леты тени сами, летят, не отягощенные грехами и страданиями земли. Только одна тень, совсем ребенок с большой раной на животе, спросила ее: «А ты? Ты разве не будешь пить?» И она прижимает ускользающую тень к себе, пачкаясь кровью, но после одного глотка тень взвилась клочком дыма и улетела от нее.

— Я стараюсь, мама.

У света странный, горячий и неприятный запах. Все хорошо переносят этот запах, а Персефоне скучно от него. Но иногда забавно бывать в гостях у матери, наблюдать верхушки растений: листья, цветы, стволы и кроны деревьев. У себя дома она привыкла к тому, что растения — это корни. Ей кажется, что в корнях больше правды, но она не говорит этого Деметре.

Однажды к Персефоне и ее мужу пришел в гости живой молодой человек — талантливый, маме бы понравился: Орфей. Но он был уже занят, именно поэтому и пришел, как выяснилось после импровизированного концерта. А играл он лучше, чем кто-либо когда-либо на земле или под землей. Особая там, внизу, акустика! Много воды, да еще души, проводящие звук. Тени вздрагивали в музыке, сами становились звуком: многих нужно было потом отпаивать водами Леты… Орфей играл так хорошо, что Персефона широко открыла глаза. Музыка воскресила в ней первую зиму, проведенную в царстве Аида, когда тени разлетались в ужасе от их непрерывных ласк. Первую встречу, первую ее дрожь, жажду прикосновений. Она согласилась исполнить любую просьбу музыканта. Тот попросил вернуть ему умершую жену.

Аид откашлялся, рот его выглядел еще брезгливее, чем обычно. Бледный Орфей прятал лицо, дышал тяжело, но Персефона знала, что опущенные уголки жестких губ скрывают не гнев и не отвращение, а растерянность. Ведь слово царицы не может быть нарушено. Наконец Аид прошептал ей в ухо:

— Дай ему первую попавшуюся. Просто любую тень, он не разберется все равно. И кто сказал, что люди от смерти не меняются?

Для Аида это — проблема. Какая такая Эвридика? У теней нет имен. Ни имен, ни внешности, ни прошлого, ни будущего, ни отличий, у них даже границ нет… как найти в этом аморфном дыму определенную Эвридику? Не отпаивать же кровью всех — миллионы, сотни миллионов? Но он одного не понимал, ее муж, которому вечно лень всерьез заняться своим собственным делом. Он не понимал, что у женщины должно быть свое содержание жизни: она давно нашла это содержание для себя, давно навела порядок в этом его бедламе, который он гордо называл «царством мертвых».

— У меня все зафиксировано. Кто, когда поступил, в каком состоянии и по какой причине, сколько воды из Леты употребил и куда направлен. Так когда с ней это произошло, говорите?

Подняла списки. Нашла. Отпустила.

— Только не оглядывайся, — сказала Орфею. — Она сейчас не такая, какой ты бы хотел ее видеть. Потом, наверху разберетесь.

Персефона смотрела на удаляющиеся силуэты и знала, что ничего из этой затеи не выйдет. Орфей обернется, никуда он не денется. Обернется и увидит дым. И закричит... А тень испугается и вернется назад.

Сглотнув, Персефона протянула руку к руке мужа. Чтобы он не стал дымом. Чтобы он был вечно, как должно быть у богов. Его пальцы. Она знала его — со всеми комплексами бога, которому не положено жертвоприношений, со всеми мелкими болячками и смешной обидчивостью, замаскированной под величие. Она знала его лодыжки, его шрамы, его плечи, которые становились ей домом. Она не боялась смотреть ему в глаза — ну что особенного в смерти и небытии, с нами такого не будет, ведь мы боги. Только бы он был. Только бы они не были разлучены, как Орфей и его жена.

Аид посмотрел на жену удивленно — чужая любовь и чужой эрос его не трогали. Он считал смертных зародышами теней.

Персефона знала, что для Деметры четыре месяца, которые дочь проводит в подземном царстве с мужем, — недоразумение, короткая отсрочка, во время которой богиня плодородия страдает, бездельничает и ждет возвращения. Деметра думает, что и Персефона проживает свое настоящее время с ней, но она ошибается. Две трети года, которые Персефона должна проводить с матерью, для нее самой — отсрочка, недоразумение. Настоящая жизнь ее — там, внизу, с супругом.

Деметра одинока. У нее украли дочь. Персефоне жаль мать с ее колосками и зернышками, давно ненужными людям, которые и так все держат под контролем или думают, что держат. Разве что кроме смерти. Деметра еще менее могущественна, чем Аид.

Но Персефоне нужно возвращаться домой, она не может остаться с матерью.

Зернышко граната в сердце — оно там всегда будет, и Персефона всегда будет возвращаться к Аиду, и первые минуты после ее возвращения им снова захочется стоять рядом — прижавшись друг к другу, не шевелясь, как в первый раз — первые вечности после возвращения, с терпким и сладким вкусом граната во рту.

Гранатовое зернышко прорастает сквозь землю, к поверхности, и вырастают деревья, и покрываются цветами, но опадают лепестки, и набухают на месте цветов — плоды, такие плотные, что шершавая кожица еле сдерживает сок, такие темные, что смертные не могут отвести взгляд и обречены пробовать, даже зная, что корни дерева — в царстве мертвых.

Мария Рыбакова

Сима Волкова

Черный от вулканической пыли песок и рельсы несуществующего трамвая, променад вдоль моря с балюстрадой из белого гипса, где каждые пять метров попадаются пары: женщина сидит, и парень стоит перед ней, или, наоборот, парень сидит на балюстраде, а женщина стоит рядом. Они прижимаются друг к другу, разговаривают, держатся за руки. Целуясь, парень украдкой успевает смерить взглядом идущую мимо девушку — а девушку зовут Сима Волкова, она шагает по набережной и смотрит на мужчин в облегающих брюках с красными и зелеными поясами, те идут в обнимку с женщинами, у которых волосы завиты, а глаза подведены. И даже четырнадцатилетний на вид мальчик ласково, как умелый любовник, берет девочку за подбородок и целует у моря.

Утром на пляже два подростка сидели на перевернутой лодке, вытащенной на песок. Один был худ и черноволос, он высокомерно кривил губы и небрежно обнимал другого за плечи. На его узком загорелом запястье поблескивали часы. А друг его, губошлеп с круглыми глазами, смотрел на море и на Симу Волкову, и тело его было еще по-детски пухлым, хотя в плечах он уже раздался, и на предплечьях видны были мускулы. Позже она их видела за стойкой пляжного кафе, где те сидели, свесив босые ноги с высоких стульев, и пили черный кофе из пластмассовых чашек.

Теперь круглое красное солнце садилось за гору, освещая белый корабль, ржавеющий в порту, и домики среди зелени на отрогах горы. Вот уже и фонари начинали зажигаться на набережной, и счастье других было почти невыносимо, но от него нельзя было оторваться.

Вчера на станции железной дороги молодой таксист крикнул «привет!» Симе Волковой, когда та сидела на скамейке. Она ответила, и он вышел, прислонился к автомобилю, скрестив руки на груди, а его бедра оказались прямо напротив бедер Симы Волковой, но она старалась смотреть не туда, а на золотую цепочку на загорелой шее и на его полные губы. И когда уже надо было бежать на электричку, она сунула ему в широкую ладонь записку с номером телефона гостиницы. Он обрадовался и попросил «поцелуйчик», но она замахала руками и побежала на поезд, чтобы успеть на экскурсию по местным развалинам. В поезде было жарко, а на развалинах к ней привязался лишайный котенок, которого пришлось отгонять, громко хлопая в ладоши. Пока она ждала обратного поезда, ей страшно напекло голову, и сейчас, вечером, когда жара спала, голова все еще болела.

В темноте Сима Волкова шла по длинному причалу, продвигаясь все дальше в море, смотрела на отражение луны в колеблющейся воде и на черные валуны, косой вдававшиеся в море. На самом крайнем валуне две темных фигуры двигались в такт, и Сима не сразу поняла, что происходит, но, сообразив, уже не могла оторвать взгляд от их ритмичных движений, которые все убыстрялись, а потом мужчина мужской силуэт сел, чтобы надеть рубашку, а женская рука протянулась к нему и обессиленно упала.

Когда Сима Волкова вернулась в гостиницу, она долго не могла уснуть, потому что подушка нагревалась под головой, — она переворачивала ее, но это не помогало: и подушка, и одеяло были слишком горячи от ее тела. Четыре года назад она познакомилась с учителем из этого города, когда он ездил в Москву на курсы повышения квалификации, они виделись всего один раз, но обменялись телефонами. Вскоре он позвонил ей по междугородке и спросил:

— Что на тебе надето?

А она рассмеялась, потому что ее никто никогда об этом не спрашивал, и ответила:

— Халат и тапочки!

— А нижнего белья ты не носишь?

— Нет, — соврала она. — Ни трусиков, ни лифчика.

Он попросил ее расстегнуть верхнюю пуговицу на халате и представить, что его губы прикасаются к ее ключице.

И когда Сима шла на работу на следующий день, у нее уже был тайный возлюбленный по телефону, она вспоминала его, когда говорила: «Дети, откройте учебник на странице восемьдесят», — и когда пугалась смешка в классе, думая, что это смеются над ней, а когда шептались коллеги, она перебирала в уме события дня (не опоздала ли, не сказала ли что-то не то при них, чего нельзя было говорить?). Она по-прежнему боялась и плакала, но все же у нее был тайный возлюбленный, о котором можно было мечтать в любое время дня и ночи. Она дожидалась его звонка и снимала трубку, не веря, что это происходит с ней, а не в кино, и говорила ему: «Когда я слышу твой голос, сердце прыгает в груди, как кенгуру в Австралии».

Она мечтала, что когда-нибудь купит билет и приедет в его город, и спрашивала его, когда ей стоит приехать, но он лишь отшучивался и смеялся. Но в один прекрасный день она купила билет и приехала сама, позвонив ему уже с вокзала по прибытии. Она дожидалась его на деревянной скамье, обшитой искусственной кожей, где кто-то перочинным ножом вырезал свастику, а когда учитель пришел и сел рядом с ней, стала трогать его лицо, целовать руку, чтобы удостовериться, что он — рядом, и, слабея от невозможности происходящего, прошептала: «Пошли к тебе!»

И они пошли, петляя проулками и внутренними дворами, наконец поднялись по деревянной винтовой лестнице на третий этаж и зашли в залитую солнцем квартиру, где царил такой безумный, такой ошеломляющий порядок, что Сима подумала: «Может, он завел меня в нежилой дом, а не к себе?» Но не успела испугаться, потому что он открыл шкаф, показал ей стопки бережно сложенных рубашек и, поправляя газету на столе, произнес: «Когда вещь косо лежит, мне кажется, что ей больно».

В окне напротив старуха поливала цветок. Они смотрели на нее, стоя возле аккуратно застеленной кровати, и мысль о том, что можно было бы упасть на эту постель, целуясь, возникла в двух головах одновременно.

Но они этого не сделали, а вместо этого пошли в кафе, где на десерт было пирожное в виде рыбы, от которой Сима отъела хвост, и проговорили до вечера.

— Я люблю тебя.

— Ты мне очень нравишься, но я не хочу, чтобы мы стали близки.

— Я люблю тебя.

— Потому что как только я пересплю с женщиной, я тут же теряю к ней интерес.

— Я люблю тебя.

— Ты все время это повторяешь... но ведь ты даже не знаешь меня.

Когда они встали, он снял ее жакет со спинки стула, куда она его небрежно — к огорчению собеседника — бросила, вышли из кафе, и он галантно взял ее под руку, чтобы проводить по гостиницы. На улице уже сгущалась тьма, по дороге на двух перекрестках они видели плачущих девушек, а на третьем прогуливался мужчина с огромной собакой на поводке. Сима поняла, что самый счастливый день в ее жизни подходит к концу, и у входа в гостиницу словно спохватилась:

— Ведь мы же могли все это время провести в постели — как жалко, что мы этого не сделали.

В ответ на это учитель пнул ступеньку, а Сима сказала:

— Поцелуй меня! — И он поцеловал ее недвижными солеными губами.

Той ночью ей приснилось, что она ждет его у входа в цирк, куда входят и зрители, и участники представления: клоуны, жонглеры, карликовые лошади, — а его все нет и нет. Она смотрит на часы — сама боялась опоздать, но троллейбус вовремя подошел. Хоть бы ее друг успел, хоть бы и ему повезло с транспортом! Но представление уже началось — даже если он придет, его уже не пустят. Она проснулась от душераздирающей жалости к нему, оттого, что он не увидит ни клоунов, ни дрессированных болонок, ни акробатов, но, прежде чем разрыдаться, она поняла, что это был лишь сон.

И вот еще одна беспокойная ночь: она никак не могла заснуть, наверное, с ней все-таки случился маленький солнечный удар, пока ждала электричку. Сима ворочалась с боку на бок и смотрела, как ночной бриз надувает занавеску, но прохладнее от него не становилось, и уже небо в окне начинало сереть, и звуки с улицы доносились все громче — южное утро наступало с ликованием, которое не зависело ни от приезжей девушки, ни от ее друга учителя.

В номере раздался телефонный звонок. Сима Волкова сняла трубку, и администратор произнес: «Соединяю». Незнакомый голос сказал:

— Привет, Сима! Ты меня помнишь? Это вчерашний парень! Таксист.

— Да, помню, — ответила она. — Хочешь приехать?

— Можно? Да, хочу!

Она положила трубку, сама не веря, что только что позвала незнакомого человека к себе в номер, и подумала: «Наверно, он не придет».

Сима ждала больше часа, не слезая с постели, не завтракая, и в конце концов решила, что он не придет.

Но вдруг опять раздался телефонный звонок. «Вас тут внизу дожидаются», — сказал администратор, и она спустилась в холл. Там… стоял таксист, и она пригласила его подняться, правда, пришлось заплатить администратору, потому что тот возражал: мол, посторонние не могут находиться в номере.

«До чего шикарный номер!» — заметил парень, когда они поднялись. А ей и в голову не приходило, что эта комната хоть чем-то хороша: кровать, тумбочка, телефон на ней, окно, выходящее на шумную улицу. Таксист спросил, можно ли здесь курить, но она ответила, что нет, взяла его за руку, а он поцеловал ее податливыми и сильными губами, после чего она уже не могла остановиться.

Горничная собиралась постучаться, чтобы пропылесосить и поменять белье, но услышала стон и широко улыбнулась, блеснув фиксой. К женскому голосу присоединился мужской…

«По вою ясно: блондинка с брюнетом, — рассуждала горничная, когда отпирала соседний номер. — Опять начали. Брюнет, видать, жилистый. На груди густой волос. А у блондинки небось красный лак на ногтях, и она его этими когтями царапает, а потом в спину как вцепится — у мужика отметины будут!»

Горничная сняла наволочки, пододеяльник, простыню. «Блондинка под ним ужом вертится, сиськи теперь такие большие у девок стали, искусственные. А он давай наяривает, вон как кровать скрипит. Мой-то, пока нутро не сгнило, тоже в этом деле был хорош. Я ему говорила: "Желанный ты мой…" — и на колени становилась, и в рот брала, будто молилась. Под ним лежала, а он меня придавливал, как сто пудов счастья. Я-то все сердилась, что он небритый — щетина его кололась. А только где же он теперь, голубь мой незабвенный, серденько мое».

Денис Епифанцев

Джеймс

Я замираю перед витриной Girard-Perragaux Pets.

В витрине копошатся механические щенки. Они сделаны в ретро-стиле, у них иллюминаторы в медных боках: посверкивают вращающиеся шестеренки, крутятся колесики и вздыхают поршни. Щенки играют, встают на задние лапы, звонко тявкают. Старинные электрические лампы накаливания на витых шнурах освещают собачек желтым, как будто их слегка припудрили, светом.

Зимний день в Нью-Йорке.

Я кутаюсь в пальто и шарф.

На ногах широкие брюки и непромокаемые ботинки с мехом.

Под ногами платформа «Нью-Йорк»: где-то глубоко под этой мелкой сеткой вибрируют антигравы. Если замереть, можно почувствовать, как Нью-Йорк дрейфует в сторону Исландии.

Несмотря на ледяной ветер с крупицами льда, которые шлифуют лицо, если идти против; на холод, который забирается под пальто и свитер, и обжигает спину… Несмотря на это, мне кажется, будто я счастлив. Определенно счастлив. Ну, задумайся, какое это удовольствие — чувствовать. Какая это радость — иметь тело.

Я пытаюсь глубже спрятаться в шарф, щетиной цепляюсь за складки и ловлю ноту парфюма, который нанес полчаса назад в магазине. Чувствую прикосновение шерсти свитера к спине и плечам. Чувствую, как ткань штанов, подчиняясь порывам ветра, обнимает ноги. И обувь — мягкая и податливая — не пропускает холод. Ноги в этом холоде кажутся обжигающе горячими.

Чувствую, как бьется сердце: гонит кипящую кровь от ног вверх к озябшей спине, а холодную от головы вниз — чтобы там ее согреть.

Мне тепло, хорошо. Я специально замираю перед витриной, дабы этим внутренним взглядом осмотреть тело, осознать его. Не витрина мне интересна — мое отражение в ней.

Я провел последние двадцать лет в диком космосе. Андроидом работал на «Европе». Когда-нибудь мы обязательно пробьемся и узнаем, есть ли там жизнь под — этой толщей льда: ну эти фантастические киты, что живут там уже миллионы лет, или их хитиновые покровы, или остатки их цивилизации. Когда-нибудь.

Обязательно.

Но не сегодня.

Сегодня у меня отпуск.

Или так — я решил, что пора уже вспомнить, ради чего я все это делаю.

Двадцать лет в диком космосе, в теле андроида: можно забыть, зачем ты на это соглашаешься. Все же знают, что секс — прежде всего тело, а когда твое сознание перенесли в машину, у которой нет желез, гормонов и всего такого — электроны не заменяют тестостерон, — ничего не отвлекает от работы. Двадцать лет ты только и делаешь что считаешь, прогнозируешь, анализируешь. Ты избавлен от лишнего, от всего слишком человеческого, ты думаешь о том, как сделать то или это, как оптимально распределить усилия. Экономика. Прагматика.

За двадцать лет, что ты был машиной, очень легко забыть, зачем ты на это соглашался.

И я тушу окурок о его грудь. Левую грудь. Пониже ключицы. Он не смотрит на меня. Молчит. Его лицо чуть подернулось судорогой.

Выбирая между всеми удовольствиями обитаемой Вселенной, я решил вернуться на Землю. Транснейронный перенос сознания занял чуть меньше часа, благо тело было заказано заранее, Костя позаботился об этом. Я не совсем уверен, будто это — то, чего я хочу. Мне кажется, Костя воплотил свои фантазии: почти два метра ростом, широкие накачанные плечи, узкие бедра… блондин с зелеными глазами.

Я бы предпочёл быть брюнетом с простыми карими глазами, ниже ростом и более худым, но уже не стану спорить. Ждать новое тело не долго, но слишком долго для меня — внутри что-то сидит, свербит, пульсирует. У машины, конечно, ничего такого не бывает, но что-то же я чувствую…

После всех этих лет в космосе, когда я был андроидом, когда ощущений нет, все эти чувства, это тело, кожа, пальцы, которые обжигает стаканчик с кофе, купленный в Starbucks’e, — и ледяной ветер, волосы, мех, шерсть, свитер… Какое это удовольствие — иметь тело!

Я смотрю на себя в витрине. Этому телу двадцать лет.

Зимний день в Нью-Йорке. Тусклый.

Небо затянуто серыми тучами.

Я смотрю на собачек в витрине.

Девочка.

Девочка в пальтишке и шапочке, как будто уменьшенная копия мамы: это из-за того, что на ней такое же пальто, как и на матери, стоящей рядом, только маленькое, прижала руки и лицо к холодному стеклу… Она задыхается от восторга, оставляя на нём белое, быстро исчезающее дыхание.

— Смотри, мама… Мама! Смотри! Какие… Давай купим! Я буду с ней гулять.

Ох.

Три дня назад в Шанхае.

Маленькая девочка гуляла с механической собачкой.

Водила её на поводке. Платьице в цветах, белые носочки, белые сандалии. Коричневый поводок.

Собака залаяла на нас, когда мы проходили мимо, — спонтанность, заложенная в программе.

— Кити, — улыбнулась няня в синем форменном платье.

— Кити! — сказала девочка строго собачке.

Три дня назад в Шанхае.

Не знаю, кто как, а мы первым делом, получив новые тела, отправились в Шанхай.

Клубы, рестораны, бани, одежда из шелка и кожи, все, что можно попробовать на вкус: еда, выпивка, парфюмерия… Хотелось все вспомнить: вкус, запах…

Это как запой.

И, конечно, самое главное… То, ради чего стоит иметь тело и ехать в Шанхай, — «Дом цветов».

Все, что ты хочешь.

Когда проводишь двадцать лет в диком космосе, времени на самом деле очень много. Можно учиться, читать, слушать музыку. Я смотрел кино. То старое развлечение, которое появилось во втором тысячелетии.

Все эти мужчины и женщины. Автомобили на колесах. Все эти странные истории про страсть.

Я смотрел — и тогда, наверное, у меня появилась эта идея. Я не могу сказать, когда точно, я даже плохо себя представляю, как она сформировалась. Все же знают, что сексуальное — это телесное вначале, а когда у тебя вместо тела кусок железа, откуда может появиться желание? Сложно понять, но оно появилось.

Это было даже не желание, это как картинка, открытка: вот я, вот он. Мы в комнате. Жалюзи на окнах. Он сидит на кровати, я стою перед ним, между его ног. Он расстегивает пуговицы на моей рубашке. Я держу его за подбородок и провожу подушечкой большого пальца по его губам, тушу сигарету ему о грудь.

На коже появляется красный ожог. Он сдерживает стон.

Я беру его за затылок.

Что будет потом, я плохо себе представлял. Эта картинка в моей голове была статична. Свет. Стены. Дешевые репродукции. Разобранная постель. Как будто эти двое — они на сцене, а вот я сижу в темном зале и наблюдаю.

Главное не это. Главное, что Он был Джеймс Дин.

Я видел его в тех фильмах, восстановленных по памяти клонированных режиссеров и кинокритиков, где он что-то такое делал. Я не очень понимал, что именно, но там был момент… это был фильм «Нет смысла бунтовать», когда он дрался с кем-то, падал на землю и у него была разбита губа… там еще была кровь — очень яркая, красная… он смотрел — и вот этот взгляд и поза, в которой он лежал…. Это, наверное, что-то личное, какой-то фетиш — гипнотический, завораживающий.

Косте, напарнику, с которым мы работали, я сказал, что хочу съездить на Землю, купить тело и вспомнить, как это — быть человеком.

Заказ на Джеймса нужно было делать заранее. Связаться с людьми на Земле. После закона 2032 года, который регулирует производство тел и, в частности, запрещает клонирование тел для «цветочных домов», сделать это становится трудно. Даже на Земле, которая давно уже не центр Вселенной, что-то подобное можно найти только в Шанхае.

Считается, раз они живые, и даже если сознание их — просто набор цитат, регулируемый программой, это все равно насилие, а насилие запрещено. Но в насилии и суть. Я не прав?

Ведь это же просто тело? Нет?

Как все было? Как я себе и представлял: железная дверь в грязном переулке под красным фонарем.

Обитые густой бордовой тканью стены, сонные объятия глубоких кресел, медовые золоченые рамы с летними пейзажами, неподвижный, как мутная речная вода, дым сигарет, тягучая китайская музыка... А потом вошел он. Молча курил рядом со мной, пока мы ужинали.

Костя ушел с сиамскими близняшками, а мы поднялись в комнату.

Тусклый свет, небольшая комната, открытая дверь в прохладную кафельную ванную, кровать.

Он молча снял рубашку и штаны, аккуратно сложил их на стул и сел. Прикурил одну сигарету от другой. Пепельница у кровати полна окурков.

Я будто смотрел на все со стороны. Запоминал каждую секунду. Каждую тень на его теле.

Он был возбужден — ткань широких трусов под углом поднималась, плавно очерчивая головку. В центре растекалось темное пятнышко смазки. Я расстегнул ремень и выпростал рубаху. Отобрал у него сигарету, взял рукой за затылок, коснулся ладонью волос.

Из-за стены негромко звучала музыка.

На секунду я замер, чтобы запомнить, проверить, та ли эта сцена: вот он, вот я. Это было так красиво, *это* было именно так, как я хотел. Я спустил трусы со штанами до колен и засунул свой член ему в глотку так глубоко, как только мог — его нос уперся мне в живот: казалось, если он высунет язык, то сможет облизать мне яйца. Пока он задыхался, сдерживал рефлекс, шумно дышал носом, я выдохнул дым в потолок.

Потолок был белый, от жалюзи его пересекала ребристая тень.

Я держал крепко, двигался резко. Вначале он был безвольный, но, когда начал задыхаться, а глотка стала сжиматься, уперся мне в живот руками, отталкивая. Чуть прикусил. Я двигался все резче. Он стал бледнеть. Я кончил и отпустил его.

Он упал на спину, перевернулся на бок и зашелся, согнулся в кашле и хрипе — сплевывая сперму и утирая слезы.

Костя позаботился о том, чтобы член, как и все тело, был большим. Девять с половиной дюймов в длину и больше двух дюймов в диаметре.

Смазывая член, другой рукой я разминал его задницу. Он стоял на четвереньках, опершись на локти, опустив голову. Выгнув спину, подняв задницу вверх. Сначала я использовал один палец, потом два, потом три. Это заняло какое-то время, но даже это не помогло — ему было больно, когда я вошел первый раз. Очень больно.

По комнате расплывался приторный, искусственный клубничный запах смазки.

Я видел, как дугой выгибается его спина, чувствовал, как он сжимается, как он пытается сбежать, отсрочить момент, когда я войду в него полностью.

Я держал его за бедра, а потом, раздвинув ягодицы, стал смотреть, как мой горячий член медленно входит в него. Я видел пот, который выступил у него на лбу и шее, ладонями чувствовал его жар, чувствовал, как все внутри него горит: в этот жар и входил.

Смирившись, он стал податлив.

Мои яйца коснулись его.

У меня слегка кружилась голова. Пластинку за стеной, кажется, заело.

Я двигался в нем, чувствуя, как он сжимается от каждого моего толчка, и, чем больше он сжимался, тем глубже мне хотелось войти. Я взял его за член — твердый, тяжелый, горячий — и немного подвигал рукой, обнажая головку.

Он сдерживал стоны.

Я зажег новую сигарету и перевернул его на спину. Положив ноги на плечи, подложив подушку под бедра, я снова вошел в него. Он уже не испытывал боли. Мы были мокрые и скользкие от пота, он держал меня за бедра и сам толкал вперед.

Я потушил окурок о его грудь. Он даже не заметил.

Я коснулся языком ожога.

Когда кончал, чуть не откусил ему нижнюю губу. Я видел тонкий лоскут бледной кожи, из-под которого показалась кровь.

О, Будда, как же мне было хорошо...

А потом я лежал рядом, мой член все еще был в нем, переводил дыхание и трогал ожог. Кожа на ощупь... Моя кожа, его кожа. Руки, пальцы. Мое тело. Мы оба липкие от пота. Едкий запах в комнате. Запах клубники, пота и чадящих благовоний, которые, как и музыка, пробивались из соседней комнаты.

Я облизал его плечо. Плечо было кислым. Он закурил. Я поцеловал его. Вкус крови и табака. Я спустился к груди — мелкие густые волоски, твердый, как камень, сосок — попробовал на вкус живот, провел языком ниже. Облизал яйца. Провел языком вдоль всего члена. Мои пальцы снова вошли в него.

Я двигался у него внутри, облизывал головку и водил кольцом из пальцев вдоль члена. Он кончил быстро. Горьковато-миндальный вкус.

А потом нам принесли завтрак: это означало, что вечер кончился.

Я принял душ: как будто много маленьких горячих иголок впивается в тело. Оделся. Костя ушел еще раньше.

Я медленно шел в отель. Тяжесть земного притяжения, легкая одеревенелость после бессонной ночи, ощущения тела... Я шел медленно, солнце слепило глаза, дул теплый ветер.

В голове пусто. Мне очень хорошо, я ничего не чувствую, я совершенно пуст, я глупо улыбаюсь... Через пару часов сна в отеле, или когда мы будем тихоокеанским экспрессом возвращаться домой, — тело вернет себе способность чувствовать. Но сейчас это такой тонкий намек, такое тонкое обещание... замри — и услышишь.

Я смотрю в зеркальное отражение витрины. Ветер задувает под пальто и холодит спину. Я вижу Джеймса Дина, вижу, как он сидит на кровати, курит. Я стою рядом, ремень расстегнут — секунда — тусклый свет, ребристая тень жалюзи...

Александр Кудрявцев

Будь навсегда

— Не найдется ли у вас огня, дабы потешить мою пагубную привычку к табаку?

Я всмотрелась в силуэт, остановившийся рядом. Внимать столь церемонным речам в нашем захолустье мне не приходилось с тех времен, когда я перечитывала «Войну и мир».

Он изрядно покачивается, в бликах фонаря — тонкое лицо с большими глазами. Мальчишка, лет семнадцать.

Я чиркаю зажигалкой, он смешно вытягивается к огню.

— Какой у вас нос, молодой человек! — не выдерживаю я.

Даже в электрическом полумраке я вижу, как он покраснел.

— Пардон, не понял…

— Не нос, а произведение искусства! — я тоже закуриваю, усиленно зеркаля его жесты. — Такие когда-то носили герои Древней Греции.

Польщенно сопит. Обожаю этот возраст — его счастливые обладатели искрят от любого прикосновения, как блуждающие провода.

— Вы историк? — глупо спрашивает он, явно пытаясь поддержать разговор.

Сегодня я выгляжу неплохо: на лице боевая штукатурка, вполне еще стройные ноги принесены в жертву каблукам, а грудь на крепкую четверку декольтирована до пределов неприличного.

— Нет, — улыбаюсь я, стараясь скрыть отсутствие зуба-«пятерки», — я учительница. Работаю в мясном.

…

Сначала кажется, что в мясной лавке жарко от парных внутренностей.

От запаха сырого мяса мутит, но вскоре приходит медицинское равнодушие, с которым ты учишься точить широкие ножи и чекрыжить плоть на развес.

Мясник Виталий однажды хохмы ради показал, как разделывают туши.

«Все дело в заточке ножа».

Он зажал меня в раздевалке через неделю, перегнул через левую руку, нажав правой сзади на шею, а потом одним рывком стянул юбку с бельем.

Дав первый залп, оттащил на старый диван в бытовке и торопливо разделся. Где-то читала, что тело освежеванного медведя почти человеческое: кубики пресса, развитые плечи и кирпичи-бицепсы атлета. Голый Виталий похож на медведя без шкуры.

Сначала на спине. Потом на коленях. Сверху. Сбоку. Повторить.

Виталий рычит.

…

— Звезды пахнут летом! — юноша задирает голову в космос над крышами, жадно тянет носом.

Мы сидим рядом в обнимку и немного целуемся.

— Какая ночь! Я чуть не плачу! Луна чертовски хороша! Весь мир прекрасен! И не может быть иначе! И ты — как эта ночь! Прекрасна! И ночна!

— Замечательно! — вру я. — Твои стихи?

Гордо кивает.

— Знаешь, в этой дыре нечасто встретишь поэта. Почитай мне еще из своего. Пожалуйста!

Он храбро декламирует Гумилева и Ахматову.

— Очень хорошо!

Его длинные пальцы робко и неумело гладят мою грудь.

— Пойдем ко мне? — говорю я.

Он замирает и зачем-то смущенно оглядывается по сторонам.

— Понимаешь… — долго молчит, пытаясь подобрать слова, которые мне известны заранее, — просто я еще никогда… ну…

— Это поправимо, — отвернувшись от него, я улыбаюсь в свежее ночное небо.

…

«Народы, моря и горы живут волнами», — вспоминаю чью-то строчку, вздрагивая от его мягких, еще несмелых движений. Путешествую пальцами по маршрутам родинок на гладкой груди, смотрю в огромные от восторга глаза.

Если бы я снимала домашнее порно, то брала бы в кадр только лица.

В зеркале напротив пышная женщина осторожно усаживается на юноше и, покачивая тяжелой грудью, двигается в такт его громкому дыханию и тихому скрипу пружин. К городу за окном приближается проходящая электричка, запуская из-под дуг бенгальские огни. Гул нарастает, пульсирует в ушах, оконные стекла звенят все громче, громче, сильнее — СИЛЬНЕЕ! ДА! ТАК! — гроздья искр взрываются на весь мир, а потом тишина и темнота, в которой вспыхивает «чирк» зажигалки и вырастают два багровых кончика сигарет.

— Как это, в первый раз? — Я выпускаю дым к потолку.

— Странно. Все плывет. Сердце из ребер выламывается… И жутковато — вдруг что не так… Твоя рука берет, направляет, внизу сначала горячо. Потом влажно. Потом сладко. И бешено. И твое тело… Как горячий снег.

Он перевел дух и приподнялся на локте:

— Ну, как я?

— Великолепен! — Я гладила его мягкие волосы, целовала тонкие руки.

Не выдержав, закричал:

— Теперь я самый мужчинский мужчина на свете!

— Милый мой Том Сойер, солнечная тайна, — сказала я, — магия тропинок и закатов чайных.

— Тоже пишешь? — в его голосе снисходительность.

— Да, — сказала я и дочитала ему стихи Насти Полевой до конца. Он притих, а потом обнял меня, и в его движении было уже новое, властное, мужское.

Я вздрогнула, подумав, что только что он стал намного старше, — человек растет рывками, двигаясь по своему циферблату, как дерганая минутная стрелка вокзальных часов.

Я включила «Пикник», свою любимую «Будь навсегда».

Его губы пахли парным молоком, как у теленка. Я сказала об этом, и мальчик тут же обиделся.

— Вообще-то я сегодня пил, — солидно сказал он. — Был один повод…

Я сделала серьезное лицо и поцокала языком:

— Что-то случилось?

— Завтра в военкомат. В универ не поступил, так что все. В армию.

— О, господи, — сказала я.

Он улыбнулся и снова ткнулся мягкими губами в мою грудь.

…

Ты скоро уйдешь в мир взрослых, Том Сойер.

Они ничего не оставят от тебя и выпьют небо из твоих глаз.

Они ожесточат твои руки и натянут на запястьях толстые жилы.

Ты загрубеешь, научишься скалиться и огрызаться, иметь женщин и ломать мужчин.

Ты быстро поймешь, что жизнь — это уроки жестокости, а твой ум позволит тебе стать хорошим учеником.

Но пока ты есть, милый мальчик, будь со мной, пока ты весел и твоя улыбка светла — будь со мной, хотя бы до этого проклятого, ненавистного, страшного рассвета.

— Я люблю тебя! — смотрит он огромными глзами. — А ты меня?

Ночь дает течь.

Боже, как быстро.

— Очень, — его голова лежит на моих коленях, а щеки блестят от моих слез.

— Почему ты плачешь? — Он проводит пальцем по моему мокрому лицу.

— Ты не поймешь.

Почему все проходит?

— Ну, ну… успокойся, — растерянно повторяет он. — Ты будешь меня ждать? Из армии? Это очень важно — когда тебя ждут…

— Найди себе ровесницу, — улыбаюсь сквозь слезы, — зачем тебе старуха?

— Ты не старуха, — хмурится он, — Гала была намного старше своего Дали. И ничего… Смеешься? — вдруг вскидывается. — Я что-то смешное сказал?

— Да нет. Историю вспомнила. Про кролика Дали.

— Я не помню. Расскажи.

Это ДЕЙСТВИТЕЛЬНО гениальная история.

— Однажды Гала и Дали надолго покидали дом. Сальвадор грустил, потому что не знал, что делать со своим любимым кроликом — оставлять было нельзя, брать с собой тоже. Утром в день отъезда Гала приготовила вкусное жаркое. Дали похвалил еду и спросил, что это было за блюдо. «Твой любимый кролик», — ответила Гала.

— Глупо, — поморщился мальчик.

— Она сделала так, чтобы Дали остался вместе со своим любимцем навсегда. Он съел кролика, и тот стал его частью. И они были вместе — НАВСЕГДА! Понимаешь?

— Неа! — Он зевнул и повернулся набок. — Разбуди меня рано утром, ладно?

Когда его дыхание становится глубоким и ровным, я осторожно встаю и следую в кухню.

Я исполняю танец на цыпочках, рассматривая свою наготу в широких сверкающих лезвиях на деревянной стойке для ножей.

Они не получат тебя, мой Том Сойер.

Ты останешься со мной.

Ты будешь навсегда.

Татьяна Розина

Запах

Все повторялось. Снова и снова. Дежавю. Он брал ее руки и приближал к своему лицу. Мягкие, теплые ладошки, всегда влажные. От них парил, врезаясь в сознание, запах. Сладкий. Или горький. Вернее, приторно-сладкий. Приторный до горечи. Запах полыни. Летней ночи. Коньяка. Раздавленного таракана. Он окунал свое лицо в ее ладошки. И глаза «туманились». Снова и снова. Но он никогда не мог сказать, было это раньше или нет. Или случилось впервые. И вообще… было ли. Или он бредит. Или спит. Запах улетучивался быстро. И он трезвел. Снова видел яркие краски, предметы будто прорисовывались через пелену и обретали четкость. Он начинал думать. И даже понимать смысл слов. Но потом снова брал в свои руки ее ладошки… они манили своим запахом… Он не мог понять, что заставляет бежать по спине крошечные мурашки. Не мог разгадать причину волшебства, происходящего каждый раз, когда он окунал лицо в ее руки. Но его влек, необъяснимо влек этот запах. Запах, от которого темнело в глазах и уплывал рассудок… это было… было уже… когда-то.

Первый раз он увидел ее, когда им было шесть лет. Вернее, ему — шесть. А ей, пожалуй, еще меньше.

Жаркое лето. В воздухе плавится солнце. Оно с утра появилось из-за пенящегося облачка, единственным пятнышком веселившегося на беспросветно-скучной голубизне. Появилось и плюхнулось толстым телом на пыльный двор. Плюхнулось, расплескав горячие капли вокруг, обжигая дворовую ребятню. Десятки ног взбивают серую пыль, поднимавшуюся от земли и тут же оседающую на потных ступнях, размазываясь невообразимыми грязными потеками по голени.

Харитоновна вешает белье. На длинных веревках, протянутых от единственного во дворе дерева до гвоздя на заборе. Старуха, кряхтя, нагибается к жестяному тазу, берет тряпку и, тряхнув ею, вытягивается, чтобы повесить. Мокрая ткань плюхает, цепляясь за веревку. Харитоновна достает из кармана фартука прищепку и щелкает ею по белью. И снова нагибается. И снова стряхивает. И снова щелкает.

Он сидит на лавочке в беседке на другом конце огромного двора. Двора, зажатого пятиэтажками и деревянным некрашеным забором. Остатки краски уже не угадываются. Ободранной кожурой слоятся на досках, отпугивая прохожих. Касаться поверхности забора не приходит в голову — шершавая, торчащая в разные стороны лохмотьями поверхность может ранить. Харитоновна снова нагибается. А он тупо наблюдает за движениями старухи.

Июль? Август? Жара расплавила не только воздух, но и мысли. Они перетекают, не складываясь в однообразную массу, обрывочными кусками расслаиваются, не доходя до сознания общим смыслом. Краем глаза он замечает возню: самые непоседливые затеяли игру в войну. Мальчишки и пара девчонок носятся, размахивая пластиковыми саблями и палками, оторванными от рассыпающегося забора.

Он сидит. Вдруг внутри что-то щелкает, как реле в трансформаторе. Он вскакивает и бежит. Бежит сначала просто так. Без цели. Без мысли. Будто внутри завелся механизм. Завод замедленного действия. Чем быстрей бежит, чем громче раздается призывный крик соседского мальчишки, тем сильнее разгораются глаза, пар выбивается из ноздрей. Сначала он бежит за всеми. И со всеми. Но потом глаза вырывают красное пятно. На серо-пыльном фоне двора яркое пятно притягивает остекленевший взгляд. Он впивается своими маленькими, но цепкими глазками в красную точку, то удаляющуюся от него, то, наоборот, заполняющую пространство.

Разглядеть, что этим пятном была ситцевая юбочка на какой-то толстушке, он смог только тогда, когда догнал ее. Девочка загнала себя в угол. Она, видимо, подсознательно считала, что спасется от неимоверно приближающейся угрозы, спрятавшись за деревом. Из последних сил добежав до раскидистой акации, она попыталась просунуться между забором и деревом. Сунулась и застряла. Дерево широкой кроной касалось старого забора. Он бежал, не сбавляя скорость, и буквально врезался в девочку. От разгоревшегося ее лица, от всего ее раскаленного тела, на него накатила горячая волна. Он замер, и даже чуть отшатнулся, как от ожога. Девочка дышала тяжело, широко открыв рот и обнажив щербатые острые зубки. Мелькнул малиновый язычок. Слюни собрались в открытом рту и пузырились, будто кипели от поднявшейся температуры. Девочка сглотнула слюну, неприятно чмокая губами, и снова открыла рот.

«У нее, видимо, заложен нос», — мелькнула неприятная мысль.

Мальчик заметил, как по лбу девчушки стекает огромная капля пота: она выползает из-под белых, туго стянутых в косички волос и, лениво перекатываясь, направляется к рыжеватой брови. Лоб девочки, покрытый белым, едва заметным, пушком, не дает той свободно соскользнуть. Он зачарованно засматривается каплей, как когда-то в цирке — блестящим шаром фокусника. Наконец, капля протянулась по брови и рухнула. Он вздрогнул.

Они стояли, почти не шевелясь. Вдруг девочка решила защититься, все еще ожидая нападения.

Откуда-то снизу выскочила маленькая толстая ручка… и двинулась прямо ему в грудь. Он схватил ее за запястье и сжал своими тонкими, но цепкими пальцами. Ее ладошка, сжатая в кулак, раскрылась… и на него пахнуло. Тем сладким. Вернее, сладко-горьким. Приторным. Терпким. Ударившим в нос. В лицо. Поглотившим его разум. Сожравшим сознание. Разъевшим волю, как ржа разъедает железо. Но ржа разъедает годами, а запах парализовал его в одно мгновение. Едва коснувшись лица.

Мальчик держал руку девочки, не в силах отпустить ее. Сердце, только что бившееся в груди и готовое вырваться из горла, вдруг упало вниз. Он почувствовал пульсирующее биение в паху. Что-то налилось горячим соком и дернулось. Мальчик больше не видел потного лица девочки. Не видел ее желтых веснушек, разбросанных по гладкой розовой щеке. Не видел открытой красной, рваной раны рта с двигающимся язычком, кажущимся экзотическим животным, неизвестно как попавшим туда. Он лишь видел пухленькие пальчики. Ощущал лишь дурманящий запах. И пульсирующее движение в шортах.

Он держал влажную руку около самого носа и вдыхал ее аромат. Что это? Полынь? Корица? Пот? Мальчик боялся открыть глаза. Открыв, спугнуть видение запаха. Он пытался продлить сон. Хотелось ощущать этот запах бесконечно. Запах, ковыряющий подкорку и дергающий плоть.

Наваждение окончилось, когда девочка вырвала руку, одернула красную юбочку и, протиснувшись между мальчиком и забором, пошла в сторону подъезда. Он стоял еще некоторое время, не в силах сдвинуться с места. Правая рука автоматически опустилась вниз. Он не мог сдерживаться. Плоть саднила, взывая о помощи. Мальчик даже не заметил, как яростно стал растирать ее, чтобы успокоить зуд. А девочка, уже почти зайдя в подъезд, оглянулась и усмехнулась.

С тех пор этот запах время от времени появлялся в его жизни. В эти минуты он выпадал из реальности, погружаясь в магическое и необъяснимое блаженство; в паху начинало приятно саднить.

Вскоре кончились каникулы: девочка уехала. Он пошел в школу и на какое-то время забыл о случившемся. Девчонки не интересовали его, а ощущение томящейся тяжести в паху не беспокоило. Но как-то неожиданная память вырвала почти забытое. Пыльный летний двор. Харитоновну, хлюпающую мокрыми полотенцами. И толстушку с веснушками и рыжими бровями. И запах… от воспоминания замутило. Приятная нега прокатилась от горла и плюхнулась внизу живота. Это было невыносимо приятно!

Впрочем, воспоминания почти выветрились. Он не ощущал уже той сильной волны, которая окатывала его раньше. Казалось, он забывает этот запах. В конце концов мальчик решил искать его, ускользающий… Он твердо знал: искать нужно в руках. В женских, вернее, девичьих ладошках.

Одноклассницы к тому времени вытянулись, превратились в молоденьких газелей. Они носились по коридорам школы, все еще по-детски вереща. Но многие уже бросали многозначительные взгляды на мальчишек, заигрывая с ними, привлекая внимание к своим появившимся женским прелестям. Мальчик с интересом заметил, что у некоторых обозначилась грудь. У одних барышень «комочки» торчали острыми пупырышками из-под тонких блуз. У других, более полных, выпирали соблазнительными горками, вызывая желание их потрогать.

Он любил рассматривать девичьи спины. Сидя на последней парте, порою забывал про урок, увлекшись любимым занятием. Он видел, как через прозрачные блузки просматривались полоски бюстгальтеров. Они врезались в тело, четко прорисовываясь через ткань. Иногда мальчик представлял, как расстегивает лифчик и проводит рукой по спине... Рука скользила сверху вниз, между лопаток, затем останавливалась: медленно перебирая пальцами, он воображал, как пробирается под мышками вперед, обхватывая девочку сзади. Это придавало ему смелости — ведь она не видела, кто позволил себе такие вольности. И вот его руки оказывались на ее груди. Он мысленно прикрывал грудки ладонями и, не испытывая сопротивления, поглаживал тело, немного придавливая пальцами... Он даже чувствовал чуть вздувшиеся соски... Воображение усыпляло, но того эффекта, которое он испытал, почувствовав запах руки соседской девочки, не возникало.

Мальчик стал волноваться: запах ускользал, ускользал окончательно, а ему так не хватало его! Этот дурман необходимо было возродить. Срочно. Найти. Уловить. Впитать. И запомнить. И держать. Держать в памяти, чтобы снова провалиться в черную пущу, где красными пятнами кружились звезды. Звезды с желтыми хвостами. Они жгли его и холодили одновременно. Он падал вниз, будто на качелях-лодочках в городском саду. Душа ухала в пятки. И снова взлетала, когда лодочки взмывали ввысь. Он перестал учить уроки. Почти не играл с другом-одноклассником в свои шумные игры на переменках. Ему не давал покоя запах. Запах, который почти исчез из памяти. Запах, который нужно было найти.

Наконец, он решился. Это была девочка из класса. Маленькая, похожая на Дюймовочку. На физкультуре, когда их строили по росту, она замыкала шеренгу. Она сидела на первой парте: он видел, как ровно его Дюймовочка держит спинку. Она ему очень нравилась, хотя у нее не было даже намека на грудь. Но мальчика интересовало совсем другое: ему нравились ее ручки: именно они притягивали внимание и волновали.

«Да… эти руки обязательно должны пахнуть», — думал он.

Однажды он предложил девочке проводить ее домой. Она нехотя согласилась. После школы он взял ее портфельчик: они безмолвно зашагали по улице. Она — чуть впереди. Он за ней. Ему нечего было сказать. Да и не хотелось говорить. Сама по себе девочка не манила его. Он ждал лишь момента, когда сможет взять ее руки в свои. И понюхать.

Около подъезда он протянул ей портфель, который нес всю дорогу.

— Спасибо, — вяло проговорила Дюймовочка, кротко взглянув на него.

Он сглотнул слюну. Девочка, так и не придумав, что еще можно сказать, хмыкнула, собираясь уходить. Но он успел схватить ее руку и, чуть пожав длинные холодные пальцы, не выдержав, потянул их к своему лицу. Испугавшись, она дернулась, желая вырвать свою руку из его крепких пальцев. Но он изо всех сил сжимал ее и тянул. Когда рука девочки почти коснулась его лица, из сжатого кулака мальчика едва торчали кончики пальцев. Он потянул носом, вдохнув всей силой своих легких… но ничего, кроме остатков яблочного мыла, уловить не удалось. Девочка, наконец, вырвала руку и, крикнув: «Идиот!» — побежала домой.

Ночью он покрылся испариной. Липкость проступала из всех пор, вызывая брезгливость. В душе поселился страх. Страх, что найти потерянный запах будет не так просто. Он понял, что не каждая девичья рука пахнет так, как пахла пухленькая ручка с обкусанными ноготками. Та ручка, которую он поймал на пыльном дворе своего детства.

Мальчик перестал остерегаться. Он использовал любую возможность, чтобы схватить чью-то ладонь и поднести к лицу. Его ожидания рассыпались, наткнувшись на чужие запахи. Это были запах пыли, запах только что съеденного персика или лака для ногтей. Он отчаялся и понял: помочь ему может только одна. Та, чьи руки пахли этим сладким. Приторным. Дурманящим. Тем, что заставляло терять рассудок.

Пришло еще одно лето. Испепеляющая жара опустилась на город, выжигая пустой двор. Харитоновна давно умерла. Бельевую веревку сорвало ветром. От забора почти ничего не осталось. Подрастающие пацаны доломали остатки полурассыпавшихся досок. Старая беседка, уже достаточно покосившаяся в пору его детства, имела теперь совсем уж жалкий вид. Но возвышавшаяся во дворе акация, продолжая каждый год раскидываться свежей зеленью, источала жизнь рядом с мертвой подгнившей деревяшкой. Акация по-прежнему всем своим гордым видом возвещала о том, что все в жизни преходяще. Все, кроме нее. Она выросла тут, когда еще не родились дедушки и бабушки сегодняшних обитателей двора. И будет стоять, когда они умрут и их забудут внуки.

В то лето он окончил школу и превратился в худосочного прыщавого переростка. Детство махнуло хвостом и исчезло в том углу, где старая акация окончательно срослась с куском забора. Но до сих пор он так и не нашел ту, чьи руки столь загадочно пахли. Запах витал в его подсознании. Ускользал и растворялся в воздухе каждый раз, когда казалось, что его вот-вот можно поймать.

В тот вечер он, рассеянно поглядывая на улицу из кухонного окна, неожиданно увидел ЕЕ. Маленькая толстушка превратилась в рослую девицу: мальчик сразу понял, что это именно ТА девочка… Все так же плотно зачесанные волосы переходили в две тонкие косички: они тоскливо болтались, едва касаясь кончиками-метелочками широких плеч. Лицо, усыпанное веснушками, выглядело вполне довольным.

Он дернулся. Тарелка соскользнула, упав на пол. Остатки каши размазались по линолеуму. Мальчик на мгновение задержался, размышляя, убрать ли кашу с пола. Поднялась, почуяв неожиданную добычу, кошка. Слегка коснувшись его ноги (видимо, выражая благодарность), мерно урча, она начала есть. Еще бы: гречка пахла котлетой! Выскочив из квартиры, мальчик метнулся вниз по лестнице и чуть не сбил девочку, уже входившую в подъезд.

— Привет, — бросил он, не зная, что сказать.

Девочка стояла совсем близко. И, как много лет назад, дышала ему в лицо. Рот ее в этот раз был закрыт. Она жевала жвачку, монотонно двигая челюстью. Некоторое время он завороженно смотрел на живые толстые губы, которые она вытягивала трубочкой вперед, видимо, растягивая во рту мягкую резинку.

— Привет, — сунув языком жвачку за щеку, ответила она, сверля его круглыми глазками.

— К бабушке приехала? — спросил мальчик, лишь бы что-то сказать.

— Угу, — продолжая жевать, буркнула она.

— Приходи в беседку, в десять... — прошептал он. Шептал не потому, что не хотел, чтобы слышали соседи: просто голос не слушался его, сипел в глубине, не прорываясь наружу. Но она услышала и неопределенно повела плечом, ничего, впрочем, не ответив.

Девочка была не только некрасива. Она была неприятна ему и полнотой, и толстыми, вечно жующими, губами. Ее маленькие прищуренные глазки казались колючими. Сидя около окна кухни и следя за выходящими из подъезда людьми, он удивленно размышлял и никак не мог понять, почему столько лет его мучило воспоминание запаха ее рук. Но даже сейчас, в ожидании вечера, он чувствовал негу, разливавшуюся по телу.

Он едва дождался ночи. Долгий вечер тянулся бесконечной патокой, растекаясь по оконному стеклу. Мальчик выглядывал во двор и беспокоился, что темнота никак не наступает. Казалось, все рассматривают через окна, выходящие во двор, вросшую в пыль беседку. И все обязательно увидят, как он пробирается туда. И будут смеяться над ним. Над ним, спрятавшимся там с этой неприятной толстухой. Он даже слышал хор голосов, издевательски гогочущий ему в спину.

К десяти ночь рухнула на город. Рухнула неожиданно быстро, как это бывает на юге. Иссиня-черное небо окутало тайной и двор, и беседку. Рассмотреть что-то стало невозможно. Тусклые лампочки, болтающиеся на скрюченном шнуре над подъездами, не могли осветить ничего, кроме входа. Большой неоновый фонарь, торчащий посреди двора, давно перегорел. Двор погрузился в непролазный мрак. Молодой месяц не излучал света. Он заволновался. Что-то учащенно застучало внутри, распирая ребра.

Мальчик не видел, выходила ли девочка из подъезда. Не знал, придет ли она. Ровно без пяти десять вышел из квартиры и быстрыми шагами прошел в беседку. Едва ступив на сломанную доску порожка, он не увидел, а скорее почувствовал, что девочка там. Сначала он не различал ни малейшего движения, ни крошечной черточки ее тела. Но сразу уловил запах. Запах, наполнивший собой все вокруг, запах, приглушивший остальные запахи ночи. От предвкушения удовольствия сердце забилось еще быстрее.

Его глаза привыкли к темноте: он смог увидеть ее очертания. Девочка сидела на вбитой в стенку скамейке и болтала ногами в резиновых сланцах. Один сланец слетел, но она даже не шелохнулась, чтобы надеть его. Толстые пальцы рук, сцепившись замком, мирно лежали на круглом животе. На девочке был ситцевый сарафан в широкую яркую полоску. Очень короткий. Юбка задралась, оголив колени. Он присел рядом. Дыхание участилось… казалось, он не может с ним справиться. Он задыхался, будто только что гнался за ней. Как тогда. Много лет назад.

Некоторое время они сидели в полной тишине, не глядя друг на друга. Наконец, так и не взглянув на нее, он взял ее ладошку и протянул к своему лицу. Девочка не сопротивлялась. Ее ладонь была прежней. Такой же пухлой, напоминающей подушечку, потной, липкой, и благоухающей. Притягивающей и парализующей. Он вдыхал ее запах и чувствовал, как сознание отключается.

Чуть повернувшись к ней, другой рукой он стал гладить ее коленки. Не отдавая отчета, просто елозил по телу. Сначала почувствовал теплую гладь кожи…

потом ощутил ткань платья. Она молчала. Осмелев, он сунул руку под ткань, и пальцы ткнулись в дрожащее желе ее живота. Голова кружилась все сильнее, и все сильнее он проваливался в фиолетовую пропасть. Пропасть блаженства.

— Откуда? Почему? — едва слышно проговорил он.

— Что… откуда? — отозвалась она.

— Откуда этот запах?

Девочка не ответила. Только слегка столкнула его со скамейки, придерживая рукой за плечи… Он послушно соскользнул на пол, встав на колени перед ней. Она широко раздвинула ноги. И без того короткая юбочка сарафана высоко задралась. Хотя в темной беседке трудно было что-то рассмотреть, он увидел белую массу тела. Девочка, томно застонав, еще сильнее развела бедра в стороны и своей рукой мягко, но настойчиво придавила его голову, приблизив к себе.

Он забыл о том, что стоит на грязном полу заплеванной беседки. Забыл, что перед ним толстуха в застиранном сарафане. Что из ее рта пахнет смесью клубничной жвачки и чеснока. Забыл! И без сопротивления уткнулся в мягкое лоно, источающее этот невероятный запах… Сладкий. Горький. Приторно-сладкий. Приторный до горечи. Запах полыни. Летней ночи. Коньяка. Раздавленного таракана. Тот запах, который сводит с ума и выворачивает нутро.

Он почувствовал щекочущее касание жестких волосков: там, у нее между ног. Его окутало теплой волной: казалось, вот-вот он оторвется от земли, настолько легким стало тело. Запах окружал, качая, как младенца в люльке. Он боялся шевельнуться, прижавшись закрытыми глазами к жесткой щетке волосков на ее лобке. Боялся спугнуть. Боялся неловким движением или даже громким дыханием остановить наваждение. Но она вдруг просунула одну руку между его лицом и своим телом, другой вцепилась в его волосы на макушке и отвела его голову чуть назад. Сначала он не понял, что происходит. Даже не успел ни о чем подумать… Только едва различимо, в темноте и отсветах вышедшего из-за тучи месяца, он наблюдал, как она стала расправлять волоски и раздвигать пухлые губы под ними. «Почти как когда рот открывается…» — успел подумать он, увидев темную бездну.

Она снова застонала и снова притянула его лицо к себе… Вместе с этим движением с неимоверной силой в него ударило тем сладко-приторным запахом, который он с такой страстью искал и не находил.

Запах поглотил его. Сожрал. Раздавил. На мгновение его «вырвало» из сознания. Он растворился в запахе, потеряв ощущение времени и собственного тела. Вознесся в небеса. И снова рухнул на землю.

Утром впервые за многие годы мальчик проснулся счастливым. Он разгадал загадку, мучавшую его много лет. Больше не нужно бояться, что те ощущения, которые он испытал прошлой ночью в старой беседке, никогда не повторятся. Пришло понимание: невозможно прожить без этого, уносящего в бездну, запаха. О, теперь он знает, где искать его! Это не запах женских рук. И вовсе не запах соседской толстухи. Это запах женской плоти. Вожделения. Запах самки. Запах, без которого ему уже не прожить.

Иван Зорин

Цыганский роман

Она родилась в пятницу тринадцатого, и, чтобы отвести порчу, ее назвали в честь святой Параскевы Пятницы. В девичестве Параскева была Динь, а когда вышла за однофамильца, взяла фамилию мужа, оставив свою. Динь-Динь звучит как агар-агар, да Параскева и сама была как мармелад: сладкая, мягкая, с волосами, как водоросли.

Улица у нас такая короткая, что когда на одном конце чихают, на другом желают доброго здоровья, и про каждого знают больше, чем он сам. Дед у Параскевы был дровосеком: насвистывая, размахивал топором и, как верблюд, поплевывал на ладони. Старый цыган не тратил копейку, пока не получал две, и не бросал слов на ветер, пока не подбирал других. У него были вислые усы и плечи такие широкие, что в дверь он протискивался боком. А сын пошел в проезжего молодца. Тощий, как палка, и черный, как грех, он целыми днями просиживал с кислой миной на лавке под раскидистой липой, потягивая брагу и отлучаясь только в уборную, так что со временем стал как поливальный шланг. От отца он унаследовал только вислые усы и верблюжью привычку. «Чай, не колодец», — плевал он в шапку прежде, чем надеть. И, насвистывая, шел под липу. На ней же он и повесился, поворачиваясь к ветру вывернутыми карманами, в которых зияли дыры.

Осиротев, Параскева осталась в хибаре на курьих ножках, из единственного окна которой выглядывала, как солнце. Утром она смотрела, как в углу умывается кошка, днем латала дыры в карманах, а ночью спала «валетом» со старшим братом, у которого живот с голоду пел так громко, что заглушал соседского петуха. Брат с сестрой остались наследниками отцовских долгов и мудрости, что оставлять на тарелке кусок — к бедности. И Параскева, тщательно вылизывая прилипшие ко дну крошки, счастливо перешагнула бедность, став нищенкой. Простаивая у церковной ограды, она выпрашивала затертые медяки, уворачиваясь от липких мужских взглядов. А вскоре отпала необходимость спать «валетом» — брат и сестра поженились. Брат был удачлив, приставляя лестницы к открытым чердакам, приделывал ноги чужому добру, но Параскеву не прельстил домашний халат, детские сопли и отложенные на черный день гроши. «Горячей кобылке хомут не набросишь», — ворчал брат и однажды «приставил лестницу» к тюремному окну. Погостив за решеткой, он стал бродягой, кочуя по чужим постелям, перебрался в далекие страны и, когда изредка встречал там земляков, звавших на родину, говорил: «Где член, там и родина…»

Параскева же узнала мужчин в таком количестве, что их лица казались ей одинаковыми. «Динь-Динь, платьице скинь», — восхищенно шептались юнцы. «Динь-Динь, ноги раздвинь», — цедили сквозь зубы отвергнутые мужчины. А женщины, заслонив рты ладонью, с завистью передавали, что у Динь-Динь новый господин. Но Параскева никого не любила, разбрасывая любовь, как приманку. И была по-цыгански воровата — похищала сердца. Постепенно ее коллекция включила нашу улицу, расширяясь, переросла город, захватила окрестности, пока не наскучила ей самой. Тогда она разбила ее, наполнив осколками всю округу, сделав мужчин бессердечными.

Я не попал в их число. Женщины с детства обходили меня стороной. Одноклассницы казались мне некрасивыми, с одинаковыми, как на детских рисунках, лицами — два кружочка, два крючочка, посредине палочка. За спиной они крутили пальцем у виска, а в глаза, когда я отказывался от сигареты, дразнили, разнося сплетни, что мужское достоинство у меня короче окурка. Их насмешки становились нестерпимыми, и однажды я убежал с уроков, до вечера бродил по городу, заглядывая в светившиеся окна, думая, что все вокруг счастливы, кроме меня, читал вывески увеселительных заведений, в которые не решался зайти.

А ночью мне снился полутемный бар и худые смуглые девушки в сизом дыму. Вблизи я разглядел, что это — сошедшие с рекламы дамских сигарет химеры с девичьим лицом и тонкой папироской вместо шеи. Папироска дымилась, и девушки, как кошки, лизали ее, обжигая языки.

— Так вам и надо, — опустился я за стойку, — нечего языки распускать!

— Девочку? — тронул меня бармен желтыми от никотина пальцами. Сидевшая рядом химера обожгла меня поцелуем. Я вскрикнул от боли и проснулся в слезах.

Заикаясь от обиды, я рассказал сон матери.

— Мама, почему женщины такие безжалостные?

Но мать состроила хитрую, злую физиономию, точь-в-точь, как девица из сна:

— Так тебе и надо, женоненавистник!

И, наклонившись, прижгла мне губы сигаретой.

Я закричал от ужаса — и тут пробудился окончательно. Подушка была заревана, а на губе горел ожог. «У женщин свой интернет, — решил я, — весь мир бьется в их паутине...»

— Разве я гадкий утенок? — пожаловался я матери. — Может, мне не идут штаны?

— Скоро ты вырастешь, — пропела она, будто колыбельную. — А взрослые мужчины проводят больше времени без штанов, чем в штанах...

У матери нежный голос, успокаивая, она ласково гладила мне голову. Но вдруг ее лицо исказила злоба, рассмеявшись, она приблизила пылающие губы. Так я понял, что снова уснул и ко мне вернулся прежний кошмар. От страха я зажмурился, выставив, как рогатки, морщины и опустив ресницы, как решетку.

И заснул — теперь уже во сне. Так я снова попал в бар с табачным дымом.

— Девочку? — тронул меня бармен.

Я посмотрел на его желтые от никотина пальцы, когда сбоку ко мне прижалась худая, точно сигарета, химера. И все повторилось — как в двух соснах, я заблудился в двух снах, которые опутывали меня из ночи в ночь. С тех пор я стал ни на что не годен — ни как мужчина, ни как женщина. Ночью от одиночества я пускал в постель кота, и моя жизнь пахла, как осенняя нива, — вчерашним днем. Мне оставалось одно — писать книги. Из-за плохой памяти я считал все мысли на свете своими, меня мучила невыносимая маета, которую приписывают полуденному бесу, и очень скоро мои книги выгнали из библиотеки чужие, как кукушонок — птенцов из гнезда. Зуд в штанах перебивала головная боль, и я смирился с затворничеством, с тем, что мои желания, как и я сам, оставались погребенными на пыльных желтеющих страницах. Когда делалось скучно, я брал с полки свою книгу, первую попавшуюся, так как совершенно забывал их, читал ее, будто заново писал, проживая одно время с героями. Поэтому я старел быстрее, чем шли годы, и в моем возрасте лет мне было — кукушка устанет куковать.

Однако годы, как горб — устал, а неси. Как-то я перебирал их, используя вместо счет свои ребра. Выстукивая каждый год кулаком, морщился от боли, а в конце концов сбился. И стал мылить веревку. Но годы, как кирпичи в карманах, — веревка оборвалась. Пока я валялся на полу, неуклюже подворачивая ноги, на пороге появилась Параскева.

— На! — протянула она яблоко, которое грызла.

«Взять яблоко, значит взять ее», — понял я. И жестом позвал на пол.

— Только, чур, не болтать, — уселась она верхом, сунув мне в рот огрызок.

За окном гудела весна, змейками бежали ручьи, а облака сгрудились, как ледяные торосы. Но в комнате полыхало лето. Параскева смеялась оттого, что моя щетина щекотала ей грудь, а я — оттого, что распрощался с девственностью.

Мы прожили три года, и это время упало в копилку моих лет с отрицательным весом, будто съело три года, на которые я помолодел. Как-то Параскева провела пальцем по корешкам моих книг, выстроившихся на полках, как солдаты в строю.

— Ты знаменит?

Я отвернулся к стене.

— Если пишешь хуже других, есть шанс стать первым, если лучше — никогда…

— Какой скромный! Разве ты не знаешь, что слава приходит к тем, кого понимают все? Хорошо, что я не умею читать…

Так я стал учить ее грамоте, а сам бросил писать.

— Милый наполнил мою жизнь смыслом, а я его — милой бессмыслицей, — будила она меня поцелуем, и моя жизнь пахла, как весенняя лужайка, — завтрашним утром.

А через год я предложил Параскеве руку и сердце. Она посерьезнела, сняв с запястья браслет, стала катать по столу.

— На вопрос: «Это кто — жена?» — мужчины вначале отвечают: «Да, но мы не расписаны…», а потом: «Нет. Но мы расписаны…» — Сложив пальцы в трубочку, она вдела браслет обратно. — От охлаждения, как от смерти, никуда не денешься…

— Сколько же нам осталось?

Взяв за руку, она стала гадать по ладони:

— Пока не явится разлучник. Я вижу, как у него лоснится кожа, а рот светится желтым пламенем…

С тех пор я не отпускал Параскеву из дома.

Было бабье лето, облака горбились, как дюны. Мы поужинали морскими устрицами, приправленными базиликом, и сменили стол на постель.

— Какие у тебя огромные глаза… А когда ты щуришься, они увеличиваются…

— Это как?

— От желания…

Кончал я бурно, выбрасывая семя, напоенное страстью, устрицами и базиликом, кричал, как раненая птица, так что соседи затыкали уши. И каждый раз передо мной всплывали все мои оргазмы, испытанные с женщинами, которых я выдумывал в одиноких постелях разных городов. «Оргазм — это маленькая смерть, — думал я, — с ним так же воскресает прошлое…» И представлял, как Параскева, кончая пронзительно долго, вспоминает своих любовников.

Параскева была ревнива и не прощала, когда ей изменяли во сне. Однажды я гулял в поле с пышной красавицей, которая сплела венок из одуванчиков, опустилась на колени и, умело переведя мою «стрелку» с шести часов на двенадцать, повесила на нее венок, как на гвоздь. Потом она сбросила одежду и раскинулась в медвяной траве, собирая в ложбинку на груди прозрачную росу, которую я пил, пустив в нее «корень». Красавица горячо меня обнимала, царапая на спине мое имя, так что я страшно удивился, когда она влепила мне пощечину.

И тут я проснулся — на Параскеве, с которой, спящий, занимался любовью.

Днем мы голыми бродили по саду, заглядывали, точно в будущее, в колодец с бревенчатыми стенками, в котором всегда осень и который всегда глубже, чем кажется, рвали яблоки, выплевывая косточки на шуршащих под ногами ужей, и чувствовали себя как Адам и Ева. А вечером шли на реку — глазеть на паром с пассажирами, похожими в тумане на души умерших, и слушать, как свистят сомы. А вернувшись, кидали шестигранные кости, разыгрывая, кто будет сверху. «Лентяй!» — упрекала Параскева, проигрывая. За ночь она бывала то суккубом, то инкубом, но всегда — ангелом. Теперь я проводил больше времени без штанов, чем в штанах, и думал, что мне не нужен дом — я вполне могу жить в шатре ее волос.

— Как ты пишешь? — однажды спросила она.

— Это просто. Складываешь ладони в шар и достаешь оттуда слово за словом, будто рыб из воды. Но теперь, когда я не пишу, мне незачем таиться, храня бесполезные слова…

И я произнес ей все слова, которые не написал, извлекая из ладоней.

Ребенка мы не хотели. «Хватит одного», — косилась она на меня и по-матерински гладила седину мягкой ладонью. Раз ночью в комнату влетела бабочка — мы узнали ее по шуршанию крыл. «Моя бабушка говорила, что это — к смерти, — зашептала Параскева, — если бабочка черная — к мужской, белая — к женской… Не включай свет — лучше не знать!» Но я уже щелкнул выключателем — на стекле бился серый мотылек. Так я понял, что наш альков качается над бездной, что нам предстоит расставание. Ибо смерть в примете выступила аллегорией вечной разлуки — души и тела.

Шла наша третья осень, яблоки, падая, отсчитывали серые дни, а облака полосовали небо, которое делалось как картофельное пюре, расчерченное ложкой.

— Мы скоро расстанемся, — вздохнула Параскева. Поправив волосы, как вороново крыло, она застегнула на шее ожерелье и, подобрав цветастую юбку, взгромоздилась на высокий табурет. И тут в дверь постучали.

— Ужин заказывали? — мял в руках шапку рассыльный. Он был черняв, как цыганский барон, с серьгой в ухе, в обтягивающих, словно тюленья кожа, рейтузах, под которыми, как ящерица в песке, проступал огромный член.

Я покачал головой.

— Но у меня записано, — загнусавил он, — прощальный ужин на две персоны с предметами разлуки…

И, слегка оттолкнув меня, протиснулся боком в дверь. Отлетая в сторону, я вспомнил плечистого деда Параскевы. Наши взгляды скрестились:

— Ты ее брат?

— Все цыгане — братья…

Часы на стене пробили тринадцать раз. «Мы будем есть или закусывать?» — обнажая золотые зубы, расплылся гость, вынимая бутылку рябиновки. Он говорил быстро, разными голосами, будто за спиной у него стоял целый табор, и еще быстрее, как фокусник из рукава, доставал фаршированную рыбу, маслины, три серебряных прибора. Вместо свечей он зажег дорожный фонарь, расставил бокалы, как маленькие фляжки, ножи в виде посоха, а на мокрую, как носовой платок от слез, салфетку положил пустую переметную суму — для объедков. За столом он занял мое место так ловко, что я и не заметил. И стал таращиться на Параскеву.

— К любой двери можно подобрать ключ, — чесал он выпирающий член. — А к своей и подбирать не надо…

— Не надо… — эхом откликнулась Параскева.

За окном каркнула ворона, цветы на подоконнике завяли, а часы снова пробили тринадцать. Пока чернявый тараторил, я выпил бокал и неожиданно захмелел, так, что, наполняя второй, пролил несколько капель на скатерть.

— Кровь не водица, — распинался меж тем цыган, уставившись на красное пятно, — свое возьмет…

— Свое возьмет… — опять повторила Параскева.

— И мы возьмем, — вставил я, — не водицу.

Подняв за горлышко опустевшую бутылку, я спрятал ее под стол и спустился в погреб. Лестница подо мной скрипела, как лес в грозу, но я расслышал наверху шум. Торопливо открыв кран, я налил из бочки старого вина, зачерпнул в ковш воды и аккуратно, стараясь не расплескать, поднялся. Дом был пуст. И от этой пустоты я мгновенно ослеп, точно в глаз меня укусила пчела. На ощупь я выбрался во двор, постепенно привыкая к пустоте, как привыкают к свету, заглянул в колодец, который показался мне глубже обычного. Я выскочил за калитку — далеко за околицей, вздымая пыль, мужчина, как овцу на поводке, вел за ожерелье женщину. Я долго смотрел, как высится его шапка, представляя, как он плевал в нее, прежде чем надеть, пока она не скрылась за поворотом.

Поводок у Параскевы оказался коротким, удаляясь, ее фамилия еще звенела из разных мест, как колокольчик, пока не затихла. Вечерами я по-прежнему слушаю, как выплескиваются на берег сомы, блуждаю в двухъярусном сне, покидая его только затем, чтобы сочинить очередную книгу. Мои часы показывают вечер, как и раньше от одиночества я пускаю в постель кота и перечитываю свои книги. А когда девственность гнетет меня с особенной силой, я беру с полки самую дорогую из своих фантазий. Это рассказ про Параскеву — «ЦЫГАНСКИЙ РОМАН».

Любовь на иврите

Одно из моих воспоминаний — сон. Поднимая вуаль, я ем пресную мацу, которую отец принес из синагоги. На дворе — пурим, когда напиваются так, что не отличают перса от иудея, и отец плеснул нам, детям, красного вина. Весна пришла рано, цвел миндаль, и в местечке сушили белье, развесив на веревках поперек улицы. Отцовский пиджак на ветру бьет в стекло, мать на кухне ощипывает курицу, а в углу под часами с кукушкой дед читает «Шма, Исраэль!».

— У тебя глаза, как мысли раввина, глубокие и загадочные, — говорит мальчик напротив, — а твоя вуаль — как молитвенное покрывало... Подаришь мне сердце?

— Бери, их у меня много, — смеюсь я.

И тут открываю глаза — точно вуаль снимаю. Наяву — праздник пурим, за окном — весна, на тарелках — маца, а мальчик напротив сравнивает мою вуаль с молитвенным покрывалом. От ужаса я снова зажмуриваюсь и вижу, как во сне соглашаюсь отдать ему сердце. Пробуждаюсь, а напротив — мальчик из сна. Так я понимаю, что сны не отличаются от яви, а время от вечности, которая обвивает, как судьба.

— Случившееся раз бывает и всегда, — шепчу я.

И тут просыпаюсь окончательно. В бок мне упирается «История гетто», которую читала накануне, а под моими растрепанными волосами на подушке спит юноша, который просил у меня сердце. Его зовут Аарон Цлаф, он был моим одноклассником, и мы еще в школе договорились, что поженимся. В университетском общежитии нам отвели комнату без замка, и ночью, пугаясь сквозняков больше, чем воров, мы приставляли к двери шкаф. Занавесок не было, и уличный фонарь, свисая к кровати, заменял настольную лампу, когда нам взбредало заниматься не только любовью. Утром я пудрила синевшие на шее поцелуи, а Цлаф, пряча мои укусы, наглухо застегивался, поднимая воротничок. Пьяные от бессонницы, жуя на ходу бутерброды, мы шли на лекции, которые не понимали по-разному.

«Какой дурак!» — думал о себе Аарон, если лекция была ему не по зубам.

«Какой дурак, все усложняет!» — думала я о лекторе.

Так продолжалось до курса Соломона Давидовича, который был до простоты мудр и видел вещи в их неприкрытой наготе. Слова он подбирал с неторопливой осторожностью, будто брился, а точку ставил, словно муху прихлопывал. Я понимала его еще до того, как он открывал рот, запоминала лекцию наизусть, чтобы вечером продиктовать Аарону, который не понимал ее даже записывая. Потому что от ревности делаются глупыми, как болотная цапля. А я действительно влюбилась так, что у меня слезились глаза и чесался нос, а слова застревали в гортани, прилипая к небу.

«Настоящая любовь нема, — думала я, — она безгласна, как алфавит нашего языка».

Собрав вещи, я ушла от Аарона, потому что постель без любви — все равно, что синагога без Торы.

В коридоре было долгое эхо.

— У тебя и правда много сердец, — слышала я, спускаясь по лестнице, — и все каменные…

Соломон был старше моего отца, но меня это не смущало. «Время для полов течет по-разному, — говорила мать, фаршируя рыбу, — женский век короток, но дольше мужского…» А отец, расстегнув пиджак и оттягивая большим пальцем подтяжки на брюках, лихо отплясывал на свадьбах и, поздравляя молодых, мысленно примерял роль жениха.

Жена Соломона брила голову и носила парик, как предписывает вера. Но все знали, что у нее редкие, некрасивые волосы. Зато под ее тенью плавился асфальт, а от изображений трескались зеркала. Такие дерутся за свое счастье, не понимая, что силой можно добиться всего, кроме любви. Связать с кем-то судьбу — значит для них своровать чужую, подменив ее своей. Они не хотят меняться судьбами с кем попало, долго выбирают, а в конце остаются одни. В постели они бывают сами по себе, делая мужчин одинокими. Рядом с ними чувствуешь себя так, будто ешь в субботу некошерное, и они заставляют думать, что все женщины одинаковы.

А Соломон был большим ребенком, ходил в мятых брюках и обедал в студенческой столовой.

— Шолом, — подсела я, составляя посуду с подноса. — Можно сдать вам экзамен?

Он поднял глаза.

— Ваше имя?

— Суламифь…

Была суббота, цвели каштаны, мы гуляли по бульварам, и вместо экзамена я рассказывала про южный городок, в котором родилась, про талмудистов в долгополых кафтанах и шляпах с висящими по бокам пейсами, про деда, который был кучером, носил пышную бороду, черный лапсердак, употреблял вместо немецкого идиш, вместо испанского — ладино, а по-русски говорил с местечковым акцентом. Все три языка дед считал родными, перепрыгивал с одного на другой, как воробей по веткам. Он верил, что сефарды расселились из гетто, а мы, ашкенази, произошли от тринадцатого колена Израилева, которое было утеряно, — от хазар. На своей двуколке дед носился по всему городу, а его нос, рассекая воздух, напоминал извозчика, дремлющего на козлах. Случалось ему подвозить и к церкви. И тогда на него косились.

— Что, стыдно верить с нами в одного Бога? — поглаживал бороду дед, пока с ним расплачивались. — Верить в одного Бога — все равно, что есть с одной ложки…

И поспешно стегал лошадь.

— Береги пейсы, жидовин, — кричали ему вслед.

Умер дед вместе со своей профессией, когда дороги оседлали авто, а лихачей сменили шоферы. Его эпитафия может служить каждому еврею:

Искал Б-га
С властями не дружил.

День пролетел, как бабочка, а когда опустился вечер, мы постучались в гостиницу. В номере не было занавесок, и уличный фонарь, свисая к кровати, заменял лампу. Наши тела сомкнулись, как ладони при пожатии, и Соломон убедился, что не все женщины одинаковы.

А утром явилась его жена. Горячилась так, что парик покрылся потом, стыдила, будто поливала чесночным соусом, вспоминая о грехе.

— Грех — оборотная сторона добродетели, — огрызнулась я, — нет греха — нет и добродетели!

Она хлопнула дверью. А я вспомнила мать, говорившую, что холодная женщина становится ведьмой. Вместо мужского «жезла» она использует метлу — летая на ней, получает удовольствие, которого не может достичь иначе. А еще я подумала, что люди все подменяют: вместо совести у них закон, вместо исповеди — анкета, а любовь они выселили за черту оседлости. И потому их дни, как зерна, которые клюет курица, а ночи, как разорванный в клочья пиратский флаг.

Университет я оставила с ощущением, что знаю меньше, чем при поступлении, и из столицы, где ходят узкими муравьиными тропами, убежала с Соломоном на край света, где мир лежит в первозданной чистоте. В соснах там шумел ветер, и море билось о скалы, как песнь песней. О, возлюбленная моя, зубы твои, как стадо овец, сгрудившихся у водопоя! Мы жили в домике с саманными стенами, крышей из пальмовых листьев и окном с обращенным внутрь зеркалом вместо стекла. Мы ели дикий мед с орехами, и в саду у нас, как в раю, росли яблони. Днем, когда в сухих водорослях на берегу мы собирали устриц, нас оглушали крики чаек. Вытащив из воды рыбу, они выпускали ее из когтей, чтобы подхватить на лету клювом.

— Так добыча для них превращается в птицу, — щурился Соломон.

— В отличие от других, еврей страдает не страхом кастрации, но ужасом бесконечного обрезания…

Соломон улыбнулся.

— На все есть тысяча объяснений, и все правильные. Хотя верного — ни одного. Поэтому важнее не отыскать правду, а убедить в ней других…

Так я поняла, что люблю его даже тогда, когда ненавижу.

В нашем царстве мы кормили друг друга яблоками, и были мудры, как змеи. Ночью к нам спускались ангелы, а на рассвете пастухи, как волхвы, приносили козье молоко. Целый день мы бродили, прикрываясь ладонью от солнца, а вечером поднимались в горы, в увитую плющом беседку, слушать тишину, как раньше на концертах — музыку. Молчание вдвоем отличается от молчания зала, а отсутствие звуков — от космического безмолвия. Тишина зависит от того, есть ли поблизости спящий, тикают ли часы, бывает, от нее глохнут, ведь она звенит так, что закладывает уши. В беседке наши мысли, как влюбленные, встречались со словами и, умирая, рождали особую тишину, которую, как льдинку, можно сломать даже шепотом.

Иногда мне делалось грустно.

— Быть может, мы встретимся в какой-нибудь другой жизни? — глядела я на темное, синевшее море, в котором тонули звезды.

— Это так же невероятно, как то, что мы встретились в этой, — обнимал меня Соломон.

Так мы прожили три года — три дня, три тысячелетия. И все это время я чувствовала себя аистом, который, расправив крылья, стоит над гнездом. Мы были двуногим, составленным из двух хромых, так что, когда Соломон, схватившись за сердце, упал на свою тень, я схоронила половину себя и с тех пор хромаю. После смерти Соломона целый месяц по крыше долбил дождь, пальмовые листья, набрав воды, прогнулись, и мне казалось, что с потолка вот-вот хлынут потоки, что я переживаю вселенский потоп, что воды объяли меня до души моей. Я скулила от тоски, напоминая суку, у которой утопили щенков и которая сосет свое бесполезное молоко.

В домике, разрушенном, как Иерусалимский Храм, с опустевшим ковчегом и потухшим жертвенником я провела еще год, наблюдая в зеркале, как дурнею. «Ночи мои пусты, как горсть нищего, — целовала я могильный камень, ставший для меня Стеной Плача, — а дни валятся, как мертвые птицы...» Смешивая слезы с горьким, скрипучим песком, я хотела согреть Соломона под холодной плитой, но однажды нацарапала морской ракушкой:

Время лечит.
Убивая наши чувства и мечты.

И вернулась к Цлафу.

У меня трое детей, а имена внуков я забываю. Сколько мне? Девочки возраст завышают, девушки занижают, женщины его скрывают, а старухи путают. Казалось, еще вчера я верила в Деда Мороза, а теперь вспоминаю мать, предупреждавшую: «Наступит время, когда вдруг понимаешь — впереди ничего нет. И позади тоже...» Когда-то мои глаза были широко открыты, будто видели чудесный сон, а теперь они открываются от темноты к темноте, будто просыпаюсь ночью, будто под вдовьей вуалью...

Аарон — хороший семьянин, но плохой любовник. «Любовь с утра, как стакан водки, — смеется он, — весь день насмарку». И много работает. Университет мы закончили одновременно, а уже через год Цлаф стал профессором. «Не стоит тратить время на поиск истины, — отмахивается он, когда к нему пристают с вопросами, — ибо истина, как компьютерная программа, не может дать больше того, что в нее вложишь». А моя истина заключается в том, что я никогда не любила Цлафа и никогда от него не уходила. Жизнь шифрует свои тайны не хуже каббалистов, и я часто думаю, как бы она повернулась, если бы в субботу, когда цвели каштаны, разговор с Соломоном не ограничился экзаменом?

— Бабушка, расскажи сказку, — укладываясь в постель, просит меня внучка.

Ее зовут Суламифь, она видит мир в первозданной чистоте, и рядом с ней я становлюсь юной. — Жизнь без любви, как плен вавилонский… — разглаживая ей кудри, мечтаю я, рассказывая историю про Соломона.

Миниатюры

Потоп

— Ты же знаешь, — шептал Семен в трубку, — я ни с кем и никогда, ни-ни, но тут страсть такая, огонь, покоя не дает всю ночь. Ты только Клаве не говори, пожалуйста.

Я почему-то представил, как он из квартиры вышел, стоит в трениках и китайских тапочках в скверике с мобилой и с ноги на ногу переминается, ждет, что я отвечу.

Ну и дал я им ключи, конечно, от второй квартиры. Семен на «шевроле» заехал, я только сквозь стекло смог его девушку немного разглядеть, хотя толком было не видно: просто силуэт какой-то утонченный и профиль такой трепетный (хотя профиль, конечно, трепетным не бывает, но тонкий, изысканный, что ли, как на картинах). Я еще минут тридцать после их отъезда на лавочке сидел, курил, представлял. Пошел домой «Спартак» — «ЦСКА» смотреть.

Буквально во втором тайме, когда Комбаров сравнял счет, раздался звонок:

— Петя, ты меня заливаешь, — соседка Раиса Григорьевна звонит, крыса. Конечно, вечно все не так! Но я побежал, а там и слесарь жэковский в желтой спецовке и в бейсболке бурой, и участковый Кабанчик — вечно выпимши (мы с ним в одном классе учились, он в детстве всех дворовых кошек достал).

Я дверь открыл, думаю, хоть рассмотрю девушку вблизи, мордашку и фигурку, а там никого нет, совсем никого, ни Семы, ни девушки, ни потопа. В ванной все о'кей, на кухне вода выключена, смотрел, приглядывался — из холодильника размораживающегося лужица сочится.

— И что, — говорю, — баба Рая, у вас от этой капли потоп?

— Не, ну пятнышко-то есть.

Когда кагал разошелся, огляделся. В спальне на столе букет нежных, ароматных, чудесных розочек. Девятнадцать штук. «Неужели ей девятнадцать лет?» — подумал, а на тумбочке колготки в сеточку. Взял я их в руки, стою, рассматриваю, куда деть — не знаю, цветы-то думал жене подарить, но потом понял: «Я ей за всю жизнь один раз три розы на двадцатиле-тие свадьбы подарил, а тут девятнадцать штук».

Отдал Раисе Григорьевне, а колготки хотел Семену передать, но где-то в гараже так и лежат.

Сиськи

Господи, какие у нее были сиськи… Дело даже не в объеме, а в пропорциях. Сама тонюсенькая, как ниточка, в бедрах сорок шестой номер, наверное. Плечи без разлета, обычные узкие женские плечи, но вот грудь — это что-то неимоверное, размер чет-вертый или даже пятый. Она сквозь оглушающую живую музыку лесбиянок из «Ива-НОВЫ» бегала среди столиков и что-то яростно кричала в трубку, кажется, по-итальянски. Когда она обрывала разго-вор и клала трубку, то также смачно материлась в зал, но этого сквозь грохот слышно не было, можно было только догадываться по мимике. Прокричав что-то, она бежала к барной стойке и заказывала «Мохито», который оплачивал толстый, овальный перец в белой офисной рубашке и с тонким фиоле-товым галстуком — почти шнурком, но конечно не шнурком. Его бы со шнурком в офис по дресс-коду не пустили.

Все мужики за столиками следили только за ней. Она сосредоточила на себе все внимание. Нет, были еще какие-то девушки, нервные как серны: в стрижках каре, милые, грациозные, блестящие, сверкающие, но эта… но эти сиськи — ну полный отпад.

А потом она проходила мимо и что-то кричала в трубку, и я схватил ее за талию, усадил на колени и даже приобнял, притянул к себе несильно, но ощутимо. Она же ничего не заметила, сидела на коленках и продолжала ругаться по-итальянски в трубку, а вот ее перец заметил и стал ее стаскивать, но я крепко держал, тогда он размахнулся и почему-то пошатнулся (наверное, пьян был в стельку) и ударил меня в лицо.

Я одну руку от сисек отнял и защитился, а свободной ногой, на которой моя прелесть не сидела, дал ему пинка, и перец упал прям мордой в пол, кровища брызнула из носа, но в темноте никто ничего не понял. Только прелесть вскочила и закричала;

— Ну зачем?! Это же итальянский писатель из ПЕН-клуба, у него через час презентация. Что мне теперь делать? Меня же уволят с волчьим билетом!

— А возьмите меня, я не знаю итальянский, но помню английский.

И Лена Самсонова (она так представилась) сначала отмахивалась, а потом потащила меня на пресс-конференцию, говорит: «Все равно все будут пьяные, никто не разберется», — и галстук фиолетовый повязала.

Я держался молодцом почти сорок минут, и только в конце кто-то спросил меня по-итальянски, но я сделал вид, что ничего не расслышал, а Лена за меня ответила.

Потом мы стояли в фойе, держались за руки, смотрели друг другу в глаза. Я сказал:

— Какие у тебя синие глаза...

А она ответила:

— Это линзы. На самом деле глаза — серые.

Потом подумала и говорит:

— Ты меня, Олежек, спас. Сделаю, что хочешь.

Я хотел подержаться за сиськи, но просто попросил телефончик.

Алешка

У Алешки не было папы, а мама Лиза, когда он ее спрашивал об отце, ничего не говорила. Один раз сказала, что тот пропал, а на вопрос куда ничего не ответила.

Когда Алешке исполнилось пять лет, то к ним стал ходить дядя Боря. Обычно он появлялся в квартире в обеденный перерыв, когда Алешка был в детском садике. Но однажды в саду проводили ремонт, и Алешка сидел на кухне однокомнатной квартиры — смотрел на ноутбуке «Смешариков». И тут пришел дядя Боря: в черной форме охранника и с газовым пистолетом в кобуре на боку.

— А он что здесь делает? — спросил шепотом дядя Боря, но мама поднесла палец к губам, провела его в комнату и занавесила вход.

Через какое-то время из комнаты стали доноситься стоны мамы Лизы, прерываемые медвежьими вздохами дяди Бориса и какими-то нервическими смешками.

Алешка очень испугался за маму. Ему казалось, что дядя Боря делает что-то нехорошее, возможно душит или калечит. Он открыл верхний ящик кухонного стола и достал самый большой нож для резки мяса, но потом испугался, что нож такой большой, острый и тяжелый. Алешка встал в центре кухни и спрятал нож за спину.

Через какое-то время на кухню вошел дядя Боря, застегивая ремень на брюках. Он посмотрел на Алешку, потрепал его по голове и спросил:

— Ну что, уроки сделал? — Алешка хотел его порезать, но сделал неудачное движение пальцем, и яркая детская кровь закапала на пол.

— Лиза, — позвал дядя Боря, и из-за занавески выскочила мама, спешно застегивая халат. Мама была живая и веселая, но все лицо ее пылало, розовело, а волосы растрепались.

Алеша посмотрел внимательно на маму, увидел какая она красивая, шмыгнул носом и разревелся.

Хрясь

Всегда с ней было хорошо. Тискали друг друга до невозможности, из кровати не вылезали. Бывало, уснешь часа в три ночи, или даже под утро, потный весь, все постельное белье мокрое, измученный, а уже часов в восемь с первым осенним лучиком, когда воздух утренний проползает сквозь открытую форточку и робко, холодяще щекочет кожу, снова нежные поцелуи, вздохи, улыбки, объятия.

Свадьба была пышная, веселая, яркая: катались на «кадиллаке» по Москве, на Горах голубей выпустили, выкупал я ее у родственников, которые ее похитили, сидели всю ночь в ресторане, а потом поехали в Крым.

Я же не очень богатый человек, на Париж денег не было.

И вот когда вернулись из Ялты, поселились в квартире в Кузьминках (родственники скинулись и квартиру нам купили). Поселились и жили, в принципе, хорошо, замечательно жили, но однажды, собираясь то ли в театр, то ли на работу, я в отражении в трюмо заметил, как со спины на меня Лера смотрит, и был это такой ужасающий, чудовищный, презрительный и брезгливый взгляд, который я никогда прежде у нее не видел, когда она прямо смотрит в мои глаза.

Когда Лера смотрела прямо, то был взгляд такой сладкий, манящий, ласковый. От него что-то во мне дрожало и ликовало, я как пьяный ходил, шатался, а тут это странное отражение... Зря я в трюмо посмотрел.

И после этого своего наблюдения, о котором я ничего Лере не сказал, стало что-то во мне ломаться и трещать. Ночью лежим рядом, бедро к бедру, щека к щеке, а ничего не происходит, ничего не шевелится, пустота.

Она наклонится над моим лбом, прядь рукой откинет и спрашивает:

— Ты что, милый? — Потом губами до переносицы дотронется или пальчиками своими тонюсенькими по макушке проведет.

А я лежу, не шелохнувшись, и ничего, ничего, понимаете, во мне нет, а как только закрою глаза — вижу этот брезгливый взгляд.

Один раз пришел с работы, а Лера сидит на кухне, посуду бьет. Молча достает одну за другой тарелки и с размаха — хрясь об пол. Весь пол усыпан осколками.

— Ты что делаешь? — спрашиваю, а сам пытаюсь руку с занесенной тарелкой перехватить, а она опять — бах и об пол. Осколки, как брызги.

Одну разбить не смогла (немецкую, подарочную) и притащила мой молоток, села на корточки и хрясь-хрясь молотком. Потом успокоилась, покурила и говорит:

— Давай, Боря, разводиться.

Потом уже в загсе после развода я ей про взгляд рассказал, мол, 7 мая 2010 года на работу собирался, в трюмо посмотрел…

А Лера:

— Не помню, Боренька, ничего не помню.

Лика

— Слушай, а можно определить, я девочка еще или уже нет? — спросила Лика и виновато посмотрела на меня, словно я собачник и собираюсь засунуть ее в клетку, чтобы увезти на живодерню.

Я аж подпрыгнула на кухонном уголке, и сигарета чуть не выпала у меня изо рта. Когда Ликины родители уходили, то она разрешала мне курить на кухне, открыв окно. Вообще, Лика — это самая зачуханная девица на нашем курсе, как бы сказала моя мама, «синий чулок». Ей семнадцать лет, а она ходит с косичками, в шерстяной перхотной раздутой кофте, в чулках советских, бабушкиных, в юбке брезентовой до икр, в дедушкиных роговых очках, в стоптанных, почти деревянных сандалиях. Кто мог позариться на такое добро?

Правда, она всегда лучше всех училась, школу закончила с медалью, потом — французский лицей на отлично, а теперь — первый гуманитарий в нашем Институте лингвистики. Вечно при родителях, взаперти. Всегда мечтала уехать в Париж, только никому об этом не говорила, только мне. Я вообще не знаю, зачем с ней вожусь.

— Что случилось, Лик? — выдуваю дым в окно, Лику от табака подташнивает.

— Понимаешь, он меня по-французски спросил, как пройти к Лиговке, а я же впервые услышала французский от иностранца — так обрадовалась, так перепугалась, потом заговорила, а он завел в подъезд и принаклонил, а потом ушел.

— Он хоть телефон оставил??

— Вот, — на темной визитной карточке золотом было написано — Мубумба аль-Сахили.

— Негр, что ли?

— Араб, кажется.

— Ну, ты даешь…

Отправила к гинекологу и забыла. Это у Лики я — лучшая подруга, а меня этих лик видимо-невидимо. Потом услышала краем уха, что она вышла замуж и уехала за границу.

А через двадцать лет отдыхала я в Марокко, и вот катим мы в автобусе с группой, попросили завезти в обычный квартал, вышли на улицу: пылища, грязища, детишки голые с собаками бегают, апельсины с деревьев попадали и в канаве валяются. Я отошла в сторонку покурить — и вдруг на меня мешок в парандже накидывается и давай обнимать и целовать, я в страхе отбиваюсь, а мешок говорит мне с французским акцентом:

— Я Лика, Лика Смородская, помнишь, Викочка? — Лика с трудом подбирала русские слова.

— Господи, Смородская, лицо-то покажи.

— Не могу. Как ты, Викочка?

— Нормально, при МИДе. Объездила весь мир. Европа, Штаты, Латинская Америка. Вот и к вам занесло. Ты как?

— Нормально: я — старшая жена, хозяйство, козы, ислам приняла, за стол, правда, с мужчинами не сядешь, младшие жены называют Наташкой за глаза, вечером приляжешь у океана — и ревешь. А семья у тебя есть, Вика?

— Третий брак, от первого девочка, сейчас во французском интернате учится, за ней папашка присматривает.

— А у меня, представляешь, Вика, восемнадцать детей.

— Сколько?

— Восемнадцать. Здесь каждый год беременеют. Так принято.

Тут автобус загудел, русские туристы потянулись на свои места, смешно толкаясь и переругиваясь. Я обняла Смородскую, и сквозь толстую ткань (мне показалось) увидела ее глаза, голубые и гордые, немного мокрые. Я залезла в автобус и помахала ей из окна, рядом сидящий господин в клетчатом пиджаке и белой панамке спросил меня:

— Кто это?

— Настоящая русская женщина.

Лия Киргетова

Dвадцать три

А первая женщина, которую я любил, меня научила. Нет, не трахаться, и не понимать, что, куда и как. Другому. Мне было двадцать три, да, а ей тридцать восемь, если не больше, не уверен точно. Я сначала думал только о ее теле как заведенный, днями и ночами, а потом уже стал вспоминать ее слова, все чаще убеждаясь в ее правоте, правоте во всем.

Мы познакомились в самолете, летели восемь часов, так что успели и пофлиртовать, и огрызнуться друг на друга, и замирить, и поспать рядом; затем звонил ей раза четыре, прежде чем встретились. Потом сказала, что согласилась случайно, попал я ей под настроение, не собиралась она со мной знакомство продолжать. Но мне удалось ее зацепить чем-то.

— А смысл, — без вопросительной интонации сказала она на первом свидании. Я встретил ее после работы — она сидела в офисе, занималась чем-то, связанным с туризмом, я так и не успел вникнуть, чем именно. Поехали в хорошо знакомый ей китайский ресторан: «Там нет музыки, и хорошая жратва», — бодро отрекламировала она его.

— Смысл нам встречаться? Все заранее известно: секс, еще секс и, если повезет совпасть, — еще немного секса. Затем пожмем плечами, вежливо попрощаемся, и все. Займем друг другом несколько вечеров, возможно, и выходных. Тебе сколько? Двадцать три? Ну… — Она пожала плечами.

— Ну да, — согласился я. — Так и будет, скорее всего. Тебе жалко выходных?

— Да нет, — растерянно решила эта симпатичная женщина наше «быть или не быть», — мне не жалко. На тебя. А вообще — жалко. Я становлюсь занудой, прости.

Она мне сразу очень понравилась. Высокая, с прямыми волосами темными, до плеч, с челкой, глаза яркие, светло-серые — редкого цвета глаза. Худовата. Мне нравятся женщины, на которых отлично сидят джинсы, — вот это как раз тот случай. Немного похожа на птицу, на лесную какую-то, из тех, которые охотятся по ночам, а не только свистят в гнезде всю жизнь. Хотя я не разбираюсь в них. В птицах. Стильная, красивая, да, но ничего кукольного, ничего неестественного, живая очень, настоящая. Ни коровьих взглядов, ни надутых губок, ни манерных словечек. Без искусственного слоя поверх лица и поверх разговора — все как есть. У нее было штук пятнадцать брючных костюмов, и они ей здорово шли. Не женские часы на руке. Не красила губы, ни разу не видел помады на них. Синий ей идет нереально, будто нежное свечение появляется вокруг, как у инопланетных героинь, обаятельно захватывающих старушку-Землю в фантастических сериалах. Мне она нравилась в синем больше всего, да. В синем или голой.

Думаю, я не очень ее понимал. Было ясно, что она многое пережила, может быть и страшное что-то, но ничего в ней не было трагического и страдальческого. Не было излишней значимости, которую так часто девушки придают вполне обычным вещам. Но позже мне стало именно этой значимости и недоставать. Обесценивая свои чувства, она обесценивала и все окружающее, теряя многое от этого, наверное. Ценность как вкус… Как насыщенность… Мне кажется, ей никогда не было вкусно жить, даже в детстве.

После ужина мы пошли к ней — пешком несколько минут, недалеко оказалось. Вокруг тихо трещали почки деревьев, ветер теплый, апрельский. Мартовские коты орали, перепутав месяцы.

Я волновался, уж слишком она была не ручной, что ли, не льнущей, отстраненной, ироничной, не очень было понятно, топая к ней в гости, как я ее такую буду трахать. С другими было проще в сто раз: везешь в постель, застряв в пробке, а она уже и смотрит — так, и разговаривает — так. Касается, улыбается, мигает зеленым. А эта — нет.

Не очень я хотел ее в первый раз. Не очень уверенно, точнее. Но все получилось легко. Налила мне виски на два пальца, ушла в душ. Пока шумела вода, пил с закрытыми глазами, запах ее квартиры мне нравился. Чтобы расслабиться, выпил залпом и плеснул еще. Стало тепло и весело.

Она вошла в комнату с презервативами в руке и в черной футболке длинной, цапнула короткий квадратный стаканчик, налила себе, хотя я, конечно, дернулся ее обслужить, махнула рукой, сиди, мол. Уселась на пол, напротив меня, и закурила, а пепельницу поставила между ног. Как-то так хитро села. Ничего не видно, но при этом никуда больше невозможно смотреть, кроме как в это ее пространство, недалеко от пепельницы. В тень между ног, не выдающую, есть на ней белье нижнее, или нет. Разговор сразу сдулся.

Я потопал в ванную, вымыл руки, прополоскал рот какой-то вонючей жидкостью с рисунком иссиня-белой челюсти на бутылечке. Желтые полотенца махровые в ванной висели, ни у кого не встречал раньше — желтых. Вернулся в комнату, набрав дыхания для нырка, сел за ее спиной на невысокую тахту, ей пришлось обернуться, теперь она оказалась внизу, и все стало проще. Потянулась ко мне первой, и мы целовались, смеялись, снова целовались — немного быстро и нервозно, я снял с нее футболку, мы вместе быстро раздели меня, уложил и сразу вошел в нее. И, только оказавшись в ней, остановился. Теперь было некуда торопиться.

Мне все понравилось сразу. Смуглая кожа: нежная, запах не чужой, теплый, практически неощутимый. То, что закрыла глаза сразу же, — понравилось, голос, да, у нее хороший голос, низкий и спокойный. И она умеет отдаваться. Вот это меня покорило, проняло до легкой трясучки, которая меня настигала не раз, когда я потом думал о ней, а думал я о ней часто. Она здорово отдалась мне. Сразу. Не сексу, не процессу, а именно мне. Направляла руками, стонами, реагируя на каждое движение, на смену ритма. Было как-то захватывающе очень. Без мыслей. Я погрузился полностью.

И мне нравилось ее имя, Юлия. Юля. Отдельно от нее оно мне не нравилось никогда, а ей оно подходило, она его сделала собой, наполнила собой, и теперь Юлией звали ее одну в мире.

И когда мы уже оба кончили, когда валялись на тахте в обнимку, я подумал, что мне хорошо — вот так, с ней, очень-очень хорошо мне. Она рассматривала мое лицо. Глаза серьезные, тихий такой взгляд, немного прищуренный, с непонятным выражением, нечитаемым. Можно сказать — никаким. Я подумал, что вот это, наверное, и значит — далеко. Или «вещь в себе». Другие мои партнерши смотрели после секса или с вопросом, или с нежностью, да и с ненавистью бывало. Особенно наутро, когда я заменял забытое напрочь имя «зайчиком» и «красавицей», отступая к выходу с нечаянно завоеванной и сразу же отданной обратно территории.

— Ты красивый, — мягко, ободряюще, пожалуй, сказала Юля. — Ты мне нравишься. Да, — подтвердила самой себе, как будто сверилась. — Давай встретимся еще раз.

И на следующий день я почти ничего не чувствовал. Или уже влюбился? Детское слово… Нет, наверное, еще нет. Позвонил после обеда, от голоса в трубке стало тепло и спокойно: объемный голос, многоцветный, голос-волна, сразу ясно, о чем она думает, в каком настроении. Ее «привет» было хорошим, *принадлежащим* уже, ну и я поплыл.

Приехал вечером, привез цветы, не знал, что еще купить, потому взял тюльпаны с неровными краями — попугайские тюльпаны разноцветные. Пока ехал, мне захотелось что-то сделать для нее. Банк ограбить или зарезать кого-нибудь. Спасти, чтобы погоня и перестрелка, и мчать в темноте, с визгом тормозов на поворотах, и чтобы звали меня Джо, Рон, или лучше Адам с ударением на «А», и пахло порохом в воздухе. И быть раза в полтора мощней (я тогда худоват был и только завязал носить спортивные штаны под джинсами зимой, чтобы казаться плотней). Комплексовал слегка.

А сколько у нее было до меня? Десять? Тридцать? Сто? А вдруг я что-то делаю не так? Или нет, лучше об этом не думать. Но точно ли ей было по-настоящему кайфово? То, что она кончила — да, так не сымитировать, да и она совсем не из таких. Нет, ей было хорошо, но достаточно ли? И почему меня это должно настолько волновать? Такие мысли были. Лучшим быть хотелось, или особенным хотя бы.

Второй раз был как первый. Новый. Мы занимались сексом при свечах, она сверху, расслабленная и довольная (у нее что-то радостное случилось днем то ли на работе, то ли еще где-то — праздничное настроение было у нее). Очень обрадовалась тюльпанам, искренне так улыбнулась, я сразу захотел чем-то ее удивить еще, поразить по-настоящему, но никак не мог придумать чем.

А потом она включила триллер — хороший, кстати, — мы валялись, пили вино на этот раз, ели мясо, она его вкусно приготовила, я так и заснул нечаянно. Не подарив ей ни одного необитаемого острова, как герой триллера, и ни одной страны третьего мира не завоевав. Но она гладила мою голову, как героя гладят, — так, засыпая, думал я.

Еще Юля все время рисовала, чертила, точнее. За завтраком, болтая по телефону, слушая музыку. Чертила линии, дома, частично проявляющиеся в нашем мире из белого пространства ненарисованного, тщательно, идеально четко заштриховывала прямоугольные грани и окружности. И сама точила карандаши узким ножом, длинные-длинные стержни торчали так, что казалось — невозможно таким рисовать, сломается. Но нет, у нее не ломалось. И напевала всякую чушь. Бессмысленную и нелогичную, вроде: «И валяясь под кустом, громко щелкая хвостом». Кто — «валяясь»? Но забавно.

Конечно, у нее был муж в прошлом, но закончился давно. Про него я не спрашивал. И о других тоже. А детей она не хотела. Говорила, что никогда не хотела.

— Ни от кого? — спросил я.

— Я не поняла вопроса, — ответила она, в глаза глядя отстраненно, отталкивая. И ведь так и есть — это не про нее вопрос. При чем тут кто-то?

Я проснулся тогда ночью, после второго раза, не сразу понял, где я и почему. Обнял ее и заснул снова. Раз уж так вышло. Утро было кратким и практически немым. Но без напряжения. Умылся, съел бутерброд с сыром, кофе выпил и ушел. Тогда я много работал, много говорил, все происходило быстро, было важным, ярким и немного радостным — все эти рабочие процессы, встречи, победы, провалы. Может быть, потому что был апрель.

Иногда мне хотелось ее разозлить, особенно вначале.

— Ты специально? — спросила она после того, как я раскритиковал ее любимую книгу заодно с привычкой надо всем смеяться, с ее дурацкой привычкой отстраненного стеба, взгляда якобы невозмутимого наблюдателя за «этими человеками».

— Ну, порычи на меня ради разнообразия.

— В смысле?

— Ты привыкла играть за двоих, — сказал я ей тогда. — Ты не играешь всерьез: открываешь карты, даешь фору, на все промахи противника смотришь сквозь пальцы. Ты играешь за двоих, причем против себя. И все равно выигрываешь. Потому что хочешь, чтобы тебя обыграли, надеешься на это. Сильного ждешь, такого, который игральный стол перевернуть может. Когда ты злишься, у меня возникает иллюзия диалога, понимаешь? Ты хотя бы рычишь на меня, не на себя же.

— А ты интересный мужчина, — сказала Юля. Да. Она ни разу не сказала «мальчик». И вообще в ней не было этого — снисходительности к моему возрасту, ни разу рукой не махнула в разговоре, мол, «да что ты понимаешь», ни разу не съерничала. И никаких «у тебя все впереди» или «я в твоем возрасте».

Потом я признался ей в любви.

— Я тебя люблю, — сказал.

Она нахмурилась, прищурилась, приблизила лицо вплотную, глаза в глаза, почти соприкоснулась зрачками со мной (во всяком случае, было особенное ощущение от ее взгляда — касательное, что ли). Отодвинулась. И вдруг как бы сбросила напряжение — подняла рюкзак невидимый и кинула на пол. С грохотом металлическим упал, будто в нем инструменты лежали. Молотки. И гвозди.

— Нет, — говорит, — не любовь. Это не любовь. Ну, подожди, не отворачивайся, не злись.

Я и не думал злиться, кстати. Я был как большой пес в тот момент, мохнатый пес-медведь, не способный злиться. Обреченный. Хотелось лечь на пол у ее ног и закрыть глаза. И чтобы она гладила меня и была мне хозяйкой до самой моей собачьей смерти, то есть навсегда. Но я продолжал сидеть вполне себе по-человечьи. А Юля стала говорить. Тогда я впервые подумал, что она неземная, когда слушал ее. Инопланетная. В синем.

— Я тебе скажу, как мне кажется. Любовь... Настоящая любовь... Нет, я не из тех, кто считает, что она бывает однажды. Но это что-то такое... Истинное, без вариантов. Одиночество — вот то самое, глубинное одиночество, от которого жутко, понимаешь? Вот оно есть всегда и не отступает ровно до того момента, когда все-все желания, мечты, образы, ощущение тела, цвета, звука голоса, запахов, не совпадает вдруг в одной точке.

Она подтянула ноги, скрестив их, и я подумал, что люблю ее ступни. И мизинцы. И пятки.

— И только в тот момент понимаешь: в моей жизни не было ничего более настоящего, чем этот человек. И тогда одиночество навсегда покидает. Как будто кто-то зажег свет там, где никогда не было света. И после этого ты знаешь Свет.

Мне захотелось встать и уйти. И никогда ее не видеть больше. Я невпопад кивнул и кашлянул, стал рассматривать ее руки, рисующие в воздухе звезды невидимые.

— Этот человек — самый настоящий. Нет ничего реальней его и этого чувства, которое связывает тебя с ним. До этого человека, до этого чувства мир был относительным, понимаешь? Условным. И ничто никогда не было похоже на ту определенность, которая возникла. И эта определенность стала реальностью, перед которой нет выбора. — Юля разделила одну большую космическую туманность рукой на две неровные части. Одна из них, которая поменьше, моментально была съедена черной дырой. Вторая осталась при Юле. — Ты понимаешь меня? Я не знаю, сколько раз можно полюбить по-настоящему. Но эта определенность — появляется как-то раз. — Она дернула головой, вернувшись на планету людей, отгоняя невидимую муху или «Боинг-777». — Эта определенность меняет все пожизненно.

Мне захотелось умереть прямо сейчас и здесь. Такой разговор...

— Иди ко мне, — протянула она соломинку утопающему, очнувшись. — Я — глупая баба, иди ко мне, пожалей меня. Прости, я... — и рукой махнула, свернув слова и космос в ладонь.

Дальше все было просто и непросто. Когда я был в ней, то закрыл глаза и словно попал в колодец: меня утягивало куда-то вниз, в воронку, уносило с нехилой скоростью, я падал вначале в уютную мягкую темноту, затем где-то вдали проявились синие огни, удивительно светящиеся — они росли и приближались, заполняя все пространство вокруг, потом все вспыхнуло, синие огни взорвали мою тонкую человеческую оболочку и поглотили целиком.

Это был мой первый с ней оргазм, после которого я почувствовал себя совершенно опустошенным. Рухнул рядом, мордой в подушку, и меня не было. Потом пришлось появиться заново зачем-то.

Что мы еще делали вместе? Прыгнули с парашютом, скатали на выходные в Суздаль по ее инициативе: «Я хочу видеть деревянные дома, ветхие заборы, добрых собак и много сирени». Купили ей новую тахту.

Еще я подарил ей подвеску бриллиантовую, хотел — кольцо, но не стал. Она делала мне массаж головы с лавандовым маслом. Советовалась — да, могла позвонить днем, чтобы спросить, не знаю ли я, случайно, чем регби отличается от американского футбола. Я знал. Мы ходили в кино и на концерт Стинга. Я хотел быть Стингом все три часа концерта и еще полночи, так она его слушала.

Юля делилась со мной, например, прислала однажды смс, хотя редко их писала, не любила ни телефон, ни смс: «Зацепилась за выражение из сериала "darkness passenger", скажи — что-то в нем такое есть, да?»

Или еще вот, размышляла как-то:

— Конечно же, мне бы хотелось жить в более теплой вселенной. И о чем лучше думать, скажи: о том, что мир — дружелюбен («О, мамма-миа, Иисус любит меня!», например), или слиться в экстатическом бреду с братьями-сестрами по вере, или найти великую любовь — ну, тебя, допустим, и слиться более конкретно и разнообразно? А? Согреться… А вообще, знаешь, мне бы хотелось жить в мире без глупости и без товарно-денежных отношений. Пожалуй, так. Чтобы все люди взяли и передумали гнать всю эту хрень. Меня неплохо бы засандалить в одну из беднейших стран Африки годика этак на полтора, да? Волонтером. Для гармонии и отсутствия жалости к себе.

— Ты и так волонтер. Такое у меня от тебя впечатление.

— Ешь-молись-люби?

— Поймай, зажарь и съешь.

— Ха!

Ее «ха!» было для меня лучшей похвалой, значило, что я не отставал от нее, ведь она очень быстро думает.

Юле нравилось, когда я связывал ей руки, привязывал к кровати. Когда брал ее жестко и бесцеремонно, мял и рвал, вжимал лицом в подушку, крепко держа за шею сзади, когда ставил на колени перед собой. Я не хотел так, но делал, потому что чуял, что ее это заводит. Изображал, значит.

Уже через месяц знал ее тело наизусть, не скажу, что у нас было какое-то особое разнообразие в позах, играх, наворотах, — нет. Дело было в другом, не в том, как ее развернуть, вывернуть даже и чем намазать соски, нет, мы обходились без взбитых сливок, наручников и прочей хрени. Просто именно в сексе она была со мной, моей была, я это чувствовал на все сто.

Думаю, она меня поглотила полностью, конечно. Я ни на кого не смотрел вообще, глазами скользил, но все другие девушки были — другими. Все остальные — остальными были. Юля и… остальные.

Как будто на фоне движущихся обоев проявилась только одна фигура, одно ее лицо. Как если бы все были андроидами, а мы — единственные люди, выжившие после завоевания мира роботами, герои фантастического боевика.

Тогда я понял, что такое — качество женщины. Это и вправду какое-то другое тесто, иного замеса. Размышлял об этом, сравнивал, делил на классы, но из моих знакомых женщин ее, Юлиного класса, были две: жена знакомого директора мебельной сети и певица одна. Из тех, с кем я спал раньше, из двух десятков девушек до-Юлиной эпохи, женщин ее класса не было. Все были проще, на ступень ниже, может быть и через ступеньку даже. Мой первый секс был в семнадцать, хорошая девочка, одноклассница. Но я не влюблялся, хотел — да, очень хотел, но как-то все было легко: да-да, нет-нет.

Сравнивал, конечно. С девушкой одна, Мариной, — я с ней спал как раз до Юли, да и во время Юли тоже пару раз, ей восемнадцать было. То есть двадцать лет разницы в возрасте между ними. Марина стала казаться мне непристойной что ли, вульгарной. Причем, речь не о поведении или манерах, нет. Ее тело мне казалось пошлым. Живот, грудь… все, короче. Как один и тот же пейзаж, щелкнутый мыльницей и одновременно снятый профессионалом на килограммовую зеркалку. Разница ощутимая...

И суть различия была не в возрасте, а в качестве, в классе. Просто некоторым это не очень-то и важно, а я отмечаю: симпатичная, но дворняжка. Или дело в чем-то еще… Энергии, харизме? Не очень ясно как, но это работает. И пропорции, и запах, и черты лица, и голос, и недостатки, легкие изъяны тоже. Хотя — спал я — со всякими. Но уж точно — не на блондинок и брюнеток делю я женщин. И не на красивых и некрасивых. А вот качественно — да. Делю. И дело не в тонких костях и не в высоте лба, в другом чем-то.

«Пошли сажать цветы», — как-то утром Юля говорит. Это уже был май, тепло.

И я уже привык к ней, то есть сразу понял, что надо или соглашаться и идти сейчас с ней, или отказаться. Без обсуждений.

Сажали цветы. Астры и еще какие-то. Грабли в подсобке у дворника взяли, я четыре раза ездил в лифте за водой с ведром пластиковым. Ну а как тут реагировать? Хочет сажать цветы — нормальное желание. Запомнил то воскресенье. Солнечное, летнее уже. Я нюхал ее шею — Юля пахла солнцем, нагретой кожей, теплым песком почему-то, как на пляже, и собой солнечной.

Днем мы ели борщ. После приступа цветоводства Юля сказала, что не любит борщ и не помнит, когда и ела-то его в последний раз: «А может быть я уже и люблю его? Надо проверить». Мы поехали проверять в украинский ресторан. Она серьезно так пробовала. Со сметаной и без. «Да, — говорит, — пожалуй, я теперь люблю борщ. Доросла до борща, как до оперы».

Мне было понятно, о чем она, хотя борщ в мой список не входил, в нем, кроме оперы, была собственная мастерская со станком для обработки и резки камня, поход-кора вокруг Кайлаша и дети — двое, возможно.

— Мы как-то раз поехали в поход в лес — компанией, мне лет семнадцать было, — рассказывала она за борщом. — И ночью, когда все уже традиционно напились и мирно храпели по палаткам, я кой-то черт проснулась. Слышу треск костра и какой-то бубнеж: слов не разберу, и кто бубнит, тоже непонятно.

Вылезаю, смотрю: сидит один пацан, Тема его зовут, у костра в куртке с капюшоном, надвинутым на глаза — так, пугающе немного издали выглядит, курит трубку и что-то бормочет. Я тихонечко продвигаюсь к нему. И начинаю различать слова: «Баба Яга родилась. Баба Яга смотрит на ежа. Баба Яга умерла». Я замерла, слушаю. И он это поет. Раз за разом. Долго, глядя в огонь, представляешь? Я подхожу, он замолчал, смутился. Спрашиваю, что за чудо такое? Откуда такая песня прекрасная? Он говорит, что не знает.

— Отлично!

— А то! Вся жизнь в трех строчках. Так что мы все смотрим. На ежа. Потом умрем. Без вариантов. Это я тебе как Баба Яга говорю.

— Ну ты даешь!

— Да, я — невероятна, но факт.

Мы с ней, конечно, во многом не совпадали. Я всегда хотел секса утром, а она — только по вечерам, но когда я ее будил, часов в шесть утра иногда, она не сопротивлялась. Мне нравилось проснуться — и сразу в нее войти сзади, в спящую. Перевернуть на живот аккуратно и — вперед. И она минут десять не включалась, ну пять — точно. Но потом я кончал и занимался ею.

Да, вот только ей мне хотелось делать куннилингус. С другими не так. А с ней — очень хотелось. Может быть, потому, что мне нравился ее вкус. И то, что она все выбривала там, вообще все, не оставляя никаких полосок даже.

А может быть, потому, что я ее сильно любил. Или я ее так любил, потому что мне все подходило на вкус, цвет, запах. И то, как она дышит и стонет. И она так довольно урчала после оргазма, вжимая голову мне в плечо, вздрагивая, еще не отдышавшись. Я чувствовал себя отдыхающим богом, скорее, из греческого пантеона, но не конкретным. Большим молодым Зевсом, например, вполне мог бы быть, в его домифологический, еще не бородатый период. А Юля бы в греческий пантеон не вписалась. Афродита — банальность, Афина — занудство, остальных и не помню. И индийские богини ей не подходят. Не так много и богинь в истории, если подумать.

Еще я очснь скучал без нее: когда она умотала в Европу на неделю, я слонялся внутри опустевшего мая, чувствовал обиду. Она практически не предупредила: «Ох, да, я завтра улечу в Рим, давно хотела, именно в мае. Я ненадолго».

Кивнул, а что еще было делать? Но меня задело. Мне хотелось — вместе. Юля сказала, что летит одна, но там будут ее друзья, бла-бла, «не волнуйся, за мной присмотрят». Я не волновался, я злился.

Когда она уехала, жизнь встала на паузу. Оказалось, что можно спать — и ждать, пить и — ждать, ждя, есть, ждать, спя.

Встречал в аэропорту, она была немного напряженной, сказала, что не выспалась, что Рим ее разочаровал, а Флоренция поразила. И Тоскана, Тоскана минут на десять рефреном: ничего прекрасней она не видела, останавливались в отеле-замке: «Ты представляешь, настоящий замок, даже немного — ферма. Они там и домашнее вино делают. Ну прости, прости... Ты скучал, да? Как на работе? Ну, поцелуй меня, ну. Ты обиделся? Да? Ну, отомсти мне».

Мне стало весело.

— Один бравый пацан, — тут же успокоилась она, — считав мое выражение лица, — например, Майкл Такой-то — не помню его фамилию, — знаешь как отомстил своему любовнику?

— Любовнику?

— Ага, неверному бойфренду. Он накачал дружка наркотой до полной бессознанки, раздел, и прикрепил ему на грудь щит с надписью «Смерть ниггерам!». А на спину — щит «Бог любит ККК». Ну и отвез изменщика в центр Гарлема, где пару минут спустя его и прирезали.

— Смешно.

Потом, в начале лета, приехал ее брат на целую неделю — очкарик Петя с черной бородкой-эспаньолкой, живущий в Ирландии. Архитектор. На год старше меня. Даже на полгода, если быть точнее. Юля нас познакомила, даже зачем-то организовала ужин втроем.

Петя этот смотрел на меня сквозь толстые линзы как-то по-идиотски. Подстебывал Юлю. Бородкой тряс над салатом из авокадо. И всячески дал понять, что сильно и неприятно удивлен таким вот молодым любовником своей сестры. Я злился и нажрался капитально в тот вечер, не помню, как уехал на такси домой, но вел себя прилично, по Юлиным словам, даже не отреагировал на тупые Петины шутки о совращении малолетних.

Больше я Петю этого не видел — мы с Юлей встречались у меня, пока он не уехал. Один раз. Тогда случился единственный наш разговор о разнице в возрасте, нехороший разговор, бестолковый. Нам нечего было сказать друг другу, для меня эта разница не была проблемой. Она об этом знала. А для нее все было сложней, видимо, поэтому быстро свернула с темы.

— Я чувствую риск. Риск провоцирует страх. Кстати, знаешь, что один чувак, Мониз его фамилия, получил Нобелевку за свои работы в области лоботомии. Удалял префронтальную долю, избавляя пациентов от чувства страха. Знаешь, за что отвечал этот участок мозга?

— М-м?..

— За способность представлять развитие событий в будущем — по теории еще одного крутого мозгоправа, — основное свойство сознания. Вот и вывод тебе.

Начало лета было жарким и душным, асфальт плавился, в воздухе висел яд. Я его видел своими глазами.

Просрал важный тендер, потеряв уйму времени и потенциальных денег, которые уже мысленно потратил на Юлин день рождения в августе. Но свой план — свозить ее на Лигурийское побережье, взять машину, прокатиться по всяким Портофинам и Ниццам (наш ответ Чемберлену ее тосканскому) не оставил, пришлось напрячься.

Как-то раз я проснулся ночью и увидел, что она не спит. Сидит и смотрит на меня. Подумал, что она тоже меня любит, раз так смотрит. Уложил спать и долго-долго гладил по волосам.

И той же ночью ей приснился кошмар, уже на рассвете. Она плакала, не просыпаясь, я разбудил ее, но сон не хотел стряхиваться. Рыдала, уткнувшись лицом мне в живот — еле успокоил.

А потом как-то — раз — и все стало херово. Жара. Работа. Какое-то мутное пыльное марево осталось в памяти от тех недель: двух? трех? Как если бы мы катились с ветерком в открытых окнах по нормальной трассе — и вдруг попали в туман. Ядовитый. И продолжали ехать, не сбавляя скорость и окна не закрывая. Даже включив музыку погромче.

Виделись раз в неделю, ну, два — от силы, оба вымотанные парилкой, работавшими на износ кондиционерами, зависшим над городом едким смогом. Но мы не меньше хотели друг друга, во всяком случае, я ее — точно. Просто что-то уже было не так, но пока называлось жарой.

В июле Юля снова уехала, теперь уже в Лондон, в командировку. Еще одиннадцать дней в режиме застывшей жизни? Нет уж! Я решил доказать себе, что не так и привязан к ней, трахался с Мариной — той самой, которой восемнадцать, много пил и чувствовал себя фигово.

Юля не звонила. Я знал, что она не любит смс, поэтому не писал. Не хотел обязывать ее отвечать, одним словом — страдал. Дурацким словом. Рассчитывал на август, на путешествие, на то, что это вывезет нас из тумана, рассматривал Лигурию на турсайтах. Мечтал. Еще мне представлялась осень, я купил ей три мягких пледа, молочно-белых.

Затем будет зима, встреча Нового года в деревянной лапландской избе с северным сиянием над головой и упряжками оленьими. Или собачьими. Я сам мог бы запрячься главной лайкой.

На самом деле, я сходил с ума по ней тогда, по-настоящему. Когда провожал ее в аэропорту, чуть не подрался с одним придурком. Он толкнул рассеянную Юлю, причем специально, хотел задеть. Я даже не успел подумать, как волна озверения накатила, рванул назад, спотыкаясь в крутящихся стеклянных дверях, схватил его за рукав, тряс, толкал, орал что-то. Он тоже. Нас растащили. Пришел в себя не сразу. Юля молчала, ей было неудобно, но она молчала. Так и ушла. Хотелось выть.

Она вернулась из Лондона в новом костюме, с новой стрижкой, с новым ароматом новой туалетной воды и с новым браслетом на запястье. Мы поехали к ней, я в машине еще начал приставать, но она была какая-то чужая, не моя совсем, это нужно было сломать чем-то, а чем еще, кроме секса? Еле дождался ее из душа, и это был просто нереальный секс в тот день, просто чумовой. Очень медленный, подробный, она не закрывала глаза, как обычно, нет, она все время смотрела на меня, иногда не видя, и от воспоминаний об этом вот ее взгляде, уплывающем, невидящем, у меня встает моментально до сих пор.

— Я выхожу замуж, — сказала она полчаса спустя, когда мы уже просто лежали рядом. Я открыл глаза, и посмотрел на нее. На потолок. И снова на нее.

— Чего?

— Я выхожу замуж. Прости. Я не хотела тебе говорить так, сейчас. Но все это уже как-то слишком для меня. Я выхожу замуж, — в третий раз за одну минуту произнесла она, вбила гвоздь. Сколько их вбивают обычно? Четыре? Молотки и гвозди в том рюкзаке были, точно. — Ему пятьдесят шесть. Он итальянец. Я выхожу замуж и уезжаю в Италию.

«Да, четыре гвоздя, — подумал я. — И крышка теперь прибита накрепко».

— Это ты к нему ездила в мае?

— Да.

— И сейчас?

— Да.

— Ясно.

Я полежал еще несколько секунд молча, и потянулся за одеждой. Поднял трусы с пола. Трусы в руке…

— Ты не сваришь кофе?

Она кивнула, встала, зацепив тунику двумя пальцами, и прошлепала на кухню. Я спокойно оделся. Мне просто не хотелось одеваться при ней. Она выходит замуж, а у меня трусы в руке.

Выпил кофе и ушел. Больше мы не виделись. Она как-то подалась ко мне перед дверью… Не знаю, может быть хотела обнять. Шел и ревел.

Меня не отпускало где-то год или больше. Лет через пять я нашел ее в «Фейсбуке». Она родила двоих сыновей. Ее пожилой муж улыбался с удочкой в руках. Улыбался с теннисной ракеткой в руках. А Юля не выложила ни одной фотографии, где бы я мог рассмотреть ее лицо.

Теперь я думаю, что она была права. Во всем. Но я так и не написал ей. Тем более что мое признание этой ее правоты, наверное, могло бы ее обидеть. Она была права.

Сергей Шаргунов

Пошлость

Петя спал чутко.

Ему приснился великан. А может, великанша?

Петя лежал на мокрой траве с блокнотом, и черкал черной авторучкой. Великан по кошмарное пузо был зарыт в жирной чернявой земле, а башка, похожая на громадный булыжник, утопала в манной каше небесной. Облако скрывало черты булыжника, но явно — рожа была неординарная. На голое смуглое грудастое тело стекали черные спутанные волосы. Концы волос ложились, виясь, на рыхлую землю. Петя заслонился блокнотом, пересекая и смешивая линии. Великан дернулся и загромыхал, земля загуляла ходуном. Петю замутило.

Все было предсказуемо. Самолет садился. Над Парижем сверкало весеннее солнце.

«Ах, хорошо бы встретить великана, — подумал Петя. — Или великаншу».

Петя страдал от пошлости, она была всюду. Двадцатидвухлетнего Петю Волкова второй год мучила мысль о том, что все в жизни заранее предопределено. Эта мысль зародилась, когда он ходил душным летним днем вокруг старинного храма на даче. Позади храма стоял серый камень, а в камень врезаны буквы:

Авдотья Анисимовна Пирожкова.
12 апреля 1845 — 4 февраля 1904
Дети ея:
Сергий. 5 марта 1866 — 14 июня 1866
Сергий. 8 сентября 1869 — 10 мая 1874

Трагично получилось с детьми: Сережей назвала, а все равно недолго жил, верно, от этого и церковницей стала, поэтому в ограде и похоронили. Да наплевать… Какая-то кошмарная пошлятина! Все началось с того лета. Открылась смутная, не до конца четкая, тошнотворная широкая мысль.

Петя то и дело пытался предугадать следующий сюжет жизни. Жизнь ясна, и значит, бесцветна, даже если предчувствие обманет и за поворотом пылящей дороги вместо березняка встанет ельник. Петя верил в судьбу и не любил свою веру. Судьба подкидывает тебе разные карты, но они на пересчет. И он все жаднее наслаждался жизнью, ценя грубые плюсы и грязные фокусы. В жизнь он впивался обреченно

— то ли заранее ею пресыщенный, то ли еще ее не распробовавший. Он был похож на человека, который, приняв яд медленного действия, срочно бросается к жареному мясу и сладкому вину.

Петя родился сыном художников и сам был начинающим художником, уже иллюстрировал книжки для детей. Темноволосый в мать, сероглазый в отца, крепкий в отца, но тонкокостный в мать, высокий в деда, тоже художника. Он прилетел в середине апреля из липко текущего, как сопли, Питера в ярко-сухой, как румянец, Париж на юбилей, разумеется, Матисса. В два часа дня, прописавшись в гостинице и приехав в Сорбонну, он встретил Люси.

Они познакомились во внутреннем каменном дворе, где девушка курила, запивая дым винцом, темневшим сквозь белый пластик стаканчика. Петя стрельнул у нее сигарету и сбежав на двор из зала. В зале горбатый француз-профессор выкрикивал доклад про Матисса. «Можно ли переложить Матисса на музыку? Можно, но это будет Шнитке, а не Матисс!..» В наушниках русский женский голос выкрикивал перевод — отрывисто, со звоном падающей швабры. Горбун был при желтоватых очках, красноватых кудряшках и шевелил всеми пальцами рук (вероятно, за кафедрой шевелились и носки ботинок, в которых посылали пассы пальцы ног). И Петя улизнул.

Пока люди кисли в зале, на столе в холле возле стеклянных дверей, ведущих на двор, их ждали ветчина, рыба и красные бутылки. Петя и Люси вернулись со двора: Петя напомнил ей стаканчик снова и налил себе. Потом взял вторую бутылку, вкрутил штопор, поместил ее между ботинками: пошло чмокнув, пробка вырвалась. Вскоре в холле загудело (люд повалил к столу), а молодые кончали вторую бутыль. Люси была в синей, расстегнутой на три пуговки, рубахе, в черных брюках и розовых кроссовках. С грудью, черными локонами и черными ресницами, длиннорукая и длинноногая, в деревянной худобе, с игривым и нервным шнобелем чистопородной франсе.

Петя, стреляя сигарету, заговорил с ней по-английски.

— Я говорю по-русски, — она улыбнулась.

Зубы длинные и ровные.

И вот, они пили, жевали и говорили слова по-русски, и все время она показывала свой славный оскал. Вероятно, она знала, что такая зубастая улыбка ей идет, как причудливое украшение. Белизной сильных зубов она кокетничала со всем миром, как и своей смуглой кожей — тоже. Она скалилась каждые несколько минут, а он смотрел прямо в зубы, чувствуя, что хмелеет. Ее рот темнел, синел от вина, в уголках вечерело, зубы смеркались. У Пети кружилось перед глазами. За стеклами разливалось солнце. Люси говорила, что учит русский и ничем больше не интересуется. Русский. Это ее интерес.

Возникла водка, которую распорядительница, дерганая седая русская в кожаном садистическом трауре, вытащила из черного пластикового мешка — одна водка, вторая, пятая... бутылки серебрились, скользили в руки общества.

— Хочешь? — подмигнул Петя.

Быстрая гримаска:

— Я ее пила. Дни назад пять! Мы шли на крышу. Я сломала каблук и падала. А? Меня спас друг. Он схватил и держал. Но я свихнула ногу. Вот эту!

Петя прижал к губам ладонь и плавно отправил поцелуйчик к девичьей ноге. Он коснулся розовой кроссовки и решил, что тоже будет пить только вино.

На водку накинулись не одни русские, но и французы. Пете даже привиделось: некоторые — это бездомные, клошары, которые бродят по культурным сборищам, чтобы поживиться. Вот один француз — малиновые подушечки щек и рук, на щеках вспыхивают и мелко дрожат одна за другой кровяные веточки — с наслаждением влил стопку: сизые глаза наполнились мерцанием и рябью, а через минуту он бесновато зачавкал — да так, что желтый соус заклубился по губам. Хорошо бы его зарисовать! Впрочем, жанрово он чересчур ясен.

Петя искал мгновения, когда у всех лица вытягиваются в обморочном и молниеносном. Караулил перевороты. Сейчас он разглядывал водочников, чая найти какой-нибудь кривой смысл. Это абсурдно, решил он, люди накачиваются водкой среди бела дня! Какой все же конфликт между ясным временем, назначенным для дел и прозрачной жидкостью, утюжащей мозги! Какая все-таки болезненная тоска в этом глотании огненной воды в разгар дня! Взрыв дневного моста! Мост летит во все стороны кусками. Так подумал и чуть повеселел художник Петя, наблюдая за тем, как тает водка в русских и французских глотках, а следом — мясо да рыба, и все на фоне стеклянных дверей, за которыми плещется золото дня.

— А мне? — оскалилась Люси, и Петя затемнил ей оскал новой порцией краски: пролилось через край стаканчика, упало на пол…

Несколько капель впитались в розовую кроссовку. Левую, укрывшую вывих.

Люси вульгарно хихикнула, и тут он понял, что постель им назначена.

Скоро стол был высосан, обглодан и облизан. Французы отпали — одинокие потянулись к выходу, русские выпали во двор, пустили дым, и сквозь стекло было понятно: спорят. Петя и Люси вышли покурить. В центре дымящего кружка встали двое, оба не курили. Исподлобья, но нежно, похожий на барашка, глядел парень со светло-русой бородой и большим розовым Сталиным на зеленой футболке (это был Мальцев, мастер «нового тоталитарного плаката»). Напротив трепетал старик в сером костюме, и целил в Сталина острым ногтем мага (старик был академик живописи Тан). Ноготь был самым живым в старике. Матерно охал толстый бородавчатый арт-критик, поминая матушку, художница-пейзажистка в неприятно лиловой шерстяной шляпке с тихим писком цедила: «Времена не выбирают…», а старик, трепеща голосом и хилой плотью, не убирая обвинительного янтарного ногтя, дребезжал, что в 38-м был он в школе «племянник врага народа» и в него после занятий кидали снежками. В ответ Мальцев бормотал с малокровной усмешкой: «А демография? А география? А демография и география?».

— Автобус! — Появилась седая русская в кожаном садизме. — В гостиницу, и до завтра!

Люси с Петей переглянулись и, глядя друг другу в глаза бесстыже и глубоко, уронили свои недокуренные сигареты. Пришло время пропадать.

На улице машин было мало, машины вели себя робко, под булыжниками дремал пляж.

— Значит, не бывала в России? — Петя споткнулся и пристальным хмельным глазом поймал белесую полоску песка между седой парочкой булыжников.

— Неа. Ты зовешь?

Она не картавила, лишь инородная теплая певучесть и горячий подскок отдельных звуков. И не все слова знала.

Они нырнули в простой солнечно-пыльный деревянный сарай, оказавший входом в метро.

— Люси! Ты так хорошо знаешь русский!

Она что-то пропела по-французски и передернула зубами с хрустом. Вильнула попой, проплывая турникет, и обернулась, зашипев: «Лишний». Протянула билетик: «На!» — и губы облизнула. Они летели. Он летел просто. Она летела, едва заметно прихрамывая. Он — за ней, по ступенькам огромного (и от того игрушечного) поезда на второй этаж, где плюхнулись бок о бок, прибыв на станцию по тусклому малолюдному переходу, похожему на трубочку вчерашней газеты. По другой станции под открытым и голубым, но сощуренным из-за навесов небом. Там, на платформе, стоявший у стенки крепыш-азиат, не шелохнувшись, проследил спокойным режущим взглядом охотника, как промелькнула брачная их игра.

Они высадились у подножия холма.

— Каштаны! — закричал Петя как будто в надежде на приключение.

— Платишь ты, — отрезала Люси с интонацией европейки-воспитательницы.

Он купил два бумажных кулька. Они одолели лестницу на холм, выдавливая в себя невкусную картонную мякоть из пластмассовых коричневых мундиров. Хваленые каштаны были скучны, скучны…

Холм опутывал дым. Дым шатался на ветерке и в синеющем воздухе. Дым поднимался к собору, призрачно белевшему на самой верхушке холма, точно это дым так сгустился. Они сели на каменную лестницу среди дымящей молодежи, спинами к собору, и тоже задымили: перед ними тонул Париж, здания, башни, хищные мелкие черты старины — в розовом, сиреневом, зеленоватом, белом. Солнечные отчаянные вспышки сменялись ехидными огоньками электричества. Петя щелчком отбросил окурок и попал в рюкзак ниже сидящего. Сыпанули искры, Люси засмеялась. «Везде бабы одинаковы, — подумал Петя. — Сталкивают мужиков». Человек с рюкзаком обернулся на смех, показав смуглый, ожесточенно жующий себя изнутри, мальчишеский блин физиономии, и снова уставился на них курчавой шерсткой.

Здесь все были в пестрых одеждах и дыму: дым был общим, но выбилось сладкое течение.

— Гашиш, — Люси радостно повернулась вправо. — У меня дома есть! Я живу рядом. Детство меня водили сюда. — Она показала за плечо. — Хочешь?

В соборе было подслеповато. Они пронеслись пустыми пределами под бездонными сводами. Петя схватил ее за руку, задержал бег, поднес к лицу ее пальцы. Ему вдруг захотелось Люси: он желал тискать, нагибать, ломать, ударяясь мясом в глубокое мясо, мясом в мясо. Лед вечности обжигал, возбуждая. Петя с надеждой цеплялся за эту скользкую похоть, как за чудо. В одном местечке теплилась жизнь, желтело электричество, десяток богомольцев терпеливо ждали чего-то на деревянных скамьях. Петя отметил намоленного пожилого латиноса, похожего на жареный каштан. Люси выдернула мокрую руку, прыгнула в кабину; Петя сиганул в другую дверцу. Сквозь решетку увидел лицо — смутное, долгоносое, оскаленное.

Жажда немедленного соития покинула его сразу за порогом храма.

Они шли мимо лавок с сувенирами и картинами.

—Хочешь смотреть картины, Петя?

Он закричал:

— Устрицы!

Лавка воняла пучиной, среди накативших сумерек лотки жеманно блестели серебряным и красным — внутренностями моря, скользкими даже на глаз.

Сели на воздухе. Официант, шевеля пошлыми черными нитками усиков, принес два бокала белого вина и стальной подиум со льдом и раковинами. Петя поспешно втянул в себя шесть устриц подряд. Он запивал каждое тельце-сгусток нежным рассолом из раковины; каменная крошка хрустнула на зубах — и ее не стало. Люси подъедала темные ломти хлеба, разламывая и макая в стальной наперсток с малиновым уксусом. Она сказала, что не любит устрицы, она любит дышать ими, и только. «Забавно, — подумал он, — заученная фраза». Поблескивала ледовая арена, угловато смотрели в темноту разоренные жилища.

— Ты общаешься с русскими?

— Я дружу с чеченцами, – Люси допила вино. — Они парни. Беженцы, — пустила дымок.

Петя спросил с надеждой:

— Злые?

— Со мной нет. Они с другими злые. С цветными, с черными. Они их бьют и гоняют. Все время.

— Конкуренция! – Петя причмокнул.

— Со мной они хороши. Все другие у нас с девушками нехороши. Чеченцы хороши.

— А нехороши — это как?

— Если парень — француз или цветной, неважно, видит девушку и она ему нравится, он улыбается и кричит: «Привет, красавица!». Но если я не ответ, он ругает. Это в метро, улица, везде. Он кричит: «Сука!».

— И никто не даст ему в дыню?

— Что такое дыня? — Оскал.

— Морда. Лицо.

— О, нет! Никто не защитит. Разве чеченец. Чеченец может защитить. Петя, я плачу половина!

— Я плачу! Ты что ли спишь с ними? — Петя отодвинул пустой бокал. — С чеченцами…

— Спаси бог, — она хохотнула, искупав лицо в фонтане дыма.

— Жаль, — пробормотал он.

Они миновали пылающий квартал багровых мошонок, зашифрованных под сердца. В дверях блондинка с тройным подбородком, в золотом мини, призывно гребла голыми ручищами к себе.

Свернули в темную улочку, где угол одного тихого дома нелепо отсырел, краснея окнами и огнями, — отголосок пройденного квартала; потом был совсем мирный проулок, без всякой красноты, и там, в тишине, в слабом луче городского фонаря чернели глухие железные ворота.

Люси наколола коготками цифры: пискнуло, вошли во двор. Петя поднял голову, глазами пробежал дом до крыши — восемь этажей. «Внутри зеркальный лифт»: загадал.

Но в доме была деревянная лестница.

Сухая, грубая, скрипящая. Скудно освещенная. На каждом этаже светила голая лампочка. На лестницу выходили окна: непроглядные, замутненные, толстые, в стеклянных узорах, как бывает в туалетах и ванных. Старая рассохшаяся лестница. Старая добрая врунья. Петя считал ступеньки. Пахло кислыми щами, именно кислыми: квашеная капуста… Запах, казалось, шел от ступенек, и Петя разок наклонился, чтобы внюхаться. «Откуда здесь квашеная капуста?» — подумал, но спросил о другом:

— Конечно, в детстве ты падала тут?

— Мы все время были в синяках. Я и сестра. Мы бегали друг за другом и падали, да! — Люси посмеивалась, не оборачиваясь.

Она шла впереди, Петя — за ней. Ее яркие лакированные волосы болтались широко, в полусвете казались еще чернее, и смешливый голос доносился из волос.

— Как звали сестру?

— Катрин. Близняц?

— Близнец!

— Да! Она погибла. Два год назад. Разбила мотоцикл. Я ее любила очень, — она говорила уже без смешка, но задорно, не меняя походной интонации.

— Мы бегали утро и вечер. Бегали и бегали. А ты где бегал?

Остановилась.

— На даче. Тоже была лестница, – промямлил он.

Оконный проем слева вместо стекла скрывал серый брезент, порванный в верхнем правом углу. Дыра, по краям вытянутая, напоминала пентаграмму. Люси сунула палец в дыру, потом еще два пальца, и пошатала брезент.

— Эта дырка двадцать лет! Я и сестра совали палец. Тут живет художница. Я всегда сую палец. Прохожу и сую, — и она снова пошла вверх, повторив: — Всегда!

Петя сунул палец.

На пятом этаже они вошли к Люси.

Маленькая гостиная с компьютером и колонками. Через маленькую спаленку (во тьме бельишко белело на полу) Петя проник в маленькую ванную, пописал, сполоснул руки, плеснул в лицо… на пластмассовом подзеркальнике стояли тюбики с кремом. С одного смотрел мужчинка, брея чернявую щечку: улыбочка жила и загибалась кровавым червячком на освобожденной чистой половинке загорелой мор点дочки. Петя выпрямился и задел плечом колокольчик: серебристый, он рассыпался в причитаниях над узкой белой ванной.

В гостиной уже колыхался мрак, а на круглом стеклянном столике трепетал огонек из парафиновой мисочки. Играл диск. Пел Высоцкий.

— Высоцкий. Русские все любят, — она обнажила зубы и выразительно облизнулась. Достала серебряную шкатулочку. Извлекла глиняную горошину. Принялась разминать между пальцами.

«В общем, так, один жираф влюбился в антилопу» — хрипел, восхищаясь причудами бытия, Высоцкий.

Люси улыбалась, переводя глаза с Пети на распушенную сигарету, напитывая табак земляной пылью.

— Люси, — сказал Петя, — у тебя много мужчин?

Она уже зажгла сигарету, и лишь кивнула, к ней присосавшись: дым длинно полз по крошечному пространству.

Люси передала косяк Пете, и шамкнула дымом:

— Ты первый русский.

Фильтр был в красной помаде.

— А где твои родители?

— Дуй! Был развод. Мама в городе Лиль. Дуй! Папа тут, Латинский квартал. Они старые. Они родили меня в сорок. И в пятьдесят был развод. Дуй! Мы жили этаж ниже. Было три комнаты. Дуй!

Блики прыгали.

Люси положила босые ступни на столик. Петя докурил и теперь гладил эти ступни, внезапно увеличившиеся, и комната разрасталась, плыла, мягко и с перекатами, как река, пенно густеющая на порогах. Он сипло спрашивал: «Болят?». Болела левая... он гладил левую, мял правую и покручивал коленки под штанами. С кожаного кресла он потянулся к телу, утопавшему в кожаном кресле напротив. Люси подобрала ноги. Петя перелез к ней, и навалился, целуя. Она сжимала губы, он хватал ее за грудь, просунув пятерни под рубашку, но и она просунула свои пятерни и, заслонив большим и указательным пальцами, которыми еще недавно расплющивала гашиш, теперь берегла две горошины — два соска: сторожила границы интима. Эти соски были суверенны. Как две европейские страны.

Петя отполз обратно в кресло: светлые глаза его зло провернулись.

— Соски — это принцип? — спросил он, задыхаясь, будто все еще поднимался по лестнице.

— Ой, — она повернулась к компьютеру, дотянулась и надавила.

Высоцкий запел по новой.

«Альпинистка моя, скалалалазка моя» — зудел и лязгал Высоцкий.

— Зачем все время врать? — спросил Петя.

— Не знаю, — Люси растерянно улыбнулась, точно глухая: одними губами, без зубов.

Петя рванулся, навалился, припал: она ахнула и опала, и рот ее открылся на милость чужому языку.

Он лизал ее губы и зубы под губами, и мял ее груди, и не отпускал ее, сжимая соски между большим и указательным.

— Подожди … — клекотала она, суетно расстегивая синюю рубашку. — Стой... - в быстром клекоте проснулся сильный акцент, птичий выговор, садовое и лесное. — Мил, мил!

Она взлетела, роняя рубаху.

Петя, дыша в душистое горячее бесконечное горло, в загнанную, но веселенькую жилку, разомкнул бюстгальтер за спиной. Пластмассовая застежка щелкнула о паркет. Гладкие холодные лопатки. Ему почудилось, что он в соборе поднялся к самому куполу.

Она показала выгнутую спину и оттопыренную попу, ловко стянула брюки, переступила через них и, оказавшись в одних красных трусах, застучала пятками прочь.

— Я в ванную! — скороговоркой на скаку.

Зазвенел колокольчик, зашумела вода. Петя разделся, свалил тряпье на кресло. Голый, прошествовал в комнату. Все виделось ему огромным. Постель белела снежным полем с пола. Он ступил в нее, попробовав ногой. Зевнул нагло, трескуче. Растянулся, сцепив руки на затылке. Белье холодило.

Высоцкого «заело». Он никак не мог допеть про друга, который оказался «вдруг». Песню ломало, а Петя лежал и думал: «Я скользил по собору, я залез в кабинку для исповеди, я спал в самолете и снился мне великан, и не ведал я и не гадал, что буду лежать обкуренный на полу у Люси перед тем, как она выйдет из ванной, и мы совокупимся. А каких-то десять лет назад я ходил в школу и не знал, что в городе Париже маленькая зубастая Люси и ее сестра Катрин бегают и ушибаются на деревянной, тогда еще свежей и не скрипучей, лестнице, но уже тогда, если верить в судьбу, а я верю, с этой зубастой Люси судьба мне назначила совокупиться… Какая все это!.. Что? Ты сам знаешь, что… А сестра ее была тоже зубаста?..»

Высоцкий молчал. Огонек из парафиновой миски отбрасывал с пола квелые блики. Люси стояла над гостем, беззвучно гогоча. Скалилась и пританцовывала. Петина раскованность сменилась дурной тревогой, тревога — сказочным ужасом, и все за мгновение. Его руки, сцепленные на затылке, не могли ожить. Люси то темнела, то озарялась. Лицо ее то близилось, то отстранялось. Грубый лик, высеченный из камня, с нависающим алчным носом (он загибался), с хищными челюстями, резкими морщинами у рта, острым подбородком, ядовитым прищуром пристальных глаз... Крутой лоб резали хитрые морщины. Гибкое жилистое тело извивалось. Веревки вен на ногах, черный пупок, красные стринги. Идеальные крепкие груди, словно бы слизанные из каталога моделей. Свечка мигала — и груди, казалось, расползаются, как круги по воде, а соски среди мигания — это новые, новые и новые летящие в воду камешки...

Люси наползла лицом на лицо и прошипела:

— Ты свободен?

Он умоляюще простонал:

— Чего? — и зажмурился.

— Я не буду врать!

— Чего?

Руки так и не могли выбраться из-под затылка.

Она легла на него, губами в губы, и тотчас нечто твердое, великанье, кривое ткнулось в Петино бедро. Член.

Не разлепляя глаз, он метнул воскресшую руку, нащупал — и тотчас воскрес. А блядский фокусник дышал и опалял духом кислых щей, и не давал вынырнуть, и вдавливал. Петя напрягся. Они боролись. Люс перевернулся. Петя ударил. Люс завизжал. Темная сопля выскочила из длинного носа и замерла, кроваво вспыхнув в блике. Петя ударил еще, слепо, с зоркой силой живописца. Люс дернул головой, зацепил зубами левую удушающую руку. Петя вскрикнул и подскочил.

— Коззел!

Кинулся в гостиную, раздавив пяткой свечу, не замечая ни влажный ожог, ни мрак, ни скулеж из спальни. Сквозь тьму натянул тряпки, втиснул в башмаки босые ноги, рванул щеколду.

Тусклая лестница — бум-бум-бум. Поскользнулся, ушиб колено, побежал вниз дальше. Двор. Железные ворота — пилиииик. Бам! Улица.

Выдохнул.

Харкнул.

Захохотал.

Цветущая пошлость! Вау и ах!

Через какие-то минуты, разбойно зыря, он заходил в один из гостеприимных домов квартала женской ласки. И пока переступал он порог, в темных его волосах проскочил розовый зайчик — отблеск багровой вывески.

Завтра ему исполнялось двадцать три.

Константин Кропоткин

Pretty feet

Одной молодой женщине срочно нужны были деньги. Она купила новое пальто в красно-бурую клетку, а к нему лохматый берет, перчатки, облегающие руку, как вторая кожа, сумку-баул с большой пряжкой и сапоги из резины, разрисованные маками. Аксессуары обошлись дороже, чем пальто, поэтому платить за квартиру оказалось нечем, и хозяин мог в любой момент попросить их с мужем вон — за такое-то жилье (с отремонтированной ванной, солнцем в спальню и большой кухней), только свистни — и моментально выстроится очередь.

С мужем у них были современные отношения, и поэтому за квартиру платила она, а он мог исчезнуть из дома на несколько дней. Раз, проснувшись одна в своей спальне, похожей на сырную дольку, она, не вылезая из постели, раскрыла компьютер, стала читать записи виртуальных друзей и наткнулась на объявление. «Девочки, кому нужна подработка?» — писала одна френдесса, ни имя, ни фотография которой нашей героине ни о чем не говорили.

Она нажала на ссылку и вышла на лысую, ничем не украшенную страницу, где был один только текст по-английски — очень простой текст, хватило и ее школьных знаний. Некое агентство искало красивые ноги. Оно обращалось к моделям, актрисам и просто молодым женщинам, у которых есть «pretty feet». «…500-800 долларов в неделю за “footsessions”… Вы остаетесь одетыми… Все 100% легально…».

Она подумала, что, дожив до двадцати семи лет, не знает красивые ли у нее ноги. Ухоженные — да, с педикюром — да, с пальчиками без всякой кривизны и шелковистыми пяточками. Все это у нее было, но считать ли набор этот красивым — она не имела понятия.

Интернет ей тоже не помог. Один американский режиссер в интервью спел женским ногам целый гимн, а в пример привел ступни одной известной актрисы, у которой был сорок четвертый размер.

У нее был тридцать шестой.

Она поискала в Интернете еще, и нашла рассказ про изуродованные ноги аристократок в средневековом Китае: им в детстве ломали кости стоп и туго их обертывали, пока те не превращались в стручки, на которых женщины не могли самостоятельно добраться даже до сортира: нужны были служанки, чтобы поддерживать их с обеих сторон.

Ее, в принципе, все устраивало в своем теле: у нее были светлые волосы — густые и длинные, маленькая грудь двумя теннисными мячиками, тонкая талия и уютная попка. Прежде, оценивая себя, на свои ступни она и не засматривалась, пусть и не забывая делать пальчикам педикюр.

Красивы ли они? Хороши ли?

Она заполнила анкету в конце объявления (имя, телефон), прикнопила к нему фото с пляжа, и нажала на «отправить».

Ей нужны были деньги, но главным было все-таки то, что она ничего не знала про свои ноги.

Ей позвонили в тот же день. Женщина на ломаном русском сообщила, что кандидатура ее теоретически подходит, нужно только сделать фото ее «фит».

— Что сделать? — не без испуга спросила героиня.

— Фи-ит, — напомнила та строчку из объявления, и рассказала, в каких ракурсах следует сфотографироваться. Особенно важно было показать, что у нее нет плоскостопия, поскольку клиент очень ценит изящный прогиб женских «фит» и именно это обстоятельство делает их «прэтти».

Незнакомка назвалась Джессикой — и это героиню почему-то успокоило. Хорошенько вымыв ноги, намазав их кремом, она сделала несколько фотографий на телефон и отправила снимки куда попросили.

А через два дня, непоздним вечером понедельника, она уже сидела в просторной комнате, напоминающей аквариум, и смотрела, как внизу, по каналу, течет серая вода, а над водой плывут темные тучки (был пасмурный день).

Джессика сказала, чтобы, придя в это офисное здание (похожее на несколько аквариумов, сложным порядком составленных друг на друга), она представилась вахтеру, а он знает, куда ее отвести.

Так она и сделала, проехав с деловитым юношей в сине-золотой униформе в лифте на последний этаж, где была лишь одна дверь. За ней располагался большой стеклянный стол, рядом с ним стоял стеклянный же столик с кофейными чашками, сахарницей, термосом из темно-коричневого пластика и конфетами в открытой коробке, а возле огромного окна во всю стену находились два кресла, в одно из которых она села и закинула ногу на ногу (спросив себя заодно, сделала она это движение по привычке, или хочет показать товар лицом).

На встречу она надела деловой бежевый костюм с юбкой выше колена — об официальном «дресс-коде» ее попросила Джессика, особо подчеркнув, чтобы ни чулок, ни колготок на ней не было.

В комнату (нет, скорее, все-таки в зал) вошел мужчина средних лет в синем костюме. Лысоватый, несколько потертый блондин с оттопыренными ушами. Он улыбнулся кончиками блеклых губ, предложил ей кофе.

— С молоком? — наливая из термоса, уточнил он.

— Нет, спасибо.

— Сахар?

— Нет, спасибо, — принимая из его рук блюдце с чашкой дымящегося напитка, она переменила положение ног (снова не сумев понять, с умыслом или без).

— Пейте, — попросил он.

Поддернув брюки, он встал на колени и согнулся перед ней, как в молитве.

Он снял с нее туфли, достал из внутреннего кармана пиджака тюбик с какой-то мазью. Она могла видеть сложно устроенный цвет его волос, огибавших озерцо белой лысины на манер пляжа: волосы его были совсем светлые у корня, затем, не спеша, темнели, а на конце, истончаясь, золотисто поблескивали.

Выдавливая из тюбика потихоньку, он начал втирать ей в ноги прохладную жидкость: в пальцы, в один за другим, начиная с большого, далее круговыми движениями — по верху стопы, потом — к косточке на внешней стороне, словно прорисовывая ее заново. Вдумчивые касания пятки — и осторожным перестуком по подошве (а она не знала даже, как правильно называются части ее собственных ног!) — и снова к пальцам, потягивая их из стороны в сторону, словно проверяя, правильно ли, хорошо ли сидят «жемчужинки» на своих местах.

И другую ногу — точно также. Такой маршрут он проделал и губами, не позволяя себе ничего, о чем не было уговорено, — он даже не смотрел на нее, только показывал свой трогательный безволосый островок на светлой голове.

Потом и язык у него пошел в дело, и немножко зубы.

Чашку с кофе она не расплескала, но допить до конца не смогла, в итоге поставив ее, непорожнюю, на пол рядом с креслом.

Оргазмом свои ощущения назвать она не могла: вначале было щекотно, затем по телу — вверх — побежала теплая волна, следом другая, третья, растворяясь где-то в корнях волос, мелкими крупинками рассыпаясь по ушным раковинам.

В какой-то момент, словно по звонку, он замер и, резко выпрямившись, поднялся с колен, не забыв аккуратно одернуть брюки. «Footsession» наступил конец.

Красивые ли у нее ноги, он не сказал. Поблагодарил только, и вежливо улыбнулся (лишь дрогнули кончики губ; плохие зубы?). Она надела туфли, встала, подтянула поближе к коленям слегка задравшуюся юбку и, тряхнув волосами в несколько растерянном «прощайте», пошла к выходу.

По дороге она сильно боялась упасть.

Можно было сделать вывод, что на главный вопрос она ответ получила: ведь улыбнулся — значит ему понравилось. Но все равно, принимая перед сном душ, она снова и снова спрашивала себя: насколько же «претти» ее «фит»?

Через неделю Джессика позвонила ей опять, и она опять приехала по известному адресу. Тогда она обратила внимание, что ноги лопоухого человека обуты в туфли слишком узкие — остроносые, они были настолько тесны, что под мягкой кожей можно было разглядеть, похожие на обрубки, пальцы.

Нужды в столь странном приработке у нее больше не было — за квартиру она заплатила, а новых крупных покупок не планировала. Но воспоминание было приятным — теперь она поняла, что значит слово «нега».

Ноги ее словно зажили самостоятельной жизнью. Они были вместе с ней, исправно исполняли свои обязанности, но героиня стала замечать, что иногда ее ступни приобретают красноватый оттенок — на них словно накидывают мелкую сеть; они могут немного увеличиваться в объеме или, напротив, чуть-чуть усыхать, проявляя по бокам тонкие синеватые жилки. А иногда, отдохнув, выспавшись, и сама она не могла налюбоваться на свои ножки — две аккуратные египетские лодочки, готовые плыть по реке жизни и жизнью ничуть не испорченные.

Она стала покупать себе новые, все более дорогие кремы, завела умелую педикюршу-калмычку. Со временем она с закрытыми глазами могла воспроизвести каждый изгиб своих ног, включая невидимые арфы плюсны и крошечные палочки фаланг. Но красивы ли они? — на этот вопрос она ответить не могла.

Они встречались еще и еще. Деньги — в точности по прейскуранту — исправно падали на ее счет. Он платил ей в долларах, но в пересчете на рубли. А однажды муж вернулся после очередного многодневного отсутствия — и никого дома не обнаружил. Опустела сырная спаленка.

Исчезла и интернет-страница с объявлением «GirlsWithPrettyFeetNeeded (Age 18—30)».

Они — я так думаю — счастливы. Прежде чем исчезнуть из своей квартиры, да и из этой истории тоже, героиня узнала, что не бывает ступней красивых и некрасивых. В мире ног нет усредненных, единых на все вкусы. Там все, в отличие, например, от мира лиц, крайне индивидуально. По крайней мере, в этом мы абсолютно свободны.

— По крайней мере… — сказал героине новый ее герой, как-то особенно эту фразу подчеркнув.

Детей у них, скорее всего, не будет. Хотя, кто знает…

Андрей Бычков

Машина Джерри

1

В лоб, конечно же…

Голова дергается в яркой тьме, бутончик крови, связи теряют связи, путь начинает свинец. Мозг — обрадованный, пораженный, невинный, необратимость — Хиросима тоски его, радостная скорбь. Пуля работает, ввинчивается, роет, пуля плывет, в права вступает гидродинамика. Каша — теплая, южная — вываливается уже потом…

Здравствуй! Кто убил тебя? Читал ли ты или не читал? Смотрела ли ты или не смотрела? Дверь скрипнула или не скрипнула? Зверь выстрела яростный или беспомощный? Пуля прожигает, прожирает, проникает, пуля рассекает, таранит, ввинчивается, пуля лезет, касается, вздувает… Здесь зум, конечно же, гидропоника, ближе и ближе, вот лицо, как когда наклоняешься, да, наклоняешься, ближе, да, ближе, над зеркалом, дышишь, да, дышишь. Запотевает или не запотевает? Запотевает… Нет, не запотевает. Мучительное, мудрое, радостное. Дышишь, да, дышишь, дыхания больше нет. Пуля работает, вспарывает, вспахивает.

Это твое лицо, контуры и линии твоего лица… когда-то прекрасного… когда-то любимого… а теперь… залитого кровью.

Так начинается рассказ. Кто начинает его? Маленький свинцовый крот, безразличный к коре твоего головного мозга. Рассказ, который теперь будет двигаться со всей своей слепой объективностью.

2

Женщина чистит зубы и как ловит сачком свое имя. Летний сад, зависание зноя, взмах. В сачок попадается Анна. Анна весело трепыхается. В зеркале улыбка, в белоснежной пасте улыбается рот. Анна прополощет и выплюнет. Анна будет брить ноги, Анна будет брить подмышки, станет Анна гладкой совсем, приятной на ощупь. Еще она должна успеть обмыть себя обворожительным шампунем, стать названием торта.

Что-нибудь вроде «Обнаженная в пузырях»… Анна представляет себе леденец, как она будет его сосать, член леденца, безусловно, мужчина, лизать его, да, лизать и облизывать.

Он курит в комнате. Он лежит на спине своей. Член его почти возбужден. Мужчина курит и слушает музыку.

Как его имя?

Эта игра с дымом всегда бесконечна: выдыхаешь его, как вечер, чудесное утро, Дели, Нью-Йорк, парк, Москва, трава зеленая, ослепительный снег, счастье солнца или несчастье солнца… С удивлением смотрит в глаза, наклоняется, дышит, хочет целовать в теплые мягкие губы, в шершавый черный нос. Да, это слезы, она плачет, газель, расставание, вокзал, поезд счастья уже отправляется… Поезд счастья, как и всякая скорбь, невыносим.

«Все было хорошо, все было очень хорошо…»

«Прости меня».

Дверь открывается, скрипит, надсадно, долго, бессмысленно, невыносимо. Как твое имя? Присаживайся.

Как время, как будто о нем никто и не знает, так же как и трава, снег движется тайно, сам по себе. Ник — конечно же, псевдоним, так же как и Анна.

Когда рассказываешь — нащупываешь в длину, приоткрывается что-то, видишь.

«Знаешь, я бы хотела, чтобы это не кончалось », — говорит Анна.

Она поймала это имя на поляне, взмахнув желтым серебристым сачком. Он тушит сигарету и переворачивается. Перечисления действий никого не спасут. Он подпирает голову ладонью и смотрит, как она скидывает халат. На бензоколонке за окном хохочут транссексуалы, вставляют в бак и заполняют бензином, ароматным, душистым. Но вот что поразительно:

«Это будет ни о чем, даже если ты признаешься».

«Ты уверен»?

«Ты хотела».

«Да, ты прав».

Слегка грустно начинать игру, которая должна закончиться поражением, не надо об этом, лучше закрыть форточку, чтобы в комнате было тепло.

3

Офицер наклоняется, стучит в кабину, его пальцы в черных перчатках, черные пальцы стучат в стекло:

— Откройте дверь! У вас заблокирована дверь!

Лицо офицера, чужой, ненужный здесь офицер, человек, у которого лицо реальности, тупое лицо гидравлического пресса, станка, мотоцикла. Надо что-то делать, что-то делать… Нажать из последних сил на «газ». Офицер, его лицо, его тело отбрасывается. Переключить скорость — на вторую — в зеркале заднего вида уменьшается офицер, падает, переворачивается. На третью — стрелка спидометра растет, офицер в зеркале, маленький, поднимается, ползет к мотоциклу. На четвертую, теперь еще «газ», да, еще «газ». Что случилось? Пальцы офицера в черных перчатках… Гидравлика — довольно страшная штука, здесь, в реальности как-то все по-другому: слишком ясно, слишком четко, без промежутков между причиной и…

— Ты делаешь мне больно.

— Прости, я не нарочно.

— Просто не надо так сильно нажимать, а потихоньку.

— Вот так?

— Да, вот так... Одним... одним пальцем.

Небольшая, маленькая, неудобная... Есть время, к которому можно, конечно же, приноровиться, а потом это пройдет: наслаждения без боли — хмм, чуть-чуть, может, скорее, от страха, незнакомые люди — без имен, под псевдонимами, без презервативов, колпачков, крема, лжи, гадости и честности молчания. Никто здесь ни при чем и ничто, слова нужны для того, чтобы обманывать, чтобы не признаваться, чтобы никто не вступил в права лживой самодостаточной речи, у которой лицо офицера, пальцы в черных перчатках.

— Вот здесь, нажми вот здесь.

— Так?

— Да.

Секреты растягиваются, скрипят. За окном заплаканные глаза, чуткие черные губы, бархатный гуттаперчевый нос. А что ты хотела? А с кем ты думала? Ты ни о чем не знала? Железный поезд выползает на железные рельсы. Он приподнимается, встает на ноги и... Рельсы блестят.

— Не так быстро, миленький.

— Что?

— Я говорю, не так быстро.

Губы — грот. Влажный огромный грот, зал вокзала, касание, ожидание. Помнишь, ты играла в "замри", когда было хорошо, когда было очень-очень? Вот почему заряжаются пистолеты, и вот почему пистолеты не спят, почему они всегда начеку. Утро, вечер, Нью-Йорк, Дели, парк, озеро или Москва... Пистолеты останавливают слова, но это им только так кажется, потому что их дело — другое. А что будет потом, уже не знают они.

Я родилась, была, взрослела, я ждала, искала, обманывалась, я делала это, я стала учиться, я ждала, мне казалось, это проходило, я разочаровывалась, это начиналось не совсем, я уже не верила, я думала, я хотела, что ничего, что ничего кроме… Я пошла работать, там было мерзко, я разглядывала мужчин, меня разглядывали мужчины, то, что я пробовала раньше, в школе, а потом в институте стало забываться, я ждала, я ждала не этого, я не знаю, как это называется, я знаю, как это называется, я уже не верила, я устала ждать, я хотела немногого, хотя, нет, это ложь, я… я, наверное… я хотела слишком многого.

Встань и наклонись, а теперь расслабься, не бойся, не бойся. Чего ты, говорю, не бойся, да не дрожи ты, это же не больно. Прогнись в спине, расслабься, расслабься, вот так, и ноги слегка, да, слегка согни в коленях, вот так, да, и назад, да, назад, нет, не так, выше.

Леопарды и антилопы, слоны, густая трава, папоротники, лианы, в буйных зарослях дрока кричит павиан, его крик пугает газель, и она мчится, быстро мчится через кусты. Ветки хлещут ее по лицу, по ее человеческому лицу, она отворачивает голову: у нее нет рук, чтобы защитить лицо свое, у нее нет крыльев, чтобы улететь тело свое, она может только повернуть голову, она мчится через кусты, спотыкается и падает.

— Алло, моя машина у северного входа, номер эль-эн-один-один-семь-ка.
— Ка?
— Да, ка.

— Меня зовут Анна. Вы слышите? Меня зовут Анна. Я такая… высокая, в оранжевом пальто.

— А я Ник, слышите, Ник. Я в красной куртке, коренастый такой, с капюшоном. Номер эль-эн-один-один-семь-ка.

5

Привет! Я живу недалеко от молокодойной фермы. Знаешь, как устроена машина Джерри? Это такой как бы морской велосипед. Мертвое тело прикрепляется ремнями к сиденью, ноги ставятся на педали и пристегиваются пряжками. Педальная ось соединена через муфту с бензиновым моторчиком. Я заливаю бензин в бак (я вообще-то работаю на бензоколонке) и дергаю за кикстартер (это такой мотоциклетный рычаг). Мотор заводится, и педали начинают вращаться. Ноги поднимаются и опускаются туда-сюда. Если спустить тело с велосипедом на воду, то оно поплывет (ну, или поедет — называйте, как хотите). У нас озеро довольно широкое, другого берега не видно. Так что велосипед поедет (ну, или поплывет), пока не скроется из виду, то есть как бы за горизонт. А молочная дойка обычно в десять где-то. В это время уже темнеет. Отправив велосипед, можно еще успеть попить парного молока.

В тот раз, это было в четверг, мы с младшим братом нашли женщину с пулевым отверстием в голове. Она валялась у дороги. Очевидно, ее кто-то выбросил. Потому что она была уже не нужна. Ну, или просто из автомобиля. Она валялась в пыли, и мы с братом, слегка почистив тело, перенесли его в багажник. Голое, статное, надо сказать, тело, но с дыркой в голове. Пончик, так зовут моего младшего брата, даже засунул в дырку палец. Ближе к ночи мы, наконец, решили отправить ее покататься на машине Джерри. Тут, однако, произошла одна странная штука — я не знаю даже, как и сказать. Дело в том, что мой младший брат Пончик, он в то же время как бы и... Я сейчас объясню. Наш папа умер от рака, и, умирая, написал завещание, в котором был такой пункт...

6

Труп поздней осени — холодной, пыльной, бесснежной, непогребенной, а уже конец декабря, да, а снега все нет и нет, нет белого савана. Пыльные улицы, ветер, бесснежный мороз, в ветках застрял черный пакет — некрасивый, неряшливый, как разодранный грач, не успевший улететь, грач, который оказался поддельным, грач, который обманул, что он грач, который оказался пыльным и грязным пакетом, в каком выносят еду из «Пятерочки» — колбасы, плавленый сыр, порошок «Нескафе» и прочее, прочее, наполненное эмульгаторами, замедлителями гниения, отвращения, депрессии и отчаяния, священного желания поскорее покончить с собой, с этим бессмысленным миром, с надувшим на все сто декабрем. Серые тучи, ранняя темнота и пыльные бесснежные улицы...

Ник (о, какое плоское, бессмысленное, ненужное имя, оказавшееся к тому же поддельным, ибо скорее всего он, конечно же, не Ник, а, какой-нибудь Евгений Павлович, Алексей или Иван, а может быть, Джидду или Агра, о его жажда всемирности — быть всем или ничем одновременно), Ник застыл. Окоченевшие члены — руки, ноги, отмерзающая болезненная голова, глаза, как бессмысленное зеркало, отражающее сизые выхлопы автомашин, выхлопы, пытающиеся догнать эти выпускающие их автомашины, и — исчезающие, тающие. Дыхание людей без шапок, пар — призраки снега и тепла, молекул углекислого газа, когда-то бывшего кислородом, как и бензин, как и бензин. Над этой жизнью смеются лишь одни трансвеститы... Значит Ник, да, значит, Ник, он ждет на декабрьском ветру — холодном, пыльном, бесснежном. Обманувшая зима, обманувшая осень, страшно не хочется говорить «обманувшая жизнь», он по-прежнему хочет сказать своей жизни «да», даже если жизнь и говорит ему «нет», ведь это его право, даже если... все равно «да»... мысль о смерти слегка согревает — и он улыбается.

7

Анна вылетает в восемь, а приземляется в десять. В самолете она читает книгу про какую-то дурацкую безбрачную машину. Она еще не знает, что ее ждет. Жизнь, как нарезка колбасы в вакуумном целлофановом пакете. Но откуда эти мысли, что все не может быть так бессмысленно? Стюард в самолетном фюзеляже улыбается. У него набриолиненные черные волосы, стеклянный взгляд, ему легко, он смотрит телевизор каждый день, он летает по небу, как бог, у него романтическая профессия... стюард может упасть вместе с самолетом — и разбиться. Анна заглядывает в иллюминатор, видит крыло и слегка успокаивается. Она почему-то думает о том, что если она кому-то сейчас расскажет, кто она, то сразу умрет от разрыва сердца. Рядом с ней пожилой господин в золотых очках. У нее тянет низ живота, она выходит в туалет, мочится, нажимает на блестящую кнопку, вот он — знаменитый бессмысленный и беспощадный гидравлический звук, ее кровь уходит в устройство, выбрасывается в жадный поток частиц, налетающих

со скоростью девятьсот километров в час, развеивающих и рассеивающих. Стюард улыбается (кухня здесь
же, на выходе), стюард предлагает ей лимонад.

Но ведь она же не Анна…

8

Ник начинает рассказывать, он медленно гладит ее
живот. Они снова встретились через два дня после
того, как она прилетела (когда уже стало можно), в тот
раз он только довез ее до гостиницы. В тот раз они
только всматривались друг в друга и ничего не говорили. Во второй раз они могли бы и не встречаться…

Он говорит медленно, он подбирает слова осторожно, он боится ошибиться… Вот здесь-то и
выясняется, как он боится умереть, вот здесь-то и становится ясно, как много значат слова. Анна — а как
ее зовут на самом деле? — может протянуть руку в
любой момент и взять… пистолет.

9

…Так, вы слушаете меня? Ну, да, да, довольно
странный это был пункт. Мы с Пончиком долго его
обсуждали. С одной стороны, не исполнить — невозможно, потому как это предсмертная воля нашего
дорогого папы. А с другой — ну никак невозможно!
Не на голове же! Не с рогами же! Как быть, и где найти
тридцатидюймовый дизель для запуска? Ведь отец
непременно хотел быть погребенным именно там, он
считал, что лучше кладбища для него не найти, стать
просто как бог, в крайнем случае — как какой-нибудь
астероид, но разделить, разделить с ними судьбу.
Принцип дополнительности, ну или, как там…

называйте, как хотите. Но возможно ли это исполнить? Нам с моим братом Пончиком? Мы долго думали. А отец в это время уже лежал в морге недалеко от молокодойной фермы, том самом нашем поселковом морге, где кучерявый гундос делал операции живым. В морг свозили еще живых, но одной ногой уже стоящих в могиле, чтобы они, живые, видели глазами своими тех, кто умер уже, и чтобы им, живым, было не страшно умирать. Что ты типа уже видишь как бы себя самого мертвым — и тебе наплевать, ну помер ты — и помер. Подумаешь, ерунда какая — солнце, вода там или крем, да, крем. Так вот мы думали-думали и придумали. Мы смастерили с Пончиком лососиный скафандр из кожуры (это рыба такая — лосось). И решили бросить на пальцах — кто должен надеть его, чтобы войти. Отец лежал на каменной плите — голый, как в бане, словно в ожидании мойщика с жаром, там, брызгами, пузырями, паром… только плита была ледяная, и отец ждал. Должно было выпасть четное…

10

Им можно пить воду из-под крана, они работают на бензоколонке. Там, где должен быть признак могущественности, его больше нет, зато есть изящная впадина, в которую удобно вставлять, но, увы, опять же, вставлять ненастоящее, хоть и выращенное, хоть даже и живое. Опять, опять все та же неправда, как бензин, керосин, ведь необходимо, чтобы машина двигалась.

— Ты будешь пить?
— Да, налей мне, пожалуйста, виски.
— Только немного.

— О чем ты?

— Тебе надо просто расслабиться.

— Я не хочу, чтобы ты когда-нибудь кому-нибудь рассказал то, что я рассказала тебе.

— Хорошо.

— Ты обещаешь?

— Да, конечно.

— Тогда налей мне немного, совсем чуть-чуть, чтобы расслабиться.

— Ты только не бойся.

— А я не боюсь.

— Это не больно.

— Конечно, не больно.

— Мы встретимся… потом.

— Да… конечно.

За окном и в офисах, и на бензоколонках. Смеются в метро, перед телевизором, смеются в чате, в магазине, смеются надо всем, что пересажено, отрезано, что пришито, на экранах — серия убийств из мелкокалиберной винтовки, на центральной площади города — половой акт. Какая разница, кто, где, с кем и когда. В гипермаркете упаковывают в полиэтиленовый пакет.

11

Так вот, выпало Пончику. Да уж, в последний момент я просто сжульничал, то есть я увидел, что Пончик выбрасывает десять, но я же не мог выбросить одиннадцать, потому что у меня, извините, всего две руки и на каждой — всего по пять пальцев, и не ногой же мне еще выбрасывать. В тот момент, когда Пончик выбрасывал десять, я тоже типа хотел выбросить десять, но тогда получалось бы четное, а значит, в скафандр лосося должен был бы наряжаться я. А кто хочет наряжаться в скафандр из склизкой рыбьей шкуры и входить в эту камеру? Да что — я дурак, что ли, недобитый, болван или скотина, банан, пидарас, газель, сука, неудачник по жизни, дебил я что ли? Что я не знаю, что и Пончик — хоть и брат он мне, да, младший брат — тоже хочет нажулить: что он типа выбрасывает девять, а сам на лету отгибает еще один палец — тоже мне, брат называется. Не хочет быть, наряжаться, как наш безмерный отец, на каменном ложе, гниющий, да, задыхающийся и ждущий, синий, да, синий, когда войдет один из его сыновей, синий, да, отец синий, в скафандре. Так вот, я заметил краем каким-то зрения своего — великого беспощадного зрения своего, данного мне в расселинах судьбы моей, извечного закона моего, заговора, издевательства — движения пули, да — и Ра-Хоор-Хайт взошел на трон свой на Востоке — и я уже выбрасывал девять: быстро, но… медленно, оставив мир, остановив звезды, время, как будто и не было никакой комнаты, как будто бы и не болело, как будто бы и совсем не было больно… никому не было больно. И на лету я и разогнул…

12

— Знаешь, мне все больше нравится эта игра.
— Ты уверена?
— А зачем мне обманывать?
— Ты права.
— Не говори так.
— Прости, я не хотел.
— Я знаю. Налей мне еще.
— Ты уверена?
— Да, я хочу.

— Хорошо.

— Почему ты так вздыхаешь?

— А ты, почему ты так смотришь на меня?

— Ник, мы, кажется, договаривались…

— Хорошо, хорошо, Анна. Прости меня.

— Когда-нибудь.

13

Москва, Дели, Нью-Йорк, Париж. Взмах крыла самолета, касание дирижерской палочки. Цветы в клумбе. Вы идете по бульвару. Это недорогой отель. Смешно увидеться в Сан-Франциско. Эта комната, как на картине Ван Гога — синяя с желтым. В вестибюле — старый рояль. Ты так обрадовалась, что я прилетел, что чуть не врезалась на перекрестке в грузовик, когда мы ехали из аэропорта. Теперь все проще, и раздеваться проще. Только не надо ничего описывать. Когда хорошо, то просто хорошо. Это как эллипс — близко и далеко одновременно. Помнишь? Конечно. Да, ты права, тогда была просто поздняя осень без снега и грачи, как целлофановые пакеты, таял дым от автомобилей, пытаясь их догнать, а теперь все не так, мир изменился, как будто выпал, наконец, снег, хотя за окном плюс двадцать два, белый снег и теперь все хорошо — да, очень-очень, и я боюсь, что лучше уже не станет…

— Анна, зачем пистолет?

— Ник.

— Анна, не надо.

— Теперь, когда ты так счастлив, Ник… Когда мы оба так счастливы.

— Анна!

Пистолетный выстрел, яркая вспышка…

— Прости, Ник. Я… я не могла в тебя не выстрелить.

Сан-Мишель

Резкий и тонкий запах апельсина. Он обернулся. Вагон качало. Одна из сидящих высасывала апельсин. Ее губы растягивались; крупные, красные, они обволакивали оранжевое и снова сжимались, оставляя на кожуре мокрый, быстро высыхающий след. Она была увлечена, и ее колени в коротенькой юбочке непроизвольно раздвинулись. Он не мог отвести взгляд. «Почему у них там ничего нет?..» — была мучительная мысль. Трамвай остановился, и он вышел.

— После алгебры — хорошо, да? — звонко, соблазнительно рассмеялись за спиной.

Он хотел выбрать другую дорогу, но выбрал эту. Тропинка шла мимо озера. Три разукрашенные автофургона с надписью «Мороженое» застыли на берегу. Шоферы курили. Сидя на корточках, они смотрели на купальщиков.

Он вспомнил каток, который был здесь в феврале, когда она так смешно скользила и падала. Она каталась с пакетиком воздушной кукурузы. Он зашнуровывал ей коньки. Тогда они кружили здесь вокруг странного сооружения из стекла — тысяча маленьких зеркал, словно осколки одного большого зеркала. Она не умела поворачивать и смешно, как цапля, переставляла ноги, а он говорил ей: «Пригнись, согни их в коленях». Он смотрел на нее, и для него она была только девочкой с длинной косой и карими глазами, в белой кофточке и черном трико, она поджимала губки, как ребенок, да она и была для него ребенком, ведь он был старше ее на несколько лет. Потом он провожал ее домой, и она рассказывала, какая она дура; она хотела казаться взрослой и рассказывала, как напилась со школьной подругой и падала во все лужи, и ее поднимали незнакомые мужчины, и каждый хотел проводить.

Чумазый шофер пальцами выстрелил «бычок», другой, полуголый и мускулистый, уже равнодушно накачивал баллон. Три девочки топили мальчика, по очереди подныривая под него. «Ты держи, а я сорву!» — кричала одна. Они хищно окружали его, оттесняя на глубину.

Солнце садилось. Он вспомнил его блеск в иллюминаторе и то, как тень одного человека совместилась с тенью другого, когда самолет заходил на посадку.

Еще вчера — белый собор Сан-Мишель, красный подиум, два бронзовых пеликана и бронзовый змей, обвивающий подсвечник; распятие было рядом, но он не мог себя заставить думать о Боге. Теперь он стоял в своей комнате. Солнце село. Звонить ей не было смысла: все было кончено еще в марте. Никто никого никогда не вернет.

— Фудзи... — закрыл он глаза и заплакал как ребенок.

Мама называла ее так, когда она была еще совсем маленькой и сидела с куклами на диване. Ее мама рассказывала ему об этом.

«Фудзи, почему все так случилось? В твоей комнате зеленая лампа, а под ней иконка Богоматери всех скорбей. Бабушка входит и зовет тебя ужинать, и ты говоришь "сейчас", а сама включаешь зеленую лампу, потому что солнце село, уже скрылось и трудно читать, наступили сумерки — время, когда и ты вспоминаешь, что могла бы быть счастливой...»

За окном забренчали на гитаре, запели. Он вздрогнул, открыл и вытер глаза. «Частная жизнь» — так называлась газета, которую он купил в аэропорту, она лежала на столе. Там были эти телефоны — фирма «Марина» и фирма «Настя», фирма «Ольга»...

«Наши девушки самые лучшие в мире, они помогут вам забыть обо всем».

— Горько! Горько!.. — скандировали за окном.

Агент привез через два часа. Крепкий парень с тонким разрезом на шее, он долго подобострастно извинялся, выпрашивая еще десять долларов на такси («Сломалась наша машина», — объяснял агент), и он согласился, опасаясь, как бы тот не увез девушку обратно. От парня пахло мазью Вишневского (шрам был свежий). Он с детства ненавидел этот запах: когда-то ему покрывали мазью Вишневского сильный ожог.

— Значит, поднимаем, — сладко, противно закивал парень.

«И чего такой?» — подумал он.

Ее подняли в лифте — агент и еще двое молодцов. Маленькая, взгляд волчком.

«Не принцесса».

Ее провинциальная стрижка под мальчика, тонкая шея, тонкие обнаженные руки в коротких рукавах — ее хрупкость рядом с бычьей фигурой агента, пожалуй, внушала бы жалость, если бы не все тот же дерзкий, вызывающий взгляд.

Он расплатился — помятой стодолларовой бумажкой — и дал еще, по обещанию, десять.

— Один на один? — спросил агент, осторожно заглядывая в кухню и комнату. Парни стояли как каменные.

— Один на один, — подтвердил он, как и по телефону.

— Мы вернемся ровно через два часа, — сказал на прощание агент, с неприязнью взглянув в глаза. — Будь уже готов.

— Мне хватит, — ответил, не отводя взгляда.

Он закрыл дверь, и они остались одни. Она стояла у зеркала, скорее всего мысленно произнося «чи-и-из», чтобы губы непроизвольно раздвинулись в дружелюбной улыбке, но взгляд по-прежнему выдавал ее.

Она все же улыбнулась.

— Туфли снимать? — спросила с фальшивой послушностью.

— Да, — глухо ответил он.

Она сняла и прошла быстро в комнату, сев сразу на диван. После улицы пол показался ей холодным, она поджала одну ногу к другой.

«Как в милиции».

Сейчас, вот сейчас она разденется без лишних слов, чтобы он сделал с ней то, что хочет, чтобы забыть, забыться, что теперь один, один. Фудзи, почему так жестока жизнь и так горька и сладка подмена...

Он посмотрел на девочку и спросил:

— Как тебя зовут?

— Оля, — оживилась она. — А мы будем пить вино?

— Вино... — он горько усмехнулся.

— Да?

Она вдруг весело засмеялась.

«Очевидно, внешне я все же не так ужасен», — усмехнулся и он.

— А как тебя? — спросила она.

— Что?

— Зовут?

Он налил божоле, красное, которое привез из Брюсселя.

— Олег.

— За любовь, Олег, — усмехнулась она, поднимая бокал, и он снова заметил в ее взгляде то же дерзкое выражение.

Они чокнулись и выпили.

— Ну, ближе к телу, как говорил Ги де Мопассан, — сказал он, поставив бокал обратно. — Прими-ка душ иди, а я потом сам тебе принесу полотенце.

Она медлила.

— А еще? — вдруг подняла бокал.

Он пожал плечами и опять разлил божоле. Она выпила и показала мизинцем на книги:

— Ты математик?

— Естествоиспытатель, — усмехнулся он.

«Когда-то мне казалось, что это просто, что это слишком просто: возвратно-поступательное движение шатуна, который входит и выходит в — из хорошо смазанной муфты, — когда-то я все мечтал изучить квантовую механику».

— А это что? — кивнула она на хромированный блестящий предмет.

— Собор Сан-Мишель.

Он посмотрел на макет.

— Ты там был?

Белый собор Сан-Мишель, где он сидел еще вчера, слушая как настраивают орган. В соборе было холодно. Мастер играл, а ученица спускалась вниз и слушала, а потом что-то громко говорила мастеру, которого там, на высоте органа, не было видно, а он очень хотел увидеть его лицо. В соборе было холодно, а в комнате на одной из улиц вблизи вокзала Гар дю Норд было жарко из-за двух электрокаминов — каждый по тысяче ватт, один стоял у широкого окна, которое служило витриной и где, расставив ноги в черных чулках, сидела проститутка...

— В ванну иди, — глухо приказал он.

Она фыркнула и поднялась, дрогнув всем телом так, что его внезапно и остро пронзило желание.

— Или нет... Сюда.

Он грубо схватил ее и завалил на диван, одной рукой держа за шею, а другой нащупывая узкие трусики. Она не сопротивлялась и даже изогнулась в спине, помогая ему.

— Только не рви белье.

— Я не рву.

Он повернул ее голову, поймал губы, рот, расстегнул брюки, закрывая глаза и вздрагивая от горячего прикосновения ее пизды.

Делать, делать, делать, ибо это делается. Надевать, надевать, надевать, ибо это снимается и надевается опять. До конца, до конца, до, до самого конца...

— Е-е-е, — попробовала она вырваться.

— Потерпи! — рот ей зажал.

Как стеклодув, из осколков разбитого зеркала выплавлял он свой мучительный шар. Огненный! Он приподнялся и откинулся наискось, дернулся и обмяк.

— Как от удара саблей, — усмехнулась под ним блядь.

... белый собор Сан-Мишель и эти низкие бельгийские стулья с высокими спинками-полочками. Молящиеся вставали и шелестели листами псалмов. Если откинуть голову, думал он, голова ляжет точно на полочку, и это будет как гильотина. Он знал, что Бог есть и что Бог есть любовь.

Она внезапно выскользнула и, отодвинувшись, стала разглядывать его лицо.

— Ты такой жадный. У тебя что, давно не было?

— Чего?

— Любви.

— Любви?!

Он засмеялся громко, мучительно, закашлял, словно казня и еще раз казня.

— Что с тобой? — она испуганно отодвинулась. — Ты что, с ума сошел?

Он поднял голову и посмотрел на эту маленькую, голую. Она отпрыгнула и, поджав ноги, села на ягодицы, ее колени были разведены, и это, маленькое, аккуратное...

«Почему у них там ничего нет?»

Он вспомнил вдруг, как украл у Фудзи ее старый читательский билет: там была ее фотография.

— Что ты так смотришь? — испуганно сказала девочка. — Налей мне еще вина.

Она взяла со столика у дивана пустой бокал и играючи протянула к нему. Он нехотя поднялся, облапив по дороге ее маленькую грудь, ткнулся носом в шею, потом налил — все же сначала себе и только потом ей.

— У тебя есть кто-то постоянный? — спросил.

Подумал: «Что за дурацкий вопрос...»

— У меня есть муж, — усмехнулась она, глядя на него поверх бокала.

— И кто он?

— Крупье.

— Крупье?

Он с удивлением посмотрел на нее.

— Так, значит, ты богата?

— Да, — она зажигательно засмеялась и поджала плечо так, что он снова услышал в себе, как шевельнулось это — слепое, мучительное.

— Он что, старик?

— Он такой, как ты.

— Ты... любишь его?

— Да-а!

Она звонко засмеялась, глядя с насмешкой на него.

— Тогда зачем ты делаешь это?

— Нравится, — ответила вдруг бесстыдно и дерзко. И не отводя взгляда, еще слегка раздвинула колени.

— Ты просто блядь, — сказал он, чувствуя снова, как разгорается и разгорается кровь.

— Это правда, — ответила она с какой-то ослепительной ненавистью, прекрасной ненавистью, словно освобождаясь от чего-то.

Он взял медленно из ее рук бокал и отставил. А потом тяжело, жадно навалился, подминая под себя. Подрагивая в его объятиях, она сначала нарочно уклонялась, распаляя и распаляя еще, и вдруг замерла. Он начал нежно и сладко.

«Зачем, зачем такое наслаждение, Господи?!»

Он приподнялся на руках, чтобы взглянуть под себя, чтобы увидеть эту последнюю правду: как там, под ним, его тело входит в ее. Она усмехнулась, безжизненно и глупо скосила глаза, открыла рот и перестала дышать.

«Играешь...» — он вдруг разозлился и теперь продолжал, двигаясь все резче и резче.

Резче, еще и еще, ловя себя на просыпающейся жестокости. Она задышала, нелепо изображая теперь предсмертные судороги.

«За что, Фудзи?! За что?!» — вдруг ощутил он в себе горечь слез.

Его рука скользнула вдоль тоненькой ключицы и неумолимо легла на горло этой маленькой кривляке.

— Кричи! — сжал вдруг со всей силы под кадык.

Она захрипела, испуганно тараща глаза.

— Ты, ш-што, дура-а-ахк?

Забилась, толкая коленкой, хотела вырваться. Но он навалился крепко и сжал еще, не отрывая взгляда от ее перекошенного от ужаса лица.

— Па-шэ-му? — прохрипела она с каким-то страшным детским удивлением.

— Потому что любовь смертельна, — тихо ответил он.

Три истории

История первая: «Любимый»

Это была любовь с первого занятия любовью, как с первого взгляда.

Она знала, куда шла, — к поэту.

Он не знал, кто к нему придет.

Знал, что она пишет стихи, рисует, уже второй раз замужем — в двадцать лет, но как выглядит, абсолютно не представлял.

И когда он открыл: небритый, даже не плейбой, совсем какой-то обычный мужик стоял перед ней.

Слесарь, что ли?

Она даже осмотрелась, нет ли здесь поэта?

Но кроме э т о г о, здесь не было никого.

Только он, слесарь, мужик, — если надо, кран вправит, и кого угодно на скаку остановит.

И он был один.

И почему-то, увидев ее, при своей небритой щетине, при своем некостюме, в своих, так сказать, засранных апартаментах, он решил ее поцеловать.

Он был — еще раз — небрит и, как ему казалась, нетрезв.

И он упал.

В самом деле, он упал на колени. И он поцеловал ее не в губы, а туда.

В общем, это она скорее даже поняла, что «слесарь» целует ее туда, а он данный факт даже и не отметил, потому что это никакого значения для него не имело, целует ли он ее в губы или еще куда.

Все эти любовники — с их объяснениями до трех часов ночи — ничего не стоят по сравнению с тишиной. Только тишина и линия поведения. То есть такая линия, которая проведена одной линией. В этом есть смысл. Определенный. И даже неопределенный — тоже есть.

А после этого он читал стихи. А потом она — одно. Из этих трех одно было про туман, что вот как будто есть пейзаж, а потом наползает туман. И вполне реальными остаются только чьи-то богом забытые ботинки. Почему-то ей понравились эти ботинки, забытые богом. А у нее в стихах ему понравилась рифма: лысый — писал.

Но в стихах «писал» совсем не этот лысый, а другой герой. Зато рифма относилась к лысому. А герой оставался за пределами рифмы. А лысый и вовсе оставался за пределами стихотворения. Потому что стихотворение было про того, кто писал. Хотя, если вдуматься, оно было про ватку, которая кружилась между рам от сквозняка.

А потом он пошел ее провожать. И когда они оказались на улице, до него дошло, что впервые в жизни, видя женщину в первый раз, он сразу поцеловал ее в пизду. «В губы не мог, был нетрезв», — подумал он. Но именно в этот день он был и трезв, и в губы мог бы. «Опьянел, — подумал, — когда ее увидел». А она подумала, что это был не разврат. С кем-нибудь другим это был бы разврат, а с ним — нет. Потому что он сделал это так, как будто утолил жажду.

История вторая: «Роман»

И Киса опаздывала на свидание к своему любимому уже на двадцать минут. И он мог ее не дождаться и уйти. И она проклинала своего мужа, который так долго завтракал и не уходил по своим делам, что из-за него она теперь опаздывает к своему любимому. Хотя она иногда обожала своего мужа именно за то, что только он, а больше никто, даже не она сама, мог защитить ее от любимого. А сам любимый не мог защитить от себя, и она пряталась у своего мужа за пазухой, чтобы как можно чаще не встречаться с любимым. Но кто же тогда захочет быть мужем? А кто захочет быть любимым? А никто никому и не предлагает. Но сейчас, когда она опаздывала, больше всего боялась, что он ее не дождется, и она припозднилась на полчаса. Что же она увидела! Он стоит не один, а с каким-то господином, и они беседуют. Оказалось, что это его друг. Очень близкий человек. Почти родной. Как брат. И ему столько же лет, сколько и любимому, а выглядит он старше, но лучше — как-то злее, и умнее и выше ростом. Оказалось, что во всех отношениях он — брат, но не по крови, а такой у них был братский союз, что они могли вместе загулять, вместе набить морду одной сволочи. И они не виделись уже полгода, и никак не могли наговориться про Таню, на которой этот друг полгода назад женился, из-за чего они и не виделись, а ребенку уже три месяца. «Мне твоя бывшая недавно звонила, — сказал любимый, — сказала, что ты дикарь». И при слове «дикарь» они оба рассмеялись. И Киса засмеялась. И вдруг этот друг ее любимого перестал смеяться. Он смотрел в какую-то точку, где как будто никого не было. И потом они быстро простились. «Представляешь, — сказал Кисе ее любимый, — он ушел от своей жены, они вместе прожили лет десять… не помню, около десяти. Я в нее был когда-то влюблен, очень сильно, и она меня любила, но я ее уступил ему как брату. И теперь он с ней развелся — мне даже показалось, что это я с ней развелся и женился на какой-то Тане, ей, как и тебе, лет двадцать».

После этой встречи прошел примерно год, и Киса никогда с ним не виделась, с этим другом, а с любимым, конечно, виделась.

И однажды она встретилась с этим другом на одной выставке. И он был один, и она была одна. И они почему-то ужасно друг другу обрадовались. И потом они сидели в кафе, а когда вышли на улицу, почему-то поцеловались. И потом стали целоваться на улице все сильнее и сильнее, как будто целый год не целовались. А через неделю Киса оставила своего мужа и ушла к нему. Хотя у нее был любимый, и она его любила, и был муж Александр Сергеевич, и она его любила. Но она ушла к нему. Именно об этой истории Александр Сергеевич знал.

— Я из-за тебя становлюсь антисемитом, — сказал Александр Сергеевич Кисе, когда она призналась ему, что уходит от него к другу своего любимого (а про любимого она, конечно, ничего не сказала).

— Кто он? — спросил Александр Сергеевич.

— Поэт.

— Он старый жид.

— Он поэт, — сказала Киса, — и он не старый, он русский еврей, почти египтянин.

При этой ссоре слышались такие слова, как: предательница, стерва, идиот, русофил, русофоб, проститутка, ненавижу. В конце концов его все-таки увлекла мысль, что с поэтом, к тому же русским, к тому же евреем, она жить не сможет, как не сможет жить и с Модильяни, французским? итальянским? евреем, с Гейне — немецким евреем... Он почти убедил ее, что она может жить только с ним, он даже сказал, что ради нее он истребит всю эту нацию. «Ну истреби», — сказала Киса. «Я тебе не дам развод, потому что тебя нет в природе, ты плод моего воображения, ты почти фантом, почти лунный свет, ты думаешь, что это ты пишешь стихи, на самом деле это я их пишу, только через твою душу. Потому что эта твоя душа просто лучше фиксирует слово, и потом ты сделана из моего ребра, и если у меня отнять ребро, то я умру».

— Никто еще не умирал без ребра, — сказала Киса.

— Я первый.

А потом он взял и исчез. Его не было в Москве, Александра Сергеевича. А Киса тем временем встретилась со своим любимым. И они любили друг друга. И любимый сказал: «Не надо, не спи с ним, ведь он мне друг, он мне как брат», — и Киса пообещала: «Не буду». И после этого Киса рассталась с другом своего любимого.

Но на самом деле это любимый Кисы думал, будто она рассталась с его другом, потому что он был ему как брат. А ее муж думал, будто она рассталась с ним, потому что она его ребро. В действительности же они расстались из-за стихов. Он писал такие стихи, проще их будет назвать концептуальными, что ли, — он очень здорово формулировал, и стихи были жесткими и четкими, они были не то чтоб простыми и тупыми, не то чтобы примитивными, они были несомненно стихи, но как бы было понятно, как они сделаны. То есть они были сделаны из стихов. Но было понятно и то усилие, и работа, было понятно, как они написаны. И вдруг… это стало скучно. И они из-за этого расстались. Потому что когда он ей прочитал свои последние стихи, она сказала, что любит вино без косточек. Вино без косточек — это хорошо, но в его стихотворении, собственно, речь шла о свинье, которая стояла как копилка, и рядом с ней стоял мальчик, и у этой свиньи не было в спине дырки, и чтобы опустить в нее пятачок, ему оставалось только засунуть этот пятачок ей в жопу. Вот про это и были стихи...

И после этого романа Александр Сергеевич отказался спать с Кисой, он сказал, что ему это противно, он не может ее целовать после этого, что она должна очиститься, уехать в Египет, ей должно быть опять семнадцать лет, и она ему опять с самого начала должна не изменять. И впервые она увидела, как он заплакал. То есть у него в глазах были слезы.

А когда друг ее любимого прочитал стихи про свинью-копилку, она пошутила: «Знаешь, ничего у нас с тобой не получится», — и он отшутился: «Знаю». И это было ночью, перед этим они пили вино, целовались, и когда он отшутился: «Знаю», — он по-настоящему заплакал.

И целый год Киса любила только своего любимого, то есть только с ним занималась любовью, а больше ни с кем.

История
(которой лучше б не было)
третья

«Лучше бы этого не было, этой истории». Но о ней всегда напоминала эта Чернобыльская АЭС, потому что когда эта история произошла, взорвалась эта Чернобыльская АЭС, а не на следующий день, когда об этом узнали советские люди. А уж когда об этом сообщили по радио и в газетах — до Кисы дошло, в какую же вляпалась грязную историю. По радио объявили, что ничего страшного, что погибли единицы и заражены единицы, а она говорила: «Ублюдки, ублюдки, ублюдки».

История началась с того, что она встретилась в метро со своим приятелем, не таким уж плохим поэтом, вполне приличным, и он пригласил ее в гости к своему приятелю, «он сегодня стал отцом». Этот провинциальный «отец» снимал квартиру где-то черт знает где. И кроме дивана, и пустых бутылок под столом ничего в этой квартире не было. Поэтом он оказался совсем плохим. И как только он дочитал цикл своих стихов, Киса стала собираться домой, чтобы еще успеть на метро и не врать Александру Сергеевичу, что она была у подруги, а честно сказать, что была в гостях у одного на редкость плохого поэта со своим приятелем, «ну ты его знаешь, вполне приличный поэт». Хотя она могла ничего и не говорить Александру Сергеевичу, потому что она с ним уже несколько дней была в ссоре из-за Христа, потому что он сказал, что абсолютно не верит в то, что Христос — Сын Божий. Хотя в конце ссоры, когда Киса сообщила: «А мне нужно, чтобы ты верил», — он ответил: «Ну если тебе так уж это нужно, то верю». Этот ответ разозлил ее особенно.

А вот этому плохому поэту позвонили из его родного то ли Киева, то ли.., и сказали, что его жена родила. Он был довольно счастлив. И Киса порадовалась его счастью. И его плохие стихи были как бы и не при чем. И все вместе пили шампанское с коньяком и запивали его шампанским. И сначала она целовалась вполне прилично со своим приятелем на кухне, а потом они как-то по-приятельски разделись на кухне и стали целоваться голыми совсем уж неприлично. А потом голым оказался и этот поэт в комнате, и она так естественно, как будто только втроем и занималась всегда этим делом, стала этим с ними заниматься в комнате, и занятие это было довольно механическим, в нем не было ничего, кроме занятия с почти безучастным телом. Над которым трудились два других тела. И одно из этих тел было более активным. Но чем активнее оно набиралось шампанского, тем оно становилось пассивней, и тогда более активным становилось другое тело.

И в один момент Киса даже развеселилась, почувствовав, что это — просто игра, и они втроем играют. И перед самым концом игры уже было почти хорошо. А потом наступил конец игры. И вот тут-то, наверное, и взорвалась эта АЭС, потому что стало так плохо, как будто еблей можно отравиться. И двое этих мудаков, которых она ненавидела... А этот «отец» оказался полным мудаком, потому что решил еще почитать стихи. И стихи были такими тошнотворно-плохими, что Киса блеванула... может даже и от стихов. «Дать тебе воды?» — Все-таки он оказался неплохим человеком, этот вполне приличный поэт, приятель Кисы. И Киса шепнула ему, чтобы его приятель заткнулся, то есть чтобы вообще ни строчки больше не произносил, а то ее опять вырвет.

А потом ее приятель по-приятельски проводил ее домой. А потом через несколько лет они по-приятельски встретились у общих приятелей, и он по-приятельски предложил вдвоем. Но Киса отшутилась. И он даже сказал, между прочим, что жена того приятеля — «ну ты помнишь» — заразилась от этой ебаной АЭС в тот день — «ну ты помнишь» — и умерла, и ребенок заразился от нее и умер, и приятель заразился от своей жены и плохо себя чувствует, тоже скоро умрет.

А потом ее приятель совсем исчез с горизонта, и она о нем больше не слышала, ни о нем, ни о его стихах. Зато она слышала об этой ебаной АЭС, которая тогда взорвалась, и оказывается, что в этом дерьме погибло взрослых столько-то, детей столько-то, а всего несколько десятков тысяч, намного меньше, чем на войне.

Улья Нова

Трубки Сталина

Так долго ехала на маршрутке мимо бесконечных пятиэтажек, что почти задремала. Растолкали: «Скорее, вам выходить». Даже не заметила лиц. Заблудилась во дворах, силясь расшифровать наспех зарисованный адрес на листке ежедневника. Бежала по витой лестнице на третий этаж. В глазах потемнело. Все поплыло. Пару минут стояла, уперев руки в колени, стараясь отдышаться. Была облаяна пекинесом из соседней квартиры. Долго звонила в дверь, жала звонок настойчиво и бестактно, начав сомневаться, правильный ли адрес, не перепутала ли подъезд.

Наконец, открыл. В прихожей полумрак, а он невысокий. Широкоплечий. Бородатый. Бурят. Седой, с завязанными в хвост волосами.

— Ты опоздала на десять минут, — как отрезал. Его голос — тихий басистый колокол. Слету перешел на «ты», чтобы сбить препятствия, создать атмосферу доверия. — Снимай пальто. Проходи в комнату. И там — раздевайся, — командует повелительно, но мягко. Умеет.

Ариша снимает пальто, немного тянет время, умышленно замешкавшись возле вешалки в прихожей, заваленной ботинками, босоножками, всякими мятыми сапогами, что разбросаны без разбору на тусклом паркете.

— Дальняя дверь, — откуда-то издали, из глубины просторной квартиры кричит он. Ариша проходит по коридору. Просторная квадратная комната. Новенькие обои в стиле турецких гостиниц три звезды. Посредине раскинулась во всю ширь необъятная, скорее всего супружеская кровать. Двуспальная, дубовая, основательная. «Умеют, уважают и спят на широкую ногу в этом доме», — с ухмылкой проносится у нее в голове. От волнения в виске начинает пульсировать крошечная жилка, которая всегда шалит в подобных случаях. Тем не менее, любопытство сильнее. Ариша придирчиво осматривается. На кровати нет покрывала, трогательные семейные одеялки аккуратно сложены. Пододеяльники старые, в размытый какой-то цветочек, зато мягкие на ощупь. Она садится на краешек, начинает медленно раздеваться.

— Белье можешь оставить на себе, — кричит он издали, возможно, с кухни. Оттуда же доносятся приглушенные смешки двух мужчин и женский приторный говорок. Рабочие? Гости? Кто там еще с ним?

— Хорошо, — зачарованно шепчет Ариша в ответ, — как скажете.

Она снимает джинсы, скидывает кофточку. Бережно скатывает черные нейлоновые колготы. Белесой длинноногой птицей в синем кружевном лифчике замирает на краешке кровати, нерешительно раздумывая, прислушиваясь и ожидая.

— Приляг, — кричит он, — отдохни.

Тогда она послушно и медленно ложится на широченную кровать. Утопает головой в чужой прохладной подушке. Чтобы отвлечься, рассматривает в шкафу вдоль стены почти картинные ряды книг в суконных переплетах, некоторые — нетронутые, нечитанные, присутствующие на полках для красоты, а некоторые наоборот растрепанные, разломанные, затертые, напоминающие Арише ее собственную жизнь к этому часу. Чтобы отвлечься от сравнений, она всматривается в сервант, до отказа набитый курительными трубками. Сейчас больше всего на свете ей хотелось бы подкрасться, отворить стеклянную дверцу и хорошенько рассмотреть эти трубки, одну за другой, сколько успеет. Их там штук двести, а то и больше. Они разного цвета, из разной древесины, по-разному изогнуты, украшены. Но Ариша сдерживается. Гадает, на какой стороне кровати он спит. Тем временем он целеустремленно объявляется в комнате. Приободренный, пропахший кофе и табаком. В руке у него какая-то погремушка, он легонько постукивает ею. Стук-стук. Так и есть, на безымянном пальце правой руки у него обручальное кольцо. Тонкое, из желтого золота, без затей, — как у всех раньше.

— А ты ничего, — между делом сообщает он сквозь зубы.

— Спасибо, — шепчет Ариша, чуть выпячивая губы, по опыту зная, что это всегда срабатывает.

— Только слишком белокожая, северная красавица, прямо альбинос, — назидательно рычит он, — тебе бы не помешало иногда в солярии объявляться.

— Хорошо, — шепчет она еще тише, приглаживая волосы, скручивая их жгутом на затылке, чтобы они тут же молниеносно рассыпались по плечам, — зайду в солярий, раз вы советуете.

— И немедленно плюй на все, — безразлично и размеренно басит он, — расслабься. А я тебе за это о коллекции трубок расскажу. Она у меня редчайшая в Москве и, наверное, во всем мире. Тут и трубки Сталина есть. — Уперев руки в бока, чуть выпятив живот, он с самодовольной гордостью оглядывает содержимое серванта. — Сталину в свое время присылали трубки отовсюду, со всех концов нашей необъятной, как говорится. Иногда дарили новые трубки. Иногда присылали трубки, украшенные слоновой костью, в форме кулака или головы Наполеона. А иной раз отец народов получал в подарок и обкуренные трубки. Такие ценятся выше. Они уже продымлены каким-то человеком, знакомы с табаком, понимаешь. Поговаривают, что иногда трубки для Сталина обкуривали зэки. А еще моряки балтийского флота. Две обкуренные трубки Сталина лежат у меня здесь, спрятаны среди остальных. Только я их смогу найти при необходимости. А никто другой — не найдет и не отличит. Ну, трубка… Ну, не из лучшего вереска… Я их купил в середине 90-х. Сейчас каждая из них раз в двадцать подорожала, если не в пятьдесят, — хвастается он.

— А дадите покурить трубку Сталина? — стараясь выпрямить спину и казаться насмешливо-бойкой, спрашивает Ариша.

— А это мы посмотрим на твое поведение, — бормочет он без улыбки. Насуплено оглядывает ее с ног до головы. Ариша старается казаться спокойной. Тогда он подходит.

Вообще, он медлительный. Как будто все время исполняет плавные упражнения из ушу. И невозмутимый, словно Будда. Садится на краешек кровати. Долго и пристально смотрит Арише в глаза. Что при этом думает, что пытается уловить в ее взгляде, непонятно. Ариша тоже смотрит ему в глаза и ждет, что будет дальше. От напряжения мышца между плечом и шеей начинает щемить, словно там протяжно скулит туго натянутая струна. Такое с ней теперь происходит постоянно — при резком окрике, при неожиданном телефонном звонке. Она вся будто издергана за сотни шелковых ниточек, которые собрали ее нутро в складку, не давая свободно вдохнуть, отнимая легкость. Между тем, два пальца его правой руки внезапно касаются ее кожи. Большой и указательный пальцы его правой руки прикасаются к ее коже посреди предплечья. И прижимаются крепко-накрепко, навечно.

— Не бойся, — командует он, — смотри в сервант, на трубки. А еще лучше — смотри мне в глаза. Я сероглазый, между прочим. Сейчас седой, а раньше был жгучий брюнет. Раньше бы ты на меня совсем по-другому смотрела, девочка.

— Слушаюсь и повинуюсь, — шепчет она, стараясь улыбнуться.

— Вот, это дело! Такой я тебя люблю, — подмигивает он в ответ. — Скорее наплюй на все, тогда станет хорошо.

Но Ариша не плюет, она даже забывает выпячивать губы, напрягается всем телом, чувствуя дребезжание настороженных мышц-струн в ногах, руках, спине. Она ждет. Волнуется. И злится, потому что очень не любит ожидание, повиновение и неизвестность.

Его левая рука. В ней зажата погремушка. Как она выглядит, из чего сделана, Арише не видно. Если показать это в замедленной киносъемке, получится приблизительно следующее. Ловкость рук фокусника. Крышка погремушки резко скручивается. Погремушка стремительно движется снизу вверх. Из нее в толстоватых коротких пальцах возникает серебристая тоненькая игла. Через секунду эта гибкая игла впивается Арише в кожу посреди предплечья. И продвигается глубже: в сведенную мышцу, в самый нерв, в самую точку напряжения и боли. Одним словом, прямехонько ей в душу. И Ариша кричит: на всю квартиру, на всю Москву, на весь мир.

— Плюй, — ворчливо приговаривает он, — а то будет в тысячу раз больнее. Плюй, милая девочка, и отдыхай.

Его левая рука с ловкостью фокусника вытряхивает из жестяной погремушки новые и новые иглы, одну за другой. И втыкает ей в душу. В самую ее мякоть. Через минуту во всех болевых точках ее судьбы, во всех спорных моментах Аришиного прошлого, во всех сведенных нервах тела торчат длинные тонкие иглы. И легонько покачиваются, стоит только чуть-чуть пошевелиться. А когда они покачиваются, становится в сто раз больнее. Ариша рыдает. А он улыбается. Посмеивается. Поглаживает ее по ноге: очень медленно и нежно — от колена до лодыжки. Так, что тело Ариши электризуется и все ее пушинки встают дыбом. И он бормочет: «А ты ничего». Командует: «Плюй на все». И обещает в конце курса дать покурить трубку Сталина, при условии, что они будут затягиваться по очереди, наедине, у него в машине.

Ариша злится. Шепотом, как уж умеет, втыкает в него свои иглы:

— С вами я ни за что и никогда не стану курить по очереди трубку Сталина. Вы — старый садист. А садисты — не в моем вкусе. Я люблю тонких, нежных и гибких мужчин. Я люблю иногда сама делать им больно. А вы — изверг и живодер. Я вас уже терпеть не могу изо всех сил. Все, устала, больше не хочу! Немедленно снимите иглы! А иначе жена вас бросит. Потому что вы — самодовольный эгоист, а таких никто не любит!

Он хихикает до слез. Втыкает в нее еще несколько игл. И дерзит:

— Не бросит меня моя старуха никогда в жизни. Я делаю хорошие деньги, милая девочка. Я покупаю жене шубы, машины, снегоходы. Вожу ее на Средиземное море дважды в год. Даю ей на косметолога, на всякую вашу шанель-шпанель. Она не сможет жить без этого. Не сумеет экономить, одеваться в синтетическое барахло из дешевых отделов. На деньги ведь подсаживаешься сильнее, чем на всякие там табаки, виски, гашиши. И на мои иглы, кстати говоря, подсаживаются еще как. Имей в виду: через пару недель тебя будет тянуть под мою иглу со страшной силой. Ты пропала, милая девочка.

Тогда — от его спокойствия, от его усмешек — Ариша в ярости сжимает кулаки. Боль тут же усиливается в сотни раз. А он с ехидной улыбочкой бормочет:

— Это все пойдет тебе на пользу. Тебе полегчает. Ты восстановишься. А розы вырастут сами. И твои гибкие легковесные мальчики, и твои тонкие бессмысленные мужчинки это оценят. Ох, как же они это оценят. Скоро убедишься.

А потом он встает и ускользает из комнаты, оставив Аришу в слезах и в иглах еще минут на десять.

— Трубки, — повелительно кричит она вдогонку, превозмогая нестерпимую, жалящую боль, — расскажите про трубки, вы обещали!

— Ты плохо вела себя, — басисто доносится откуда-то издалека, — будь нежнее, радуй меня и уважай, а я уж в долгу не останусь, расскажу про трубки.

Ариша не может утереть слезы, ее руки должны неподвижно лежать вдоль тела. Она чувствует себя бабочкой, распластанной на кровати, заживо приколотой к мягкой ткани пододеяльника. Она наблюдает потолок сквозь слезы, как расплывчатый экран маленького южного кинотеатра, по которому сейчас будут демонстрировать развлекательный добрый фильм для отдыхающих. Как давно это было: подлинные и уютные дни без изъянов, окутанные розоватым сиянием. Даже не верится, что они когда-нибудь еще возможны в ее жизни. Боль усиливается с каждой секундой, становится совершенно невыносимо... Вообще-то Арише не привыкать плакать. От этой мысли, от жалости к себе, слезы льются сильнее, настоящей горной рекой. А ведь за последние три года она научилась виртуозно управлять ими, стала выдающимся мастером плача. Она постигала эту науку шаг за шагом, сначала заливая подушки и всхлипывая спонтанно, со временем научившись рыдать намеренно, а то и вовсе, хищно, с тайным умыслом умело воздействовала на своих жертв поддельными и показными слезами. Однажды она сидела на полу, подпирая спиной ящички кухонного шкафа для специй и полотенец, уронив руки, позволяя слезам беспрепятственно катиться по опухающим щекам, чтобы в момент, когда муж заглянет на кухню, повернуть к нему расплывшееся лицо с изъеденными в кровь губами, молча и жалобно заглянуть в глаза. А сколько раз она лежала, отвернувшись к стене, изо всей силы зажимая рот ладонью, сдерживая любые звуки, захлебываясь, утаивая назойливую стаю обид. Потом много было еще всякого: шаг за шагом, ступень за ступенью Ариша становилась укротительницей своих печалей.

В последнее время она превратилась в могущественного магистра плача, обрела навык утаивать слезы, направлять их вовнутрь, чтобы они катились как огромные сверкающие капли росы по изнанке души, не отражаясь на лице ни бледностью, ни судорогой, ни отчаяньем взгляда. Просто катились в выгоревшую бездну, пока она жарит курицу в красном вине с чабрецом, переворачивает деревянной лопаточкой треугольные куски птицы и что-то беспечное щебечет про письмо Люси из Будапешта, вслушиваясь в блеклые и односложные реплики из ванной. И вот теперь иглы победили Аришу. Они проткнули тщательно укрываемое от посторонних глаз бездонное хранилище ее слез. Неодолимый, нескончаемый водопад хлынул, затопив собой окружающее. Будто бы изливая изнутри то, что так тщательно утаивалось, укрывалось незамысловатыми отвлекающими маневрами, маленькими и суетливыми повседневными делами.

«Надо тебе срочно расслабиться, девочка», — шепчет она словами сегодняшнего своего истязателя, уже переняв его смешливую и спокойную манеру проникновенно, ласково, почти гипнотически произносить команды. Но это не помогает, надо что-то срочно предпринимать, чтобы не потерять сознание, чтобы не начать яростно вырывать из себя эти иглы, как уж придется, рискуя что-нибудь повредить. Она изо всех сил сдерживается, чтобы не начать вырывать иглы из своего прошлого, из всех уязвимых и саднящих болевых точек своей жизни. И неожиданно вспоминает. Отчетливо улавливает мгновение, откуда взяла свое начало череда событий, приведших ее в эту квадратную комнату, на чужую, не заправленную супружескую кровать, под полсотни серебряных игл. К невысокому бородатому мужчине с седыми волосами, стянутыми в хвост на затылке.

Неделю спустя Ариша снова лежит, как капустная белянка, пришпиленная безжалостными иглами, на этот раз — к гобеленовому покрывалу в мутно-бордовый рисунок ромбов. Слезы уже не хлещут, она немного привыкла и начала управлять собой под пятью десятками игл — лишь пара самопроизвольных физиологических ручейков медленно стекают по ее щеке, по ее шее, по отчетливо выступающей ключице, к груди, заключенной в черный атласный лифчик с чашечкой «анжелика». Надетый умышленно для истязателя. С тайным умыслом подразнить его. В отместку за бесцеремонное спокойствие и отечески-смешливый тон.

Он замер на фоне книжного шкафа. Как укротитель и хищник одновременно. В тертых замызганных джинсах, в синей рубашке. Эту рубашку, к слову сказать, он надевает по особым своим, избранным случаям. Рукава аккуратно закатаны до локтей, чтобы продемонстрировать тайное сокрушительное оружие: мускулистые, немного смуглые предплечья. Щедро волосистые, крепкие мужские предплечья, сводящие с ума всех без исключения женщин, встречавшихся ему в жизни. Изредка Ариша робко и ласково оглядывает их, почти лижет глазами. Ее ненасытный взгляд, несмотря на иглы, становится сияющим и ждущим.

И он отлично это чувствует, он бегло читает все ее тайные и явные знаки. Он стоит на фоне книжного шкафа, в его руке — одна из тех самых трубок Сталина. Обычная на вид, темно-коричневая, с черным мундштуком. Вполне возможно, он попросту врет, чтобы произвести впечатление. Он наблюдает Аришу пристальным хитроватым взором раскосых глаз сквозь медленно ползущий, увивающийся кольцами дым. Затягивается еще раз, смакуя горьковатый табачный вдох, многозначительно молчит, то ли ожидая, то ли оттягивая продолжение рассказа. Ведь она отвлекается, ее внимание рассеяно: именно здесь, в этой квадратной комнате Аришу снова и снова уносит в августовский день три с половиной года назад, с которого все началось.

Недалеко от берега, прямо посреди моря, высилась огромная надувная горка. Упругий, разноцветный, слегка выгоревший на солнце дракон. Немного замешкавшись, она отсчитала шесть синеватых бумажек: четыре потрепанные, замусоленные сотней рук, и две новенькие, отпечатанные на днях банком чужой страны. Шесть синих купюр, — столько стоил их аттракцион.

Ариша отчетливо помнит, как решительно и легко ее муж взобрался на горку, прямо-таки взлетел по веревочной лестнице, легкий, умелый, будто матрос парусного судна. Или орангутанг, оказавшийся в своей стихии, среди ветвей и лиан. Взобравшись на самый верх, он уселся на фоне ясного неба, концентрата душистой субтропической голубизны. Обернулся к ней, сделал рукой нетерпеливый жест, чтобы Ариша поскорее взбиралась за ним следом. Он улыбнулся ей, как улыбался только лишь ей с момента их знакомства. Потом оттолкнулся. И молниеносно съехал вниз, в одно мгновение породив буйный всплеск моря, миллионы сверкающих соленых брызг. Тогда Ариша неохотно устремилась следом, поздновато поняв, что предпочла бы остаться по эту сторону спуска, чувствуя ногами жесткие ворсистые веревки-перекладины лестницы. На самой вершине надувного дракона она замерла, осмотрелась вокруг.

Она запомнила и вынесла из этого дня переливчато-сверкающее, ленивое море полудня, блеклые неновые катамараны, баржу вдали, визг, брызги, виндсерфера с парусом в цвет греческого флага, ярко-розовый надувной круг, тысячу лет как умерший вулкан и поросший вереском утес, обрамлявший бухту. Ликование, шум, шелест, выкрики звенели на широченном раскаленном пляже за ее спиной. Ариша струсила, уперлась, ей совершенно не хотелось толкать себя вниз с этой удобной наблюдательной площадки. А муж уже вынырнул, рассмеялся, вытер лицо, зачесал мокрые волосы назад и поплыл к буйку, изредка размахивая руками, чтобы она поскорее решилась. Тогда Ариша оттолкнулась и полетела вниз, утратив все опоры, вниз по пружинящей ледяной резине горки, с волосами, намотанными на лицо, кубарем, заплетаясь в собственных руках-ногах, боясь, что топик купальника сорвется и утонет. И она со всей силы шлепнулась в море: грудью, головой, утопая в вихре брызг, в водовороте, с готовностью утянувшем ее, захлебывающуюся и обессиленную, до самого дна. Как оказалось, в этот самый момент неожиданно и необратимо началась новая жизнь Ариши.

Три недели спустя муж вернулся из командировки слегка посторонним, отстраненным, встряхнувшимся и принялся критично обозревать все сложившееся к тому моменту. И он упорно, с каким-то отчаянным рвением начал разменивать, раздваивать чувства, каждую неделю принося домой на воротнике рубашки щедрые ароматы разнообразных женских духов: цветочных, мускусных, с ноткой древесной коры, с едва уловимым акцентом корицы. Все чаще он как бы невзначай задерживался допоздна, присылая слащавую и прилежную смс про экстренное совещание в конторе. Дверной звонок упрямо молчал в девять, в десять, в одиннадцать часов вечера, пока не пробивался тихим снисходительным треньканьем, осчастливливая долгожданным возвращением только лишь к полуночи. И Ариша молчала, она самоотверженно играла спокойствие и веселость, не решаясь приступить к решительному разговору, к назревшему объяснению. В те дни по ночам Ариша экстерном приступила к изучению науки слез, всего за неделю освоив древний и вечный навык беззвучного плача. Сжимая себе рот ладонью, изо всех сил сдерживаясь, захлебываясь и давясь, она скручивалась калачиком под одеялом, оплакивая ту жизнь, в которую неожиданно угодила и в которой никогда не предполагала очутиться. Но это было только начало.

— Перестань! — резкий басистый выкрик отрывает Аришу от всего, к чему она обычно остерегалась возвращаться, от чего со временем научилась мастерски увиливать и ускользать, — Скорее вернись ко мне. Смотри на меня. Слушай дальше, девочка.

И он продолжает рассказывать про свою коллекцию трубок, чуть понизив голос, увлеченно и самозабвенно. Отвлекая внимание, он как бы украдкой медленно выдвигает тайный Аришин ящик, в беспорядке набитый ржавыми булавками, отслужившими век велосипедными цепями, ссохшимися трупиками мотыльков, размокшими конвертами, мятыми перышками из крыла голубя, разным другим ранящим ее душу хламом. Рассказывая, он как будто решительно выгребает все ее прошлое, пошловатое и безутешное, вытряхивает его в мусорный пакет, сдувает с него пыльцу и пыль. И заполняет освободившееся пустое пространство своими трубками.

На смену всех печалей Ариши, вместо ее мутных, оплаканных дней выстраивается стройный, чарующий ряд. Одна к одной. Как коленки. Как тайники запретного наслаждения. Медленно, мерно, очень аккуратно. Самая обычная, зато фамильная, дедушкина трубка из груши. Он курил ее на даче, в саду, окруженный соседскими старичками, вечно что-нибудь глубокомысленно привирая и приукрашивая о своей прожитой жизни. Темно-коричневая трубка из бука — подарок коллег на защиту кандидатской. Это официальная версия. А на самом деле — это подарок первой любовницы, аспирантки из Владикавказа. Его дочери в тот момент исполнилось три месяца от роду. Но девушка была рыжая и такая нежная, что какое-то смутное чувство к ней осталось до сих пор. Пенковая трубка с резьбой, тоже подарок, а вот от кого — не сказал, суровая личная тайна. Трубка из пластика, фиктивная, вроде украшения интерьера, безобидный и малоприменимый для курения муляж. Купил ее в Риге, на барахолке. Хотел произвести впечатление на одну даму. А лучше бы и не покупал вовсе. Да, в дамах недостатка у него не было никогда. И он знакомит Аришу с несколькими разными бриаровыми трубками. Находит их среди нагромождения своей коллекции, бережно вылавливает из серванта, почти не задевая остальные, не нарушая навсегда установленный здесь порядок. Он по-особому поглаживает и осматривает каждую, с гордостью и заботой.

Он подносит их ближе, чтобы Ариша могла рассмотреть рисунок древесины, изгиб и кривизну. Чтобы она уловила темперамент каждой, почувствовала едва уловимый аромат табака, наполняющие их до отказа черноту и гарь.

Ариша лежит под иглами, боясь пошевелиться. А он рассказывает ей про вереск. Он объясняет, что лучшие трубки делают из той части вереска, которая располагается между корнями и стволом. Чем старше кустарник, тем лучше бриар, тем ценнее получается трубка. Он делает акцент на слове «старше», при этом становясь шире в плечах, приобретая серую хитрецу взгляда, поигрывая мускулистыми предплечьями. Он разворачивает перед доверчиво распахнутыми глазами Ариши обдуваемый ветром холм над морем, похожий на круп огромной спящей лошади, поросшей цветущим вереском. Черно-зеленые, с буйной розовой дымкой цветков кусты вьются, словно непослушные жесткие гривы, перебираемые суровыми сквозняками, гнездящимися на склоне. И Ариша уже готова сорваться и побежать туда, она почти уверена, что сможет, несмотря на все, что когда-либо пережила, легко лететь по узенькой извилистой тропинке на самую вершину холма, среди сиреневого, розового, лилового цветения вереска. Чтобы посмотреть сверху на море, на его переливчатую предзакатную дрему. Чтобы подставить щеку теплому урагану, который будет безжалостно трепать ее юбку и, возможно, отнимет и унесет траурный атласный поясок ее кофточки.

По ее глазам он читает, что Ариша впервые за весь этот курс начисто забыла про пятьдесят две серебряные иглы, вколотые в самые спорные мгновения ее прошлого, в самые уязвимые точки ее тела. И тогда, пользуясь ее бескрайним доверием, воодушевлением и негой, он подходит совсем близко, заглядывает Арише в глаза, не без удовольствия отмечает жадно расширенные зрачки и сумасбродные игривые искорки. Он слегка наклоняется, будто намереваясь нежно коснуться губами ее острого плеча. Он бормочет: «Вот ты и снова в цвету, милая девочка». И когда она уже трепещет, когда ее тело превращается в теплый струящийся мед, когда она ждет с нетерпением, почти со стоном, он молниеносно вонзает последнюю, пятьдесят третью иглу в самый центр ее живота, в солнечное сплетение, в неразрешимый узел ее судьбы. А секунду спустя медленно и ласково утирает тыльной стороной ладони молчаливую слезинку с ее щеки, укатившуюся ручейком до самого подбородка. Потом он мастерски прикидывается утомленным, раздраженным, слегка простуженным. Он умело делает вид, что не замечает, как дрожат ее губы. И старательно прячет взгляд среди заоконных пятиэтажек, чтобы не видеть ее глаз, чтобы не вникать в ее жизнь сильнее, чем ему следует.

В предпоследний день курса Ариша снова не нашла выключатель, как всегда замешкалась в прихожей, разыскивая сапоги среди завала чужой обуви, будто бы отплясывающей в полумраке на занозистом паркете залихватскую лезгинку. Как всегда после игл она едва держалась на ногах, чувствовала себя отчаянно уставшей, но в то же время была освобожденной, преодолевшей уготованные ей муки — и от этого почти счастливой. В последние дни ни одна, даже самопроизвольная слезинка, не выкатилась из ее глаз. В подтверждение тому тональный крем на ее щеках лежал как на картинке: заглянув в мутное зеркало, она решила не пудриться перед выходом.

Он неслышно возник в коридоре, пригладил волосы двумя руками, включил свет, привалился плечом к стене и насуплено наблюдал, как она натягивает и застегивает сначала один сапог, потом второй.

— Остался у нас с тобой всего один день. И потом все, разлука нам предстоит. И я ведь буду по тебе сильно скучать, — тихим проникновенным баском шутит он. — Так уж и быть, поставлю напоследок тридцать пять игл. Всего-навсего. Что для тебя теперь тридцать пять игл? Ты уж позволь старику такой прощальный привет, закрепляющий эффект курса. Полежишь с ними минут десять, а дальше — все как ты мечтаешь, милая девочка. Поедем с тобой кататься по набережной и курить по очереди трубку Сталина. Ты была послушной последние дни. Ты заслужила, и я тебя слегка побалую.

Ариша расчесывает волосы, украдкой наблюдая его в мутном зеркале. Уперев кулак в бок, лениво и барственно, он рассказывает про Сталина. Всякие небылицы, скорее всего вычитанные в дешевых развлекательных газетках. Душещипательные факты, производящие впечатление и отнимающие на пару секунд покой у обывателя. О том, как Сталин бросился в могилу, когда в землю опустили гроб с его первой женой Като. Они прожили вместе всего один год. Но, по-видимому, это была любовь всей его жизни. Во время ее похорон он сказал, что холодный камень навсегда вошел в его сердце, и с тех пор он утратил сочувствие к людям.

— Видишь, милая девочка, случается иногда любовь. Даже с таким зверем, как Сталин... Эх, его бы сюда, под мои иглы, — самодовольно бормочет он, — Я бы его тут восстановил, вернул к жизни. Курса за три-четыре изъяли бы мы этот холодный камень из его сердца. Снова смог бы он у меня полюбить и людей, и женщин. И ты еще полюбишь по-настоящему, милая девочка. И тебя еще — ох, как полюбят всякие твои гибкие мальчики и бесполезные мужчинки...

Потом была среда, самый конец апреля. Снег растаял, земля успела слегка просохнуть и будто бы сжалась, затаилась в ожидании долгожданного тепла, чтобы насытиться и буйно пробиться в весну. Ариша вся была нетерпение и трепет, она почти бежала через дворы, ее старательно завитые волосы пружинили на плечах, а полы серого пальто были распахнуты, как крылья. Она была готова к чему угодно, щеки ее пылали, от этого хлесткий и льдистый апрельский сквозняк казался теплым, совсем весенним. Спеша, она вдруг зачем-то вспоминала свои протестные, мелочные измены последних лет. Все опустошительные и неловкие соития, направленные на самоутверждение, на утешение, а приносившие лишь горечь и злобу. Вдруг они пронеслись в ее сознании не как черно-белый трагичный фильм, а будто какой-то необязательный рекламный ролик или незначительный фрагмент телесериала, демонстрируемый в дешевом придорожном кафе. Они впервые показались ей смехотворными, незначительными и эпизодическими, как детский браслетик из леденцов, купленный на юге, для кратковременного восторга: однодневная, неважная, проходная вещица. Никакого камня в горле. Никакой рыбной кости, впивающейся в сердце, курочащей внутренности до слез. Боль ушла начисто. И горечь рассеялась. Даже эпизод, обычно заставлявший зажимать рот ладонью, совсем недавно выламывавший все суставы от безграничного стыда, начисто утерял свою силу. Как обреченно она ползла по коридору в тот день. В сиреневых стрингах. В лаковых туфлях на шпильке. Как она ползла на коленях, понуро опустив голову, повиливая бедрами из стороны в сторону. Медленно и манерно, беспечно и бесчувственно. А мужчина — совершенно не важно, кто именно, — стоял над ней в дверном проеме, наблюдая пошловатую и фальшивую игру. Стоял как страж, как часовой и палач одновременно. И через несколько минут уже тащил ее в ванну, окатывал ей лицо ледяной водой, швырял в нее одежду, выставляя вон из своей жизни, потому что и без нее был сыт по горло фальшью, пустотой и полнейшим отсутствием тепла.

На этот раз Ариша даже не замечает, как оказалась на третьем этаже, перед заученной наизусть зеленой железной дверью. Ни отдышки, ни сердцебиения, душа легче перышка, настроение игривое, как когда-то давно — даже не верится, что такое еще возможно. Она застывает перед заветной дверью, превратившись в дрожь, вспомнив, как неделю назад он рассказывал, что Сталин обычно набивал трубку табаком из папирос. Потрошил папиросы, как людей, вытряхивал из них табак и потом курил его в своей трубке. Курил молчаливо и насуплено. Особенно, если кто-нибудь рядом с нетерпением ждал ответа. Особенно, когда решалась чья-то судьба. Сталин замирал, затягивался, смаковал табачный вдох и тянул время, превращая человека этим своим молчаливым курением трубки в оторопь, в страх, превращая человека навсегда, до последнего вздоха, в отчаянье, в покорность.

Ариша звонит в дверь, долго и настойчиво. Она звонит и ждет. Она звонит и представляет, как он сейчас снисходительно и неторопливо продвигается по коридору в прихожую. Пропахший кофе и сладковатым табаком, добродушный и утомленный, совершенно невозможный в ее прошлой и будущей жизни. Ариша ждет, превратившись в нетерпение. Звонит еще раз, объясняя промедление тем, что он бормочет в мобильный, как сюда добраться. Ариша ждет, представляя, как все случится. Вечерняя набережная, его машина, обжигающий и горький вдох, дым во рту. Она отчетливо чувствует наждак его щетины щекой. Она уже наизусть, заранее знает его руки и прекрасно представляет их ласки. И снова звонит, звонит и ждет, звонит и ждет. Потом, нечаянно посмотрев на часы, Ариша узнает, что прошел час. До нее доходит, что он не откроет. Ее курс закончен. И теперь надо идти домой, возвращаться в свою повседневную жизнь. Тридцать пять последних игл разом впиваются ей в душу.

На негнущихся ногах, не различая дороги, она понуро бредет через нескончаемые, пахнущие тушенкой и ваксой дворы пятиэтажек. Затаившиеся подъезды, обклеенные объявлениями, отрывные листки шуршат на ветру. В ближайшие несколько дней она будет каждые пять минут заглядывать в телефон, проверяя, не пришла ли от него суховатая смс с извинением. Или приглашение прийти на последний сеанс курса в какой-нибудь другой день. Она будет крутить телефон в руках, так и не решаясь позвонить ему, не считая это возможным. В ближайший месяц Арише будет казаться незначительным и неважным все, что с ней когда-либо произошло перед тридцатью тремя иглами. Даже постижение науки слез покажется ей смехотворным. Пару раз, как бы нечаянно, тихим затаившимся призраком она явится побродить во дворы возле его дома. Ни на что особенно не надеясь, обнимая себя руками, она будет заглядывать в непроницаемые мутные окна, отражающие низкие, нависшие над крышами облака.

Целый год Ариша будет уверена, что он все-таки сдержит обещание, что он когда-нибудь прокатит ее по набережной, и они будут курить трубку Сталина по очереди, в его машине. А потом все это постепенно пройдет. Забудется. Отпустит. Однажды, в супермаркете, выбирая бефстроганов к ужину, она неожиданно вспомнит только эти его слова, они вдруг отчетливо прозвучат в ее голове: «Постарайся найти того, кто превратит тебя в любовь, милая девочка».

И Ариша будет послушной. Ариша будет прилежной. Она будет очень стараться.

Илья Веткин

Вилла «Триора»

По дороге в Вентимилью Котов пытался несколько раз из поезда дозвониться в редакцию. Он вертел в руках глянцевый буклет клуба, и желал бы уточнить задание. Но главред Мамонт постоянно был вне доступа. Да и поезд с Котовым то и дело нырял в сумрачные жерла тоннелей. Вскоре после Ниццы слева вырос и закрыл полнеба бугристый известняковый склон с врезанными в него домами-игрушками. Котов особенно ждал встречи с Монако, но княжество слегка разочаровало. Скользнув в очередной тоннель, состав вскоре вплыл в гигантский подземный зал, более всего смахивающий на станцию «Тимирязевская» московского метро — втрое увеличенную в объеме и поделенную на три платформы. Указатель посреди зала уведомил: «Монако — Монте-Карло». Княжество-подземелье мелькнуло и отъехало, снова заблистало море, потом снова пошли тоннели. Едва кончился последний, телефон Котова издал новый боевой клич, возвестив о смене оператора, — поезд прибыл в Италию.

Над городком висел пасмурный полдень. Публика из французской электрички неспешно вылилась из здания вокзала на небольшую площадь. Котов задержался на ступеньках. Пару минут он топтался у назначенного места встречи, бесплодно озираясь. Когда он решился двинуться через площадь, его окликнули из припаркованной рядом темно-синей «тойоты». Котов, хмурясь, подошел. Получалось так, что пока он тут мялся, его изучали.

Дверь щелкнула. Из машины выбрался высокий темноволосый парень в свитере с загорелой улыбающейся физиономией, знакомой Котову по фотогалерее в глянцевом буклете. Глянец не лгал: оригинал был, даже, пожалуй, посимпатичнее. Это было очень правильное лицо с живыми карими глазами под высоким лбом. Густой загар мог быть и природной провансальской смуглостью. Допустив эту мысль, Котов сразу вспомнил, что о происхождении Венсана Жиллена судить не может. Принц по вызову родом мог быть и из Нормандии.

— Hi! — сказал Венсан, протягивая руку, — Садись!

Хмурый Котов влез в любезно приоткрытую дверь и убедился, что за рулем сидит еще один человек.

— Buon giorno! — сказал он, не оборачиваясь.

Венсан опустился на сиденье рядом с водителем, по-прежнему приветливо улыбаясь.

— Это ты должен написать очерк о клубе, да? Я решил, что не помешает небольшая экскурсия, — сообщил он.

«Тойота», резко развернувшись, промчалась по пустоватым улицам Вентимильи и выехала на окраину, откуда открылся вид на горную гряду. Слева возник живописный старинный квартал, облепивший склон, — скопление многоквартирных домов и домишек желто-оранжевого цвета с неизменной колокольней.

— Нам далеко ехать? — спросил Котов.

— Тут рядом, в горах, — ответил Венсан.

Когда они совершили очередной разворот и съехали с эстакады на широкую автостраду, русский журналист сообразил, что они возвращаются во Францию. И точно: спустя несколько сот метров, когда дорогу впереди перегородила вереница шлагбаумов, требующих платы, на асфальте появилось огромное слово — FRANCIA.

— Мы едем в клуб? — осведомился Котов.

Венсан обернулся:

— Мы едем на одну виллу. Это во Франции. От Вентимильи, правда, ближе… Но это конечный пункт, а сначала заскочим в один отель по дороге. Зачем тебе сам клуб? Твой босс, вроде, хотел, чтобы ты описал нашу работу… Мою работу. Ты готов?

— Готов, — кивнул Котов, — я… хотел спросить. Клуб оказывает услуги только женщинам?

Венсан осклабился:

— В основном, да. Хотя… разные бывают варианты. Но в основном — дамам за… за сорок. Ну, ты же помнишь, как мы называемся?

Котов бросил взгляд на буклет. Conte d'automne можно было перевести как «Осенняя сказка», хотя в России заведение было известно как клуб «Бабье лето».

— Я по-французски говорю довольно медленно, — заметил он.

— Нормально, — оценил Венсан, — это будет даже экзотично. Скажу, что ты немец… Нет, лучше швед.

— А что русский, нельзя сказать?

— Ну или русский, — равнодушно ответил Венсан.

«Заскочить по дороге» оказалось сделать немалый крюк. Они съехали с автострады и вернулись к морю, но остались высоко над ним, на верхнем ярусе гигантского лесистого склона. Дорога вилась вдоль его выступов. Отель стоял на одном из выступов, глядя широкими окнами в голубизну — небесную и морскую. Они подъехали к низким воротцам, и водитель сказал, выключив двигатель:

— Ну, я схожу.

— Ок, Алекс, — отозвался Венсан.

Он с минуту последил взглядом — водитель топал по дорожке, петляющей между клумб, — и обернулся к Котову:

— У меня все эти дни плотно заняты, и я решил, что тебе, может, будет полезно поторчать со мной.

Ключевое слово, глагол, оказался Котову незнаком, но он понял его именно как «поторчать» — то есть весьма многозначно. И аккуратно кивнул.

— Короче, слушай, — Венсан метнул взгляд в сторону отеля, — сегодня одна моя клиентка — Ингрид претсья на день рожденья к своей знакомой. Ну, которая живет на вилле. Там с ней будет еще ее племянница. Ингрид, вообще, из Лиона, но часто здесь отдыхает, это ее машина и шофер. Она решила в этот раз выписать меня, потому что ни хрена не любит девичников. А я предложил взять тебя, типа ты мой друг. Те две — тетушка и племянница — не знают, что я из эскорта, ну, или делают вид, что не знают, — считается, что я у Ингрид в обойме ее бой-френдов. Но им должно понравиться, что у нас будет с собой типа друг. Короче, думаю, тебе не трудно будет изобразить, а? Ну, такого друга, который ничего не имеет против зрелых баб?

Для точного понимания эпитета «зрелый» Венсан почему-то использовал английское слово — «mature», хотя если бы сказал «mures», Котов бы тоже догадался. Из контекста.

На дорожке, бегущей от отеля, показались Алекс и женщина в белом.

— Вылезай, — скомандовал Венсан, — я вас представлю… Да! Ты, конечно, не журналист, ты — художник! Идет? Это хорошо звучит — русский художник. Сюда приехал отдохнуть и познакомился со мной… О! Ингрид, это Альбер. Мы съездили за ним в Вентимилью. Альбер, это Ингрид!.. Слушай, ты сегодня по-летнему, правильно. Погода — супер!

И впрямь: с неба уже потянули серое покрывало, открыв яркий лазурный лоскут на западе.

Алекс сел за руль. Его хозяйка, она же хозяйка машины, была мелкая, щуплая, востроносая дама лет сорока в странноватом белом комбинезоне. Котов пожал ее маленькую узкую кисть, соображая, не следует ли поцеловать, подтверждая репутацию мечтательного русского художника. Но потом спохватился, что у французов вообще так принято, притянул и ткнулся губами в ее правую и левую щеки. Вышло резковато.

В дороге Венсан, сидевший впереди, непрерывно болтал, будто его включили на полную мощность и в ускоренном режиме. Котов вскоре перестал воспринимать его птичье резковато-суховатое щелканье. Устал вникать. Сидевшая рядом Ингрид время от времени косилась смущенно. Или Котову казалось, что смущенно.

После получасового кружения вдоль и между темно-оливковых склонов (в двух местах украшенных россыпями уступчатых горных городков) они вывернули на узкую полосу асфальта, струящуюся между рощ. Полоса привела их сквозь открытые ворота к трехэтажному дому нежно-розового цвета, выстроенному с причудливой асимметричностью. Когда Котов выбрался из салона «тойоты», Ингрид уже целовалась с двумя хозяйками виллы. Тетушка — коренастая блондинка в сером джемпере и белых брюках с лицом добродушной фермерши — оказалась весьма и весьма mature — где-то за 50. Котову понравилась ее улыбка. У его прежней подружки Вики была примерно такая маман. Если ей случалось утром застигнуть Котова — заночевавшего накануне — на подходах к туалету, она приветствовала его словами: «Алик! Вы в моем старом халате? Какая прелесть!.. Хотите кофе?..» Французская мамочка сказала, лучась:

— Добро пожаловать на виллу «Триора»! Сегодня такой холод, mon Dieu!.. Хотите горячего шоколаду?

Племянница была хоть и помладше лет на двадцать, но так себе. Выглядела надутой фифой. Не смотрела, а посматривала криво на гостей с высоты почти двухметрового роста. При вроде бы модельных данных и маленьком опрятном личике, что-то в образе ее ложилось не в масть и не в стиль.

Образ был даже не вешалки, но скорее жерди. Венсан, правда, без церемоний, облобызав тетушку, усосал и жердь, беззастенчиво помяв ей условные ягодицы. Котов заключил, что отношения тут вполне родственные. Тетушка была представлена как Изабель, племянница — как Бьянка. Ее папа был итальянец, что было специально отмечено. Котов попытался сосредоточиться: было бы крайне неловко, если б он забыл имена — Ингрид, тетя Изабель и Бьянка.

Они сидели в плетеных креслах вокруг стола под старыми пиниями, усеявшими каменный пол бурыми иглами. В нескольких шагах терраса обрывалась. За низкой балюстрадой дышала прохладой бездна — узкая межгорная котловина. Вилла «Триора» была организована уступчато — как и встреченные в дороге горные деревни. Для ланча, вероятно, более всего подходил верхний ярус.

— Чудесный вид! А вон там море? Вон там, вдалеке? Изумительный цвет, — заметил Котов, стараясь выдержать светский тон, — мы далеко от побережья?

— Километрах в восьми, — ответил водитель Алекс, тоже призванный к столу.

— Какой у вас интересный акцент, Альбер, — обратила внимание тетушка Изабель, — я давно не слышала русского акцента.

— Я думаю, он грубый.

— О, нет! Скорее экзотичный.

— Альбер, вы когда-нибудь выставлялись в Париже? — вежливо поинтересовалась Ингрид. — Нет? А часто у вас покупают картины?

— Увы, не часто, — горестно вздохнул Котов, — такое время, м-да... Зарабатывать живописью очень трудно. Я вот преподаю еще в художественной школе, м-да.

— Скажите, Альбер, а русские женщины красивее французских? — сменила тему Изабель, — согласно вашим эстетическим критериям...

— Русские не то чтобы красивее, — встрял Венсан, — они заботливее.

— И то, и другое — миф, — объявил тактичный Котов. — Если серьезно, я вижу только одну разницу. Русская девушка начинает ощущать себя «старой девой», если не вышла замуж до двадцати четырех, француженка — если не вышла до тридцати. Венсан не даст соврать.

— Не дам. По-моему, французские девушки вообще не хотят замуж. Им это не нужно.

— О, Венсан! Это незрелое суждение. — тетя Изабель мягко рассмеялась, — Опыт еще подскажет тебе, что это не так.

— Мне очень не хватает опыта, — горько признал Венсан.

Долговязая Бьянка ухмыльнулась. Ингрид коснулась волос Венсана.

— Мой бедный, ну как же тебе помочь...

Венсан взял ее узкую кисть и поцеловал в ладонь. Она посмотрела на него долгим взглядом. Высвободив ладонь, сказала:

— Знаешь, опыт опытом, а вот образование тебе пора уже получить. Пора подумать об этом, правда...

Ну, не улыбайся! Ты же знаешь, что мы тебе поможем. Нет, правда! Ты думаешь, можно всю жизнь просидеть в ночных клубах?

— Но этому же удается, — возразил Венсан, — ну, этому распиздяю… как его… У тебя еще на столике лежит его книжка, ну? Он только и делает, что торчит по клубам.

Ингрид подняла тонкие брови. Тетушка Изабель догадалась первой.

— О! Он имеет в виду Бегбедера. Боже мой, Венсан, но он же не просто там торчит, он умеет писать об этом. И ему неплохо платят. А до этого он получил хорошее образование, можешь мне поверить. Без этого никак. Альбер, скажите, я права?

— По-моему, этот ваш Бегбедер немного чокнутый, — сухо сказала Ингрид.

— Писатель должен быть немного чокнутым, — убежденно произнесла тетушка Изабель, — mon Dieu! Безумие, если оно небольшое и интересное, придает колорит творчеству!

— Ну, не знаю, — Ингрид взглянула подозрительно.

— Точно! — Венсан радостно хлопнул по столу, — у меня есть знакомый чувак, у него дико интересная форма безумия. Он все время говорит о мушках-дрозофилах! Ну, такие маленькие, знаете? Они дико быстро размножаются…

— О! — тетушка Изабель. — Он должен стать писателем! Он писать умеет, Венсан?

Котов заметил, что она каждую фразу начинает с «О!» и часто повторяет «mon Dieu!» Он нашел, что это старомодно, но по-своему прелестно. Он вдруг вспомнил, восстановил образ, питавший тетушкин стиль, — прически, прикида, макияжа. Конечно, образ Катрин Денев, но не юной блондинки, а поправившейся, заматеревшей Катрин из фильма «Belle Maman», «Прекрасная теща». Образ проступал, хотя лицо Изабель было, пожалуй, покруглей и попроще.

Тетушка снова адресовалась ему:

— Ведь молодому человеку сейчас необходимо образование, Альбер? В России тоже так думают?

— Вы правы, но сначала нужно выбрать факультет, так ведь? Ну, профессию. Наш друг уже выбрал?

Венсан хохотнул.

— Давно! Желаю быть врачом. По возможности гинекологом.

— Ты можешь говорить об этом серьезно? — огорчилась Ингрид.

— Я серьезен, — мгновенно помрачнел Венсан, снова овладев ее ладонью.

— Мне кто-нибудь нальет, наконец, вина? — нахмурилась Бьянка.

После третьей бутылки Котов отпросился в туалет. Его возвращение пришлось на пылкую хмельную перепалку: ему поначалу казалось, что полощут любимых героев — гомосексуалов, потом решил — нет, скорее каких-то дальних, мутных родственников. Оказалось — пару местных кюре. Один окучивал приход в ближнем горном городишке Соспель, где бывала Изабель, другой — на побережье, в Ментоне, куда наездами выбиралась Ингрид. Она в данный момент изрядно кипятилась, почти кричала:

— Ну что ты несешь? Что ты несешь? Ну, что он может посоветовать путного, если у него житейский опыт — ноль! Он не зарабатывал денег, не влюблялся, не растил детей! И он мне будет еще что-то плести о том, что контрацепция — это грех!

— O mon Dieu! Для тебя это еще актуально… Как это прекрасно!

— Не язви! Ну ладно — мне, но если он будет это втюхивать моей семнадцатилетней Катрин! («У него не получится», — тихо сказал Венсан). Что он вообще понимает?!

— Дело не в житейском опыте, дело в интуиции. У хорошего кюре должна быть хорошая интуиция. Потом я нуждаюсь иногда, чтобы мои действия кто-то оценил со стороны. Согласись…

— С попами нельзя говорить о сексе, но можно, скажем, о покупке недвижимости, — заметил Венсан.

— Да какая там интуиция! Там есть только злобноватое бессилие, ненавидящее все, до чего не может дотянуться! — отчеканила Ингрид.

— О! Да они просто очень разные люди! Отец Пьер — он… да, немного желчный, а наш отец Марк — наоборот: сердечный…

— Ты приведи хоть один пример, что кто-нибудь из них присоветовал чего-нибудь дельное!

Бьянка допила свой бокал, поставила его на стол и успокаивающе погладила Ингрид по руке.

— Можно я приведу? — пролепетал Котов, вызвав удивленную паузу. — В романе Мопассана «Жизнь» главная героиня страдала оттого, что муж отказывался ее оплодотворить… ну да, оплодотворить…

Он до этого долго вспоминал этот глагол, и в итоге выбрал, кажется, не самый точный — «fertilizer», отметив тонкую усмешку Бьянки.

— Ну да, он не хотел детей, и… он не доводил дело до конца.

— Понятно, понятно, — уверила его Изабель.

— И она обратилась к кюре, поскольку больше было не к кому. И он ей посоветовал уверить мужа, что она уже беременна, что уже поздно предохраняться... Вот. Ну, то есть посоветовал ей изобразить радость, чтоб муж ей поверил и перестал предохраняться... И ей все удалось.

— Мы все это читали, — заметила Бьянка.

— Спасибо, Альбер. Но это — литература, — холодно сказала Ингрид.

— Ну да, это литература, — согласился Котов, — давайте поговорим о литературе.

Изабель снова рассмеялась мягким грудным смехом:

— Вы — прелесть, Альбер!

Венсан отпустил руку Ингрид.

— У меня тоже предложение, — он встал и как бы вознес свое смуглое лицо и стройную фигуру, обтянутую свитером, — пойдемте к бассейну. Охота искупаться!

— Да! Пойдемте! — подхватила Бьянка.

Сияющий голубой овал испускал едва заметный пар. Долговязая Бьянка быстро опустилась у края на корточки, напомнив голенастого кузнечика, плеснула водой.

— Изабель, она теплая! Ты подогревала? А Венсан не любит.

— Венсан у нас — юный эллин. Но все же не лето — ноябрь.

— В теплой воде я обычно хочу мочиться, — сообщил Венсан, стягивая свитер. — Никто не будет возражать, если я туда помочусь?

— Фи, Венсан! — Ингрид устраивалась в шезлонге меж двух кургузых пальм в кадках, — будем, конечно!

Котов, мнущийся возле юного эллина, был слегка растерян. Хотя прилив бесшабашности еще не схлынул, купаться хотелось не особо.

— Слышь, Венсан, — он приблизил губы к уху эллина, — а мне-то обязательно в бассейн?

— Боишься? А чего тогда приехал? — холодно вполголоса ответил Венсан. Он быстро разделся донага, и, бросив одежду на ближайший шезлонг, прошелся вдоль края голубого овала. У противоположного края Ингрид и Бьянка в креслах помахали ему кончиками пальцев. Ингрид отхлебнула из высокого бокала. Никакой готовности раздеваться и нырять они не выказывали.

Котов медленно стащил свитер и джинсы, улыбаясь в пространство. Он был уже весел и зол, и лишь слегка тяготился тем, что рядом с высоким мускулистым эллином из Нормандии будет выглядеть рыхлым белокожим увальнем. Венсан его сейчас, скорее, раздражал. Но с ним было трудно спорить: когда карты уже розданы, вы ими играете.

Венсан замер перед прыжком, вытянув над головой руки и заставив зрителей еще раз удивиться его смуглым пропорциям и статям. Котов тоже оценил, с трудом подавив желание прикрыться, точнее, укрыть. Разница была ему немного обидна. Он еще заметил, что у эллина был выбрит лобок.

Ударил фонтан брызг. Венсан золотистой торпедой пересек под водой выложенную плиткой голубую лагуну. Заплыв был хорошо выверен. Мокрая темная голова вынырнула у самых ног зрительниц в креслах. Венсан дотянулся до лодыжки Ингрид и легонько потянул. Ногу с визгом отдернули. Котов, наконец, решился и тоже плюхнулся — хотя и без должного изящества. Вода оказалась теплой и ласковой как в ванночке для трехмесячного ребенка. Венсан, оттолкнувшись от бортика, ушел в глубину и, подплыв снизу, утянул его за ноги в пучину. Котов успел вдохнуть, и к подводной борьбе оказался готов. Но высвободиться удалось не сразу. Эллин-нормандец был на редкость силен и увертлив. Они вынырнули одновременно.

— Ингрид! Бьянка! — позвал Венсан, — давайте к нам!

С берега им снова помахали ладошками. Рассыпался смех. Из невидимых динамиков полилась медленная сладковатая музыка. Венсан сквозь зубы выпустил струйку воды, и снова почти без всплеска нырнул, блеснув глянцевитыми ягодицами. Он ушел ко дну почти вертикально, сложился там пополам и медленно всплыл ягодицами вверх. В этом положении он несколько секунд качался в голубизне. Котов, покосившись в сторону качающегося на волнах зада — было похоже на две доли тыквы средних размеров — тоже нырнул и попробовал открыть под водой глаза.

Он доплыл до вершины овала и облокотился на бортик, тяжело дыша. Через секунду рядом вынырнул Венсан. Легко подтянувшись, он сел на край рядом с Котовым, вытер лицо ладонями и подмигнул. Проморгавшись, Котов разглядел, что под пальмами тетушка Изабель, наклонившись к столику с напитками, доливает что-то в бокалы племянницы и Ингрид. Музыка звучала то слабее, то громче, будто подчинялась хмельным пальцам, играющим пультом.

— Венсан! — Котов сделал головой движение к уху принца по вызову.

— Ну?

— А что я должен делать ну... в плане тети и племянницы?

— С Бьянкой я разберусь... А с тетей Изабель... Попроси показать тебе ее коллекцию современной живописи. Ну, такая мазня... Но она гордится ею. А ты у нас вроде художник.

— У нас с ней должен быть секс?

— Успокойся. Эта встреча — без секса. Так просто, приятное общение...

— Общение?

— Ну да! Учти — она дико богатая тетка. Ладно, я пошел!

Он соскользнул с бортика и резко ушел под воду головой вниз — с упругой грацией морского котика. Котов только хмыкнул. У противоположного бортика пловец явился из-под воды и без напряжения выбрался. Выпрямившись во весь рост, блестя кожей, он что-то сказал болельщицам в креслах (те прыснули), принял у Ингрид бледно-кофейное полотенце и стал обтираться.

Котов тихонько поплыл вдоль края голубого овала — к шезлонгу с одеждой. В двух шагах от шезлонга тетушка Изабель ждала его с плавающей улыбкой на круглом лице. Котов подплыл и, содрогаясь, вылез. Тетушка смешно всплеснула руками:

— Мой бог! Вы же сейчас замерзнете!

Она взяла с ручки шезлонга и подала ему полотенце, деликатно отводя глаза. Котов про себя еще раз отметил: совершенная Бель-Маман. Он растерся до ощущения жара в коже, натянул свитер и джинсы, после чего вспомнил:

— Изабель, у тебя вроде бы есть коллекция работ современных художников. Можешь показать?

— Да! Ее начал собирать мой первый муж. Я тоже кое-что купила. Хочешь посмотреть?

— Я бы с удовольствием.

В доме они задержались в большом светлом холле: огромные окна выходили на бассейн и в японский сад.

Голубой овал посылал блики на стены. Изабель взяла в шкафчике ключ, чтобы открыть на втором этаже одну из комнат. Это было что-то вроде обширной гостиной, служащей выставочным залом, — с двумя узкими диванцами и камином.

Котову вообще-то было начхать на французских абстракционистов, тем более современных. Он, журналюга-бульварщик, воспринимал их как жуликоватый сброд. Залить холст слоями краски, используя весь радужный спектр, взмесить все это кистью, стараясь делать мазки погуще, — и потом пытаться впарить это разбогатевшему бандиту в перстнях… Таков, по его мнению, был алгоритм современного арт-бизнеса. Но, не желая обидеть Изабель, он скучал возле каждого полотна с вариациями радуги не меньше минуты.

— У меня было еще три рисунка Пикассо, — сказала Изабель, будто оправдываясь, — но я передала их в Музей Пикассо в Антибе. Они висят теперь там, но с указанием, что из частной коллекции…

— Замечательно, — присудил Котов; Изабель быстро взглянула на него.

— А… Альбер, скажи, где вы познакомились с Венсаном?

— В Антибе, в ресторане «Каскад», — сообщил Котов, не задумываясь, — сидели вместе за стойкой, разговорились.

Катрин-Денев-теща вздохнула:

— Понятно… Вероятно, сегодня тебе было с нами скучно.

Котов вгляделся и, кажется, нашел серую глубину ее глаз. Успокоился. В глубине плескалась не ирония, но печаль. Котов улыбнулся:

— Изабель! Что ты! Я считаю, мне повезло. Чудесный день! Мне было здорово! Знаешь, на самом деле, интересно, как это вам с Ингрид удается дружить. Вы очень разные, это заметно. Вы так спорили!

Изабель улыбнулась:

— О, мы часто спорим, да! Ингрид — заядлая социалистка. Когда мы спорим о политике — со стороны это наверняка очень смешно… но она очень славная.

Он отошел к окну, отдавая должное последней в ряду мазне с ярко-желтым яичным желтком по центру.

— Интересная игра цветов, — высказался Котов. Изабель рядом покорно кивнула. Его взгляд скользнул за окно. Внизу голубел бассейн. Обнаженный Венсан сидел в одном из шезлонгов, вольно раскинув руки. У его ног на корточках сидела Бьянка, напряженно работая совершенно заполненным ртом. Ее левая ладонь механически поглаживала живот юного эллина. Ингрид, чуть склонившись со своего кресла, жадно внимала процессу. Сверху была видна заколка в виде бабочки на макушке Бьянки.

— Твоя племянница, между прочим, все время молчала, — заметил Котов, — не принимала участия в беседе.

— Бьянка очень застенчива, — пояснила тетушка, отвечая лучистым взглядом, — в компании ей нужно привыкнуть к незнакомому человеку.

— Это понятно, — согласился Котов, — понятно… хотя… говоря откровенно, сразу и не скажешь, что она твоя племянница. Ты гораздо интересней, гораздо.

— Она меня моложе на восемнадцать лет!

— Ты женщина высокого класса, — сказал Котов строго, — я же вижу… Для такого класса возраст имеет второстепенное значение. Вот, смотри, Катрин Денев сейчас даже более желанна… для многих молодых людей.

— Ты думаешь?

— Думаю. Из вас троих ты — самая интересная, поверь.

— Альбер, правила приличия вовсе не требуют от тебя говорить столько комплиментов… этого не требуют даже правила клуба, где работает Венсан.

— Слава богу, — Котов надвинулся на Катрин-Денев-тещу рдеющим лицом, — слава богу, я там не работаю. Честно говоря, я полагал, что работа Венсана — секрет, но я ему признателен.

— Конечно, секрет. Полишинеля.

— Нет, правда, я ему признателен за этот день, — Котов овладел левой кистью Катрин-Денев-тещи, и, повернув ее ладонью к себе, вдруг осознал, что повторяет движения Венсана. Belle Maman уступила ладонь без сопротивления. Но спустя пару секунд, мягко высвободив кисть, отошла к противоположной стене, где наряду с картинами имелась и книжная полка. Оправив свитер и прическу, произнесла с некоторой торжественностью:

— Ладно, не будем об этом… все… Альбер, я хочу подарить тебе этот альбом. Будешь вспоминать об этом дне, о моем доме.

На глянцевой обложке с видом горной деревни значилось «Alpes Maritimes — mon amour»: «Приморские Альпы — моя любовь». Альбомчик был карманного формата, что особенно радовало. Котов сообразил, что получает повод выказать горячую признательность. За все. Он снова надвинулся и, аккуратно сграбастав тетю Изабель, нашел губами ее теплую шею. Между поцелуями он бормотал: «Merci, merci!» — «Ну, что вы, Альбер!» — отвечала Изабель слегка удивленно. Выражение благодарности затянулось, становясь все более настойчивым. Котов оставил уставшие от поцелуев шею и горло тетушки — которые не нашел увядающими, — поскольку почувствовал, что созрел для большего. Крохотная заминка (он опустился на корточки) дала повод для быстрого самоанализа. Он осознал, что ведет себя как банальный обольститель из полузабытого фильма. Но его азарт и возбуждение были неподдельны. И, кажется, одним из источников было впечатление от стиля Венсана, его замашек. Изабель философически сдержанно отнеслась к тому, что молодой художник нашел под свитером ее в меру выпуклый живот и поцелуями выразил к нему почтение. Но когда Котов стал судорожно расстегивать ее белые брюки, нетерпеливо их дергая, она произнесла ожидаемое:

— O, mon Dieu! Альбер, что вы делаете?!

Далее этого, впрочем, протест не пошел. Котов с пылающей физиономией спустил Belle Maman брюки до полных колен и жадно припал к обнаженным местам. Потом развернул мадам к себе задом. Роль, намеченная ему Венсаном, оказалась впору. Изабель еще пару раз повторила свое «о mon Dieu!», когда русский художник порывисто принялся лобызать ее ягодицы. Но, когда он, жарко дыша, повел себя еще более радикально, она почему-то замолчала. Мягкая своевременная покорность, проявляемая гранд-дамами, всегда покоряет более чем их пасмурное чувство достоинства. Котов даже позабыл о наставлениях опытного друга — настолько он был захвачен процессом. Изабель была при этом достаточно сдержанна, но по ее отрывистому дыханию он мог догадаться, что процесс не лишен приятности и для нее. Десятью минутами позже они очутились на одном из диванов, уместившись чудом — лицом к лицу. Изабель так и не избавилась от джемпера, задранного до подмышек.

— Ты просто класс! — пробормотал Котов, сжимая ее спину, и тут же сознавая, что говорит по-русски. Но она улыбнулась. Может, поняла последнее слово.

Котову было теперь хорошо и уютно. Он гладил спину и бедра тетушки, блаженно жмурясь. С улицы доносился плеск воды.

Его внезапно заинтересовало одно обстоятельство:

— А что с Венсаном... как-то по-особенному хорошо?

Изабель свела брови.

— Понятия не имею. Да с чего ты решил? Он — игрушка Ингрид. Я не играю чужими игрушками.

— Я так понял, Ингрид иногда дает поиграть подругам.

— Перестань! Это не для меня. Кроме того... есть и другие соображения. Ладно, слушай, я сейчас свалюсь на пол. На этом диване можно сидеть, но не лежать.

Она встала, взяла с низкого стеклянного столика пачку дамских сигарет и вернулась на соседний диванчик. Положив ногу на ногу, закурила.

— Ты не против?

— Кури, пожалуйста! Слушай, тебе очень идет — в одном джемпере. У тебя красивые ноги.

— Полноваты, если честно.

— ...и красивая попа.

— Что, правда?

— О! Абсолютная правда!

— Приятно слышать это от художника. Ты ведь художник?

— Я-то? Да...

— На мне, кстати, было очень красивое белье. Примерно такое носит Катрин Денев. Жаль, ты совершенно не присмотрелся!

Тетя Изабель озорно улыбалась. Котов потянулся:

— Знаешь, как говорят русские художники — не трусы красят попу… Да, по-французски звучит как-то не очень… Или я сказать не умею. Ну да ладно.

Он подсел к ней и приобнял. Она улыбнулась и пустила в сторону тонкую струйку дыма.

— Ты живешь тут одна?

— Обычно да. Сын работает в Лионе, иногда заезжает сюда. У меня есть еще и дочь, на год постарше. Она живет в Марселе.

— А внуков еще нет?

— Внуков нет. Дочь в точном соответствии с твоей теорией замуж не торопится.

— Слушай, — Котов возвысил голос, — тебя ведь можно считать очень свободным человеком! Ну, по моим представлениям.

— Да. Вероятно, ты прав. И что?

— И какие приоритеты в жизни свободной женщины? Что теперь в твоей жизни главное?

— Я понимаю, на что ты намекаешь. Ну да, на первом месте, наверное, был бы секс. Но с ним, видишь ли, есть кое-какие проблемы… Я в основном сижу здесь, в горах, и в город выбираюсь нечасто… Зато есть много времени заботиться о здоровье. И еще, конечно, дом отнимает время. Вот так.

— Это дом твоего мужа?

— Да, первого мужа. Он умер восемь лет назад, ему только исполнилось пятьдесят два… Знаешь, главный человек в моей жизни, да… А со вторым — не сложилось… А ты не женат?

— Пока нет. И даже не планирую, — твердо сказал Котов.

Они уезжали в девятом часу вечера. К машине на нижнюю террасу спустились вместе с ними тетя Изабель и Ингрид. Долговязая Бьянка осталась торчать в одной из гостиных у телевизора и провожать их не вышла, что Котова почему-то не удивило. Хозяйка виллы была в приподнятом настроении, а Ингрид, похоже, грустила.

На обратном пути по той же горной дороге опытный Алекс закладывал такие виражи, что у Котова начинал тревожиться желудок. Венсан, напротив был очень доволен. Габариты шоссе сияли во тьме пунктирами — вереницами светляков, упрятанных в бордюры. Ветер свистал. Время от времени машина определенно намеревалась вылететь за пунктиры в пустоту. До Вентимильи им, впрочем, посчастливилось доехать. Сворачивая с автострады к морю и к городу, Алекс коротко осведомился:

— Куда вас?

— В старый город, — сказал Венсан, — к «Рыбаку».

Взбирающийся на холм старый квартал Вентимильи нежно светился розовым светом. Алекс остановил машину напротив узкой щели между стен двух древних домов: щель как порядочный переулок имела название на белой табличке и начиналась каменной лестницей. Дождавшись момента, когда Венсан вылез, Алекс обернулся через сиденье к Котову:

— Подожди секунду. Изабель просила передать тебе письмо.

Котов принял аккуратный длинный конверт. Венсан, стоя в двух шагах, прищурясь, наблюдал. Зимний вечер оседал холодной дождевой пылью.

Они одолели три марша древней лестницы меж закопченных стен, свернули в темноватый переулок, уставленный мотоциклами, и метров через сто оказались на крохотной мощенной булыжником площади, образованной перекрестком. В угловом доме над входом в кафе светился фиолетовый якорь. На мокрых булыжниках мерцали лиловые отсветы. Заведение показалось Котову тесным, грязноватым и прокуренным, хотя, вероятно, не лишенным некоторого уюта. Оценить его можно было именно в зимний вечер — сырой и ветреный. Бармен из-за стойки приветствовал французского гостя с неожиданной сердечностью.

— Люблю итальянские кабаки, — философствовал Венсан, разглядывая на свет рюмку с коньяком, — и городишки их люблю.

— Французские города разве хуже?

— Французские слишком лощеные. Итальянские, наверно, грязнее, обшарпаннее, но они… знаешь, настоящие. Ну да… Не знаю, как сказать по-другому — настоящие, понимаешь?

— Кажется, да, — Котов покивал. Венсан, избывающий приятное, легкое утомление, был как хирург после удачной операции: пил блаженно-мелкими глотками коньяк и жаловался на боль в правой кисти. Котов попытался вспомнить, кого и как юный эллин ублажал правой рукой, но так и не вспомнил.

— Чего там тебе пишет тетушка Изабель? — поинтересовался Венсан с искусной небрежностью.

Котов после короткой заминки извлек и распечатал конверт: там прятались две купюры по сто и пятьдесят евро.

— Пишет все то же, что и всегда, — констатировал Венсан.

Котов в смущении вертел конверт: он искренне полагал, что его разговор с тетей Изабель увел их отношения из коммерческой плоскости.

— Это… это обычная сумма за эскорт-услугу? — уточнил он.

— Более чем обычная, — несколько двусмысленно ответил Венсан, улыбаясь, — она оценила тебя на… удовлетворительно. Ну, слабенько. Понятное слово?

— Понятное.

— Но зато ты сможешь написать классный очерк, теперь материал есть… Чего у тебя такая озадаченная морда? Твой таблоид должен быть доволен. Или тебе обидно то, что я сказал?

— Да что за ерунда, — возмутился Котов.

Хотя на самом деле ему было обидно.

Нина и Лара

1

Он познакомился с ними на двух разных сайтах знакомств, в двух параллельных сетевых пространствах, но почти одновременно — 12 и 14 августа. Вообще подобные ситуации в этих пространствах — обычное дело. Тимофеев в данном случае не занимался веерной рассылкой единообразных прелестных писем. Он вполне прицельно и последовательно написал одно раздумчивое письмо даме под ником Nina (37 лет, 161, 59), а не получив быстрого ответа, день спустя отправил другое письмо адресату под ником Lara (36 лет, 166, 64). Похоже, было, что оба ника соответствовали реальным именам. Манерных псевдонимов Тимофеев (43 года, 181, 79) как-то не любил. За полтора года он стал опытным пользователем. Он уже представлял, что искал.

Спустя еще день пришел благожелательный ответ от Нины. Она одобрила его предложение встретиться в кафе на Китай-городе. Она спрашивала еще что-то о Франции, продолжая поднятую им тему, рассказывала о своей последней поездке, но уже готова была на личный контакт. Лара написала тем же вечером, что и Нина, только двумя часами позже. В письме к ней галантный Тимофеев прокомментировал ее израильские фотографии: Лара там позировала на фоне набережной в Тель-Авиве, церкви Благовещения в Назарете, старых часов на площади в Яффе и чего-то еще. Тимофееву понравились и фоны, и ракурсы, и выражения лица. Путешествия — благодатная тема. В этой связи Лара мягко выражала удовлетворение совпадением вкусов и признавала, что встреча в уютном кафе Замоскворечья — славная идея. Она, правда, изъяснялась весьма лаконично, предпочитая короткие простоватые фразы. Нина же прислала полноценный ответ-рассуждение, почти эссе.

Тимофеев, само собой, пытался сопоставить и внешности героинь потенциальных романов. Нина, судя по фотографиям, была небольшой аккуратной шатенкой с короткой стрижкой и правильным, даже точеным лицом. Лара — условной блондинкой, тоже довольно стройной и чуть более крупного формата. Ее округлое лицо, обрамленное осветленными кудряшками, показалось Тимофееву простоватым, как и ее стиль. Но решил, что нужно еще рассмотреть вблизи. На все про все он готов был отпустить неделю. Тимофеев, числящий себя мужчиной самодостаточным и достигшим некоторых высот, с некоторых пор зауважал и свой возраст, взыскующий быстроты в выяснении отношений. Взрослым людям все должно становится ясным с одного вечера. Или одной ночи.

Теоретически Олег Тимофеев приискивал себе новую подругу жизни. Но практически пока плохо себе представлял, как и когда он решится отдать свое утлое однокомнатное убежище, доставшееся после развода, в качестве площадки под новый эксперимент. Развод оставался событием совсем недавнего прошлого. Никак не стоило спешить.

Встречу с Ниной Тимофеев организовал по отработанной пару раз схеме. Назначил ей рандеву на Лубянке, у самого входа в торговый центр «Наутилус», торчащий над площадью как гигантский комод в стиле хай-тек. Отсюда удобно было брать на борт. Если, конечно, дама не опаздывала.

На светло-сером «ниссане» он подлетел с Охотного ряда, взял правее, прижался к тротуару и нажал аварийку. Стоять тут можно было совсем недолго. С единственной розой в руке Тимофеев в мягкой коричневой куртке и джинсах, худощавый и высокий, быстрым шагом достиг бетонных ступенек, увидел и поздоровался. Улыбающаяся Нина вполне соответствовала своим фотографиям, что уже было хорошо. Она тоже была в джинсах и светлой кофточке с короткими рукавами.

Они выехали на Маросейку, потом свернули в Спасоглинищевский переулок — тут, во дворах, Тимофеев мог оставить машину. В кафе «Хлеб насущный» он рассмотрел свою спутницу как следует: веселые серые глаза под русой челкой, аккуратный нос, небольшой рот, светлые локоны, полумесяцами укрывающие уши. Нина была интересной женщиной, и в отношении этого, конечно, была в курсе. Налицо был довольно редкий случай: оригинал превосходил фото.

— Олег, а как вы поняли, что на фотографии Ментона? — спросила она, продолжая их немного манерный разговор на сайте, — бывали там?

— Один раз. Проехал от Марселя до итальянской границы на электричке. Был в Ницце, Ментоне. Такое разве забудешь!

О том, что путешествовал с женой и сыном, говорить было, конечно, глупо.

— Люблю Францию, — сказала она, рассматривая его пристально, — вообще, в Европу пару раз в году выбираюсь.

— Кстати, во Франции не очень любят английский, — вспомнил Тимофеев, — мне как-то отказались отвечать в одном городке. По-моему, демонстративно.

— Конечно! — подхватила Нина, — они во французской глубинке не любят английский. И их можно понять!..

Оказывается, она давала частные уроки французского на дому. Учеников ей находило агентство, с которым надо было делиться. Начало разговора вышло светским и легким.

— Но я и старую Москву люблю, — продолжала Нина, — люблю гулять по Замоскворечью. А вот здесь рядом, знаете, можно выйти к Хитровке? Просто интереснее гулять вдвоем.

— Конечно, интереснее, — согласился Тимофеев.

— Вы живете один? — свернула на главную дорогу Нина.

— Да. У меня квартира у метро «Тимирязевская»… А вы где живете?

— У «Речного вокзала»… Вы разведены?

— Развелся. Полтора года назад.

— Полтора года… это стоило вам душевных сил? — Нина передала голосом сочувствие, хотя можно было догадаться, что именно в этот момент ее настроение улучшилось.

Тимофеев пожал плечами.

— Это был, так сказать, назревший шаг.

В детали он тут мог не вдаваться. После обмена базовыми данными можно было переходить на «ты» и возвращаться к старомосковской теме.

— Тут, кстати, неподалеку Палаты Мазепы, знаешь? Прогуляемся? — предложил Тимофеев.

Августовский вечер располагал к экскурсиям. Переулки нежились в тени тополей, медленно отдавая дневное асфальтовое тепло. Тимофеев с Ниной прошли по Хохловскому переулку до Колпачного, завернули в арку к древним палатам. Тут Тимофеев припомнил мистический роман «Альтист Данилов», где главный герой вместе с Наташей прогуливался именно в этих местах. Нина вспомнила роман Орлова, хотя не вспомнила саму сцену.

— Ты, кстати, не куришь? — спросила она, — Нет? … А я выкурю одну сигаретку, о'кей?

Тимофеев благостно покивал. Он успел оценить ее очень складную, гармонирующую с небольшим ростом фигуру.

Встреча с Ниной развернула веер приятных надежд: пару дней он еще перебирал в памяти отдельные детали, смаковал. Они за это время еще трижды созванивались и обменялись несколькими фотографиями. Но и к Ларе все же хотелось присмотреться попристальней: хотя бы из вежливости. Он назначил ей встречу у выхода из метро «Третьяковская», у «Макдональдса». Решил, что будет без машины.

Он узнал ее, глядя сверху вниз, когда она еще поднималась по ступенькам, торопясь, опаздывая минут на десять. На Ларе было платье цвета молочного шоколада в мелкий белый горох — легкое и очень летнее. Цвет ее волос, довольно пышных, был соломенный, тот самый, который Тимофеев считал признаком дурного вкуса и нелепого стремления к максимально светлой масти. Лара улыбалась смущенной улыбкой. Тимофеев, вежливо выказав радость от встречи, предложи зайти в итальянское кафе — рядом, на Большой Ордынке.

Она представилась Ларисой, то есть ник «Lara» действительно оказался именем, и никаких ассоциаций с романом Пастернака не нес. Она изначально показалась Тимофееву немного скованной. Да: он, конечно, не мог не сравнивать. И выходило, их аккаунты и фотографии не врали. Лара была кареглазой круглолицей блондинкой, хотя и несколько сомнительной. К тому же, она была немного выше и крупнее Нины. Но, в отличие от Нины, совсем не бойкой в разговоре. Тимофеев почти сразу счел ее провинциалкой — как водится, по каким-то трудноуловимым признакам, хотя никакого секрета из этого и не делалось. После первых вопросов Лара поведала, запинаясь и делая паузы, о том, что училась в педуниверситете города Запорожье. Это признание далось ей явно с трудом. Теперь же, дополнительно обучившись в Москве, она трудилась детским психологом.

— Это все равно что быть специалистом по мужской психологии, — заявил Тимофеев, улыбаясь. — Знаете, говорят, мужчины чуть ли не всю жизнь как дети… с точки зрения психологии.

— Ну… некоторые мужчины, — уточнила Лара, — некоторые… да, как избалованные дети, я бы сказала.

Она почти не задавала вопросов, но Тимофеев сам сообщил, что работает в юридической фирме, что одиноко живет недалеко от парка «Дубки», но при этом с формальной точки зрения еще не разведен. Не нашел до сих пор времени и сил оформить развод. Такое заявление, разумеется, сразу ставило под сомнение весь смысл дальнейшего разговора. Но Тимофеев решился: он пока не был уверен в необходимости следующей встречи. Его старый приятель и коллега по фирме Альберт Свирский рекомендовал делать такие заявления в случае сомнений. По словам ушлого Альберта, собеседница, сохраняющая интерес к общению после такой новости, заслуживает внимательного отношения. Лара произнесла в этой связи только одну фразу: «Формальная сторона дела меня не очень волнует… если это действительно только формальность». Эта фраза на самом деле могла ничего не значить. Но разговор продолжился, и когда Тимофеев сказал: «Может быть, сходим в следующий раз в кино?», Лара твердо ответила: «Давайте сходим, Олег».

По впечатлениям двух встреч Тимофеев должен был сделать какие-то выводы и определенный выбор. График его жизни не способствовал ухлестыванию за двумя зазнобами сразу. Будни он проводил в офисе, работая с клиентами, но часто выезжал и в суды, а еще старался регулярно видеться с пятнадцатилетним сыном. В общем, следовало по-взрослому сосредоточиться на одной сюжетной линии одного романа.

Но определиться на данной стадии Тимофеев не смог. В общем, ему понравились обе дамы, в каждой он усмотрел свой шарм. С их же возможными недостатками следовало еще разобраться. В итоге он решил тянуть пока обе линии. В конце концов, точки над i обычно расставлял секс: с ним, наверно, тянуть не следовало.

В четверг он позвонил Нине и предложил съездить в выходные в Сергиев Посад — зайти в Лавру, погулять по окрестностям. В субботу около одиннадцати часов Нина в легком сиреневом платье села к нему в машину у автобусной остановки на Ленинградском шоссе.

— Ура, — сказала она — обожаю путешествовать. Люблю этот городок.

Тимофеев не стал уточнять, что в тех местах находится его дача. Он просто снова вручил Нине розу, и она в ответ быстро и легко поцеловала его в губы. И рассмеялась. Это был серьезный аванс.

Они доехали до старинной части города, и Тимофеев свернул вправо в переулок между старыми двухэтажными домами, помня, что припарковаться можно будет только здесь. Попутно он заметил в переулке пару кафе. Потом они уже пешком вернулись на площадь перед Лаврой. Тимофеев предложил пройти вдоль древней стены, обойти ее по периметру. Напротив одной из башен он сделал снимок своим телефоном — Нина с удивленной улыбкой и солнцезащитными очками на лбу. Пока она рассматривала себя на экранчике, он зашел с боку и поцеловал ее в щеку и шею. Нина живо повернулась и поймала поцелуй губами. Целуясь, они с минуту стояли под самой стеной и под теплым ветром. Уловив, что поблизости никого нет, Тимофеев дал волю рукам, стиснул Нину, спустился ниже талии, ощутив, как отозвалось под легким платьем все ее тело. То, что он обнаружил, его взволновало, и уже подчиняясь импульсу, он нырнул правой рукой под сиреневый подол. Нина плотнее прижалась к нему, но уже через несколько секунд шепнула сквозь учащенное дыханье: «Там люди».

В подарочной лавке Лавры он купил ей миниатюру с довольно улыбающимся котом на печке — Нина сама его выбрала. Из лавры они пошли в кафе, где Тимофеев заказал салаты и пирожные, а Нине еще и бокал холодного белого вина. На его сообщение о том, что неподалеку, в Морозово, у него случайно оказалась дача и что он хотел бы ее показать, Нина весело отозвалас: «Почему бы нет?». После второго бокала они отправились в Морозово.

Тимофеев вряд ли мог гордиться старым деревянным домом, который уж лет пять как собирался перестроить. Но сосновый бор по соседству с дачей был живописен, а внутри дома уютно пахло нагретым деревом. Пылкие объятия к тому времени уже вполне назрели. Тимофеев еще размышлял, в какую комнату лучше пойти, но Нина, присев на диван на веранде, притянула его к себе и освободила от джинсов.

Около пяти вечера она засобиралась, поскольку, как объяснила, не любила ночевать вне дома — и, к тому же, завтра ждала к часу ученицу. Тимофеев вообще-то полагал, что они останутся на даче до воскресенья, но взял себя в руки, умылся холодной водой и сел за руль. Нину он высадил у «Речного вокзала», примерно там же, где забирал, а сам отправился дальше, к «Динамо». Встречей он остался в целом доволен, хотя сильно устал.

2

Дела с Ларой развивались не так быстро. В воскресенье он пригласил ее на французский фильм «Сексуальные хроники французской семьи». Близость с Ларой он пока не видел в повестке, чувствуя, что почва еще не готова. Но была интересна ее реакция на фильм с вызывающим названием. Фильм попал в репертуар кинотеатра «Октябрь» весьма кстати: он мог подтолкнуть к обсуждению самого актуального вопроса. Или вообще его снять. Тимофеев на самом деле и не знал точно, насколько французский кинематограф окажется радикален при раскрытии темы. Оказалось, более чем. Завязкой служило то, что младший пятнадцатилетний сын четы симпатичных парижан, ровесник сына Тимофеева, мастурбировал на уроке ботаники, снимая действо на телефон. За этим занятием и был застукан. Далее был показан секс его брата, сестры, симпатичных родителей и, наконец, дедушки. Лара отсмотрела фильм бесстрастно, и на шепот Тимофеева, который немного лицемерно извинялся, уверяя, что не мог предвидеть такого натурализма, только пожимала плечами. После фильма они посидели в кафе на Арбате. Тимофеев заказал салаты и горячее. Лара была одета, как в прошлый раз, и снова казалась немного скованной. Хотя увиденное неожиданно похвалила: «Как красиво там все... Какие красивые люди... да нет, Олег, вы выбрали неплохой фильм». Они все еще были на «вы». И болтали о всякой ерунде, не затрагивая скользкого вопроса о перспективах.

Между тем с Ниной они успели проговорить даже условия совместной поездки во Францию. Они вместе осмотрели Высоко-Петровский монастырь, а через три дня и Крутицкую слободу. Нина воплощала в жизнь свои мечты о совместных прогулках по заповедным местам. Оба раза они были на машине Нины и оба раза возвращались к ней домой. В ее уютной двухкомнатной квартире на Фестивальной улице их ждал кот Серж. Спальня Нины была выдержана в греческом стиле, в сине-белых тонах. Когда-то тут обитал и Нинин муж. Детей у супругов не было. Всех деталей их разрыва Тимофеев постичь не смог — Нина не очень охотно говорила на данную тему. После каждой поездки она быстро делала салаты и закуску, они садились за стол в гостиной, Тимофеев открывал вино. После застолья они перемещались в спальню, где Нина благодушно принимала ласки, хотя застольные беседы она, пожалуй, любила не меньше. Сразу после ласк она выкуривала в открытую створку окна одну сигарету. В гости к Тимофееву она ехать пока отказывалась. Мотивировала это все так же банально: привычкой засыпать в собственной, довольно просторной, постели.

— Ты знаешь, по знаку Зодиака я Дева, — сообщила она после возвращения из Крутицкой слободы, — а люди этого знака характеризуются склонностью к порядку и пунктуальности до упрямства. Я такая и есть. Понимаю иногда, что неуместно, но поделать ничего не могу. Чтобы все по полочкам. Ты не почувствовал?

— Да нет, не особо, — успокоил ее Тимофеев.

Гороскопам он не верил: в верил собственным впечатлениям. Во время этой беседы обнаженная Нина лежала поперек постели на животе, косясь через плечо. Рассматривая ее покрытые ровным загаром гладкую спину и крепкие, словно подкаченные ягодицы, Тимофеев вспоминал, что загар этот приобретен в июне и не где-нибудь, а в Мексике, в Канкуне, где нудистский пляж позволял загорать всем телом. Помимо этих важных деталей он теперь знал также и то, что Нина довольно трудно достигает высшего пика удовольствия, как бы ни старался Тимофеев. Достижение пика требовало от партнера некоторых специальных усилий, после которых у партнера уставал язык. В принципе, это Тимофеева особо не смущало. Смущала, пожалуй, некоторая заведенность, схематичность данных сеансов. Отклоняться от привычного Нина, похоже, не любила. Тимофееву, желавшему иногда импровизаций — например, у стола в гостиной, где Нина работала с учениками, или на кухне, — было отказано. И даже с некоторым раздражением. Фотографироваться обнаженной (такое предложение тоже поступало) она отказалась с негодованием. На его дачу они больше не ездили.

В пятницу Альберт Свирский зашел к Тимофееву в его кабинет за стеклянной стеной. Зашел поговорить о земельном налоге — и вообще обо всем. Альберт был красавец и барин — с небольшой русой бородкой на холеном лице, с неспешными движениями, начальственными интонациями. В отличие от сорокатрехлетнего Тимофеева, у сорокачетырехлетнего Свирского не было ни залысин, ни седины в висках. Правда, уже была сильно выраженная склонность к полноте. Тимофеев иногда делился переживаниями со старым приятелем как с опытным человеком. Тот развелся на пять лет раньше, а спустя еще пару лет приискал себе на просторах Сети вполне сносную новенькую жену Лену тридцати двух лет от роду... Он обычно стремился рассуждать практически, поэтому, выслушав Тимофеева, заметил:

— Смотри, у Нины этой двушка, у тебя однуха, сможете жить и у нее, и у тебя. Если что, отъехал на пару дней, отдохнул — и обратно.... Ну, курит... ничего, бросит. А с хохлушкой этой что? Она ж тебя еще заставит твою однушку делить!

Тимофеев смотрел поверх головы приятеля и улыбчиво кивал.

В отношения с Ларой действительно нужно было вносить некоторую ясность, и Тимофеев в очередную субботу пригласил ее в кафе на Полянке. На повестке встречи теперь был единственный главный вопрос, но вначале Тимофеев все же подарил Ларе обещанную тонкую книжицу — повесть Довлатова «Иностранка».

Они еще немного поговорили о жизни русских в Америке, о семнадцатилетней дочери Лары, студентке языкового университета. Наконец, после паузы, Тимофеев пригласил Лару к себе домой «на бокал французского вина». Любой вариант уклончивого ответа в данном случае означал бы ее неготовность к отношениям и их окончание: так он решил. Опыт отношений со зрелыми прелестницами из Сети, скрепленный выводами опытного Алика Свирского, говорил примерно о том же — если после третьей встречи не происходило сексуальной близости, то ее не следовало ждать вовсе. Зрелым людям к третьей встрече надлежало уже во всем разобраться.

Лара ответила: «Хорошо… но в среду я не смогу. В четверг? Ну, давайте в четверг». Он должен был себе признаться, что ждал и желал ее согласия. На следующий день, впрочем, он должен был отправиться с Ниной в Третьяковскую галерею, смотреть полотна восемнадцатого века, именно восемнадцатого… Отсмотрев картины, они вернулись к ней домой и, как всегда, после короткого застолья предались ласкам. Нина выглядела хорошо, но поцелуям сразу же после двух выкуренных ею сигарет Тимофеев был не слишком рад, хотя когда-то и сам целый год числил себя курящим.

3

В среду вечером накануне встречи с Ларой он позвонил ей, уточняя место и время. Они встретились в центре зала на станции «Тимирязевская», вышли на Дмитровское шоссе и как раз успели на автобус. Тимофеев отметил, что Лара подновила образ: на сей раз на ней была клетчатая юбка и бежевая кофточка, плотно ее облегающая и позволяющая лучше, нежели раньше, оценить пышность груди.

Она обошла жилище Тимофеева, мягко ступая ногами в голубых хозяйских тапочках, внимательно изучила кухню и содержимое книжного шкафа. И сразу же, будто подготовившись, высказалась о подаренной книжке Довлатова:

— Милая вещица эта повесть. У него получается писать смешно, а это так редко. Но, вообще, понятно, что он в нее был влюблен и был даже готов уйти от жены к ней…

— Кто? К кому? — не сразу понял Тимофеев. — А, ты имеешь в виду самого автора?

Они, наконец, перешли на «ты». Вино действительно было французским, настоящим: Тимофеев своим женщинам по пустякам не врал. В вине заключался серьезный смысл, поскольку Лара все еще выглядела настороженной, или примороженной, и с этим пора было кончать.

Они сидели в креслах у низкого столика, придвинутого к окну, выходящему в парк. Большое овальное блюдо в центре стола вмещало с десяток алых нектаринов с каплями воды на боках, пару яблок и виноградную гроздь. В двух отдельных вазочках обитали грецкие орехи и оливки. Хозяин старался. Когда бутылка опустела на половину, он потянул гостью за руку, предложив оценить вид из окна. Мимоходом снова отметил, что у нее маленькие округлые кисти. Когда она оказалась рядом, Тимофеев косясь на ее макушку, плавно повел рукой с бокалом в сторону окна и стал методично пояснять, в какой стороне находится скрытый деревьями пруд, а в какой — метро. Лара кивала. В какой-то момент хозяин поставил бокал на подоконник, мягко взял гостью за затылок и поцеловал сначала в шею возле уха, потом в губы. Лара ответила ему с неожиданной пылкостью, а он, в свою очередь, оказался взволнован этим больше, чем ожидал. Он точно намеревался быть деликатным и осторожным, не спешить, но уже спустя минуту искал молнию на ее клетчатой юбке, лихорадочно рвал ее вниз, стягивая юбку, а потом колготки с трусами. Лара, оставшаяся в блузке, выказывала полную покорность, и его возбуждение могло найти любой выход. Но когда она оказалась на его стареньком диване, когда он губами ощутил ее горячую щеку, а животом — ее теплый живот, то внезапно осознал, что успел подумать о худшем — в ту самую минуту, когда, поддавшись порыву, лишал ее одежд. А подумав, посеял сомнения и утратил заветный тонус. Теперь же, уткнувшись лицом в лицо Лары, он уже думал только о том, что должной эрекции нет, и, наверное, уже не будет. Он не успел додумать эту страшную мысль до конца, когда Лара, зашевелившись под ним, вдруг попросила:

— Поцелуй меня. Пожалуйста… Просто поцелуй.

Тимофеев, держа в ладонях ее лицо и вглядываясь в ее карие глаза, несколько секунд моргал. После паузы снова нашел ее губы, шею. Исполнение просьбы увлекло его и заняло какое-то время. Он почувствовал, что его отпускает. Страх уходил. Спустившись к Ларисиному мягкому животу, он снова ощутил, что поцелуев ему, кажется, опять мало. Но спешить тут уж точно не следовало. Под женским животом ему стало еще спокойнее. Тут пригодились и навыки, недавно прошедшие проверку… Лара постанывала и закрывала лицо руками. Когда он, наконец, отлепился от нее, то снова полон был сил и задора.

Тело Лары оказалось податливым и достаточно гибким. Разохотившийся Тимофеев никак не мог остановиться, прервать сладкое и томительное восхождение, хотя всех вершин удалось достичь в первые же десять минут. Чувствительная Лара достигала вершин легко и чувств при этом не сдерживала.

Наконец она отпросилась в туалет и сбежала. Тимофеев включил свет, реагируя на фиолетовые сумерки, а когда обнаженная Лара вернулась, попросил ее задержаться на минуту посреди комнаты: пожелал усладить эстетическое чувство... Это, помнится, слегка раздражало Нину, но Лариса осталась стоять, где было сказано, лишь поддержав и прикрыв снизу тяжелые груди.

— Как раньше не стоят, — пояснила она, — я с некоторых пор не очень люблю себя без бюстгальтера.

— Все нормально, — пробормотал Тимофеев. Линиями и пропорциями ее фигуры он снова оказался взволнован, хотя, вроде, мог оценить и раньше. Известно, что некоторым женщинам, а ровно и мужчинам, лучше не раздеваться, но с Ларой выходило наоборот: в ее случае одежда была точно лишней. Тимофеев, усмехаясь, высказался на этот счет и процитировал на память строчки из «Руслана и Людмилы»: «...наряд амура и природы, как жаль, что вышел он из моды». В общем же, он любовался, возможно, не самым совершенным, но совершенно классическим женским телом, с четко выраженной талией и широкими округлыми бедрами, может быть, слегка поплывшими, с крупной грудью, с мягким, чуть выпуклым животом и пушистым темно-русым треугольником под ним.

— У меня лишние пять килограмм, — пожаловалась Лара, поглаживая себя по животу, — я ходила на фитнес еще в прошлом году, но они цену задрали... и я снова набрала. Куда ты смотришь? Я могу сбрить, если хочешь. Но есть же разные вкусы. Как скажешь, в общем.

— Не надо, — сказал Тимофеев, — пусть остается как есть.

Он дотянулся до телефона, лежащего на столе, навел и сделал снимок, а потом еще два — почти автоматически, не задумываясь. Это было не очень тактично. Обнаженная женщина на середине комнаты насупилась.

— Если ты где-то это разместишь, это будет просто свинство, — сказала она.

— О чем ты говоришь. Это для себя, — Тимофеев бросил сытый телефон в кресло, — просто возникло вдруг желание… иди сюда.

Засыпая и дыша ей в теплую шею, он бормотал, что у него есть еще много разных желаний: его, похоже, потянуло на сладкое.

— Мужчины как дети, — сказала в темноту Лара.

4

В следующие дни он пребывал в растерянности. Нине он обещал во время их последней встречи свозить ее в Новоиерусалимский монастырь. Они всякий раз куда-нибудь ездили. Поначалу Тимофеев бодро соглашался, но теперь этим тяготился. Вроде бы опять возникла тема решительного выбора. И опять он не чувствовал в себе сил его сделать.

Нине он в итоге назначил на пятницу, соображая, что тогда она не сможет претендовать на субботу, зарезервированную под Лару. На работе в этой связи пришлось на два дня переносить встречу с клиентом, чего он обычно не делал. И предупреждать Альберта. Издержки двух параллельно переживаемых романов начинали проявляться.

Пятница, в которую они выбрались в Новый Иерусалим, выдалась тусклой и дождливой. Побродив пару часов под зонтами по дорожкам между древних свежебеленых стен, они вернулись к машине, а потом, по настоянию Нины, переехали через Истру и посетили местный музейный центр. Любознательная Нина о нем где-то вычитала. Музейный центр в поле за речкой сильно смахивал на оборонительное сооружение, вроде исполинского дота из красного гранита. Кроме них публики в залах дома-монстра не было. Тут они чуть не поссорились: Тимофеев отозвался о доме-монстре с насмешкой, а Нина вдруг обиделась.

— Ну почему у тебя всегда все вокруг воруют? Почему ты видишь один негатив?

— Тут отмыли денег, по крайней мере, на миллиард, — изрек Тимофеев.

— Что плохого в том, что построили такой большой красивый выставочный центр, скажи мне?

— Ага, посреди поля. Нужен он кому-то…

— Слушай, неужели нельзя просто жить и радоваться жизни? Вот просто никого не обвиняя и не подозревая?

— Я радуюсь жизни, — пробормотал Тимофеев.

На обратном пути они угодили в пробку на Волоколамке. Нина испросила разрешения покурить в окно, но Тимофеев не разрешил, и Нина надулась. С учетом буднего дня он сослался на сверхважное вечернее совещание в офисе и высадил ее у «Сокола».

— А что ты завтра делаешь? — неожиданно спросила Нина.

— Завтра у меня работа в офисе — вместо сегодня, — лаконично ответил Тимофеев.

В отличие от пунктуальной Нины, приходящей на свидания за минуту до времени, Лара постоянно опаздывала минут на десять-пятнадцать. Но зато и не настаивала на культурной программе. Добрый Тимофеев все же сходил с ней на голливудский фильм с Джерардом Батлером. На обратном пути они заглянули в супермаркет, где Лара купила курицу и овощей на борщ, который и сварила вечером после утех. Пока она показывала мастер-класс у плиты, Тимофеев порасспросил ее о разных важных вещах, например, о ее цвете волос.

— Так это не мой, — признала Лара, — я блондинкой стала как-то по настроению. Мой цвет вообще-то темно-русый.

— Я заметил, — сказал Тимофеев, — слушай, а может тебе поменять стиль? Вернуться к естественному?

Еще спустя три дня он выбрался к ней в гости, в ее съемную однокомнатную квартирку в Измайлово, чистую, но совсем маленькую и пустоватую. Тут разговор как-то сам собой соскользнул на тему идеальной фигуры: у Лары из окна был виден спортивный комплекс, где гнездился фитнес-центр.

— Эти четыре килограмма я обязательно сброшу, — пообещала Лара в очередной раз, — просто чувствую потребность в этом.

— Да ладно, — сказал Тимофеев благодушно, — слушай, а сколько стоит твой фитнес? Ну, в месяц?..

Вскоре после разговора оЛарином фитнесе он беседовал за чашкой кофе с Альбертом.

— Ну вот, доение началось, — констатировал человек с опытом, — а завтра ты ее квартирку оплачивать будешь.

— Ну что ты несешь, — огорчился Тимофеев, — я же сам ей это предложил.

— Конечно, сам, Олежа, конечно! В этом все и дело.

Потом он почесал двойной подбородок:

— А че ты моложе-то не хочешь?

— Семь лет — нормальная разница, — заметил Тимофеев уже с некоторым раздражением.

Про себя он решил больше с насмешником-Альбертом не делиться. Но что-то от глупого разговора в душе осталось. Уведомив Нину о длительной двухнедельной командировке, он решил сосредоточиться на своей совместимости с Ларой. Но его ожидал обидный срыв, тем более досадный, что винить в нем он мог лишь самого себя. Тут, правда, явно было и дурное расположение звезд, стечение неурядиц. Они договорились с Ларой сходить в старое арбатское кафе, то самое, что Тимофеев выбрал после похода на французский фильм. Заодно он наметил финансировать Ларин фитнес, на что прозрачно и намекнул. В середине зала на станции «Смоленская» он прождал ее больше получаса.

Вереницей неурядиц был весь день: сначала он поцарапал машину, паркуясь, потом его два часа доставал претензиями новый клиент — толстяк-архитектор. В общем, к моменту ожидания Лары он был на взводе. За тридцать три минуты топтания в центре зала под тоннельными ветрами и под вой прибывающих и убывающих составов он совершенно осатанел. И поэтому, когда прибыла трепещущая Лара, он лишь хмуро буркнул, что у него срочная работа, сунул ей в вялую руку три тысячных бумажки и, не слушая ее лепет, зашагал к очередному поезду.

Впечатление от нелепого эпизода можно было выправить одним телефонным звонком, но Тимофеев на какое-то время отдался отвлеченным размышлениям на тему «где ты, идеал». Хотя, как взрослый и искушенный мужчина, прекрасно понимал, что погоня за идеалом бессмысленна и вредна. Именно вредна. Тем не менее он ловил себя на идиотских раздумьях о чудесной комбинации Лариных сексуальности и хозяйственности с Ниниными организованностью и светскостью.

Между тем от Лары пришло грустное послание: «Ну в чем я перед тобой так уж провинилась?» И потом еще одно: «Ну как ты мог так со мной поступить?» Она почти никогда не сочиняла длинных писем, а сейчас и вовсе ограничилась вопросами.

На следующий день после колебаний он отправил ответное послание: «Извини. У меня был тяжкий день. Вот и сорвался». Звонить ей он, правда, не стал, не желая брать на себя вину целиком. Чувство вины женщина, во всяком случае, должна была разделить. Лара, впрочем, тоже не звонила ему и не писала. Через два дня он ощутил волнение, смешанное с томлением. Он знал, что этим чувствам противиться бессмысленно, поскольку в них и состоял смысл.

Они встретились спустя неделю после размолвки на «Смоленской». Лара удивила Тимофеева густым русым цветом волос и новой прической. После небольшой разлуки эффект от смены масти был несомненный. Тимофеев оказался пленен во второй раз: Лара к тому же опоздала лишь на пять минут. Вечер у него дома прошел на удивление живо. Они выпили две бутылки белого вина, рассматривали недавние фотографии, смеялись, танцевали голые посреди комнаты под медленную и быструю музыку. Около одиннадцати Тимофеев отправился под душ, но Лара вскоре постучалась. Он думал, что она хочет под душ вместе с ним, и был не против, но она спросила, можно ли его помыть. Он был уже изрядно облеплен пеной, ей оставалось лишь нежно возить желтой губкой по его долговязому, поросшему темным волосом, телу, уделяя особенно внимание некоторым частям, например, спине и ягодицам. Тимофеев, принужденный смотреть в стену, был удивлен тому, что мягкая работа губки вызвала у него в итоге, собиравшегося далее лишь чинно ужинать, новый прилив сил.

Закончился ноябрь. Быстрее, чем ожидалось, пролетел декабрь, в конце которого Тимофеев немного опасался одного: конкурирующих предложений по поводу встречи нового года. Но ожидаемый кризис мягко разрешился сам собой еще в середине месяца. Нина, с которой они за это время встретились всего два раза (съездили в Царицыно и посетили Сретенский монастырь в Москве), предложила встретить новый год на пароме Рига-Стокгольм, в открытом море. Это было оригинально, но дорого. Гордая Нина, правда, предполагала, что расходы они поделят пополам. Возможно, она рассматривала это предложение как некий тест. Тимофеев его не прошел: сослался на нехватку средств и на планируемый ремонт квартиры. Кажется, Нина не удивилась, а Стокгольм в ее повестке дня все же остался. Лара же примерно в это же время сообщила, что на новогодние праздники уезжает домой к пожилым родителям. Тут возразить и вовсе было нечего.

Получилось так, что Тимофеев, как ни странно, снова встречал новый год один. Правда, с Ларой вечером 31 декабря он созвонился и очень тепло беседовал почти полчаса. Она изредка отвлекалась на реплики в адрес дочери, а в самом конце разговора сочинила такое пылкое и возбуждающее пожелание, что Тимофеев разволновался и еще долго после разговора рассматривал ее фотографии. Под настроение допил бутылку «Бордо»... Нина, между прочим, оказалась вне доступа — как, наверное, и весь ее паром, качаемый балтийскими волнами. Тимофеев соорудил ей не длинное, но тоже теплое поздравление.

Почти три недели разлуки с Ларой оказались немалым сроком — примерно с Рождества Тимофеев непроизвольно считал дни до ее возвращения, скучал и томился. Томление было не только душевного свойства. За последние месяцы он привык к легкому исполнению желаний тела. Он даже заглянул снова на сайт знакомств — как он сам себя уверял, исключительно в познавательных и развлекательных целях.

На несколько часов он снова оказался в царстве женских лиц и кричащих с персональных страничек слоганов: «Кобели — в зоопарк! Дети — в сад! Дедушки — к бабушкам! Женатики — к женам! Лизуны — клеить марки! Спонсоры — в ювелирный!»… «Страшные, не пишите мне! Посмотрите сначала на себя в зеркало!»… «Мальчики-одуванчики, мужчинки без картинки, жеребцы-скакунцы, одноразовые и двухразовые, а также остальная шалупонь из групповухи, порнухи и чернухи, кыш! Не сексом единым женщина сыта…»… «Владельцам макаронных фабрик по производству лапши на уши в сбыте продуктами не помогаю…»… В своей скрытой досаде авторессы окриков были подчас остроумны. С некоторым интересом Тимофеев снова отнесся к страницам-профайлам, сообщавшим о конкретных пожеланиях. Например: «В моем вкусе фактурные мужчины славянской внешности». Потом еще минут пять изучал профайл хмуроватой рыжей красавицы, указавшей в разделе: «В сексе я предпочитаю… "не ваниль"».

Женские лики выстраивались галереями, мелькали ники: Айна, Снежана, Солнце, Айрин, Nadin, Natali, Сладуня…. К часу ночи он углубился то ли в пятидесятую, то ли в шестидесятую галерею. Царство влекло, но что-то препятствовало полному погружению. Реальное чувство ожидания было сильнее.

Они встретились у выхода со станции «Третьяковская», как в самый первый раз, чтобы пойти в тот же итальянский ресторан: настроение было именно ресторанное. Лара, скинувшая полушубок, снова удивила: она была в новом узком приталенном темно-синем платье, которое лучше подчеркивало фигуру — да, она похудела! Глядя на нее, смеющуюся, румяную, темнобровую, Тимофеев вспомнил полузабытое выражение «малороссийская красавица»: когда-то в туманной юности он его слышал.

У зимы оказался образ пришедшей с мороза Лары. Зима внесла, наконец, ясность и в вялотекущий процесс выбора. С Ниной он встретился лишь раз: в середине февраля она предложила сходить в ресторан «Жак-Жак» на Таганке. Тимофеев готовился к трудной тягучей беседе, но Нина, надо отдать ей должное, ограничилась одной фразой, которую не стала развивать или пояснять: «Понимаешь, Олег, если не возникает любви, если ее не чувствуешь, то бессмысленно встречаться». Возможно, она ждала реакции Тимофеева. Но он просто покивал, а дальше они продолжили спокойный разговор о Стокгольме, где Нина провела новогодние праздники и где все оказалось страшно дорого. На прощание они поцеловались.

В общем, он был доволен тихим разрешением назревшего вопроса, хотя время от времени погружался в размышления, пытаясь уяснить для себя главные мотивы своего выбора. Ему не хотелось, чтобы они сводились к чему-то чисто телесному. Уютность Лары не была лишь физическим ощущением. Хотя ее зимний образ, пожалуй, довершил дело. Но зима, привычно прихватившая март, все же кончилась. За ней проплыли весенние месяцы, долго набиравшие солнечной силы. Между тем ритм их отношений с Ларой остался прежним. Она приезжала к нему один или два раза в неделю, оставалась на ночь, а утром, если был будний день, Тимофеев подвозил ее до метро «Дмитровская». Лара готовила ему на три дня кастрюлю супа, иногда вместе со вторым: у нее хорошо получались рагу или курица с грибами. Дни катились своим чередом. Но достигнутый результат Лару, кажется, не вполне устраивал. Тимофеев это чувствовал, но все еще плохо представлял себе, как они смогут жить под одной крышей не время от времени, а постоянно. Лара как-то объяснила ему, что острее всего ощущала одиночество, когда заболевала. Однако Тимофеев болел очень редко и до сих пор реально не чувствовал себя одиноким.

Лара была немногословна, но прочитала многое из того, что читал он: могла поддержать разговор, могла довольно легко подстроиться под настроение и взгляды Тимофеева. Похоже, ее любили школьники и их родители, судя по постоянным звонкам, на которые она отвечала подробно и ласково. Изредка она делилась услышанным с Тимофеевым, будто желая ему напомнить, что она — психолог.

У нее было две профессии и два гражданства. К работе учительницы литературы она возвращаться уже не собиралась, а жить предполагала в России. Но когда Тимофеев спросил ее, не считает ли она себя русской, с учетом еще и вполне русской фамилии, она ответила довольно твердо: «Я — украинка».

К лету в стиле их встреч ничего не изменилось, и было уже понятно, что Тимофеева этот стиль вполне устраивает, а Ларису — не очень. Она, впрочем, не ставила вопрос жестко, предпочитая осторожные намеки, не выходя за рамки тем уборки и готовки.

5

В конце июня он взял ее с собой в Калининград, используя оказию, командировку, давшую возможность пару дней провести в соседнем Светлогорске, у моря. Вообще, ей была обещана даже Италия. Но обещанного нужно было ждать до сентября, до отпуска Тимофеева.

Как выяснилось, Лара умела радоваться мелочам — полевому ветру, летевшему в окно электрички, ее прибытию на пряничный розовый вокзал Светлогорска, прогулке по такой же пряничной привокзальной улице, лавочкам с изделиями из янтаря. В одной из них Тимофеев купил ей янтарные сережки и бусы. Из гостиницы, спрятанной среди сосен, они отправились к променаду вдоль моря, купив по дороге бутылку вина. Народ на пляже был, но в воду, прогревшуюся аж до шестнадцати градусов, никто не лез. Лара стащила через голову знакомое Тимофееву кофейное в белый горох платье, осталась в синем раздельном купальнике и, осторожно ступая, пошла навстречу вкрадчивой волне. Тимофеев показал, как ей встать, и стал делать снимки — фотосессия входила в планы. В море она все же зашла и сделала несколько шагов, следя за тем, чтобы вода дошла ей до бедер, но не замочила трусы. Тимофеев на берегу смеялся и наводил телефон. Попутно он отметил, что на Лару в купальнике таращится пляжная публика, а некоторые мужички тоже украдкой наводят телефоны. Это ему показалось забавным: точнее, польстило.

На солнце, на лавочке они открыли бутылку сухого вина, которое тоже оказалось легким и солнечным, и было допито уже в кабине фуникулера, возвращавшего их на главную улицу городка. В кафе у пруда Лара, дождавшись десерта, спросила:

— Слушай, если нам с тобой так хорошо, если мы друг друга так хорошо чувствуем... почему мы не можем жить вместе?

— Так мы и так вместе, — легко ответил Тимофеев.

— Ты же понимаешь, что я имею в виду, — заметила Лара, глядя в вазочку с мороженым.

— Но ты же сама признала, что нам хорошо, — сказал Тимофеев примирительно, — в такой ситуации лучше ничего не менять, правда?

Тема все же не исчезла и будто маячила какое-то время над столом, над их головами, но показалась исчерпанной, когда они вернулись к гостинице, а Тимофеев купил Ларе букетик ромашек. Вечером было хорошо неспешно прогуляться по улочкам, напоминавшим парковые аллеи. Небо над соснами медленно наливалось оттенками лилового цвета. Но после того, как Тимофеев, уйдя на минуту вбок, коротко переговорил с секретаршей Альберта, звонившей по его просьбе из Москвы, Лара спросила:

— Что, жена решила о себе напомнить?

Тимофеев высмеял вопрос, дав понять, что нефинансовые аспекты его жизни бывшую жену давно не волнуют. Лара посмотрела внимательно и более ничего не спросила. Но чуть позже вдруг заговорила о ревности, о его способности ревновать.

Тимофеев благодушно уточнил:

— А в чем это должно проявляться? Что это значит-то?

— Ну, значит, проверять мой телефон, геолокацию, выслеживать...

— Глупость какая. Зачем это надо? — искренне удивился Тимофеев, — если ты видишь хорошее отношение человека, зачем отравлять жизнь подозрениями?

— Но ведь это проявление любви, — заметила Лара с вопросительной интонацией.

Тимофеев, которому такой поворот разговора, пожалуй, нравился, стал спокойно объяснять, что таким путем себя обычно проявляет не любовь, а чувство собственности. Лара кивала. Про себя он решил, что может, черт возьми, сам определять условия. На всех сайтах он — как и всякий мужчина, подобный ему, — был самым лакомым куском. Его желали все.

Пролетел июль, вместивший отъезд Лары на неделю к родителям и день рождения Тимофеева. Лара подарила ему сорочку в мелкую серую клетку, а вечером неожиданно позвонила и поздравила Нина. Тимофеев был тронут и в ходе короткого разговора предложил даже сходить как-нибудь в Исторический музей.

Второго августа они с Ларой собирались сходить в кино на голливудскую мелодраму, выбрав поздний сеанс. Около восьми вечера они встретились в центре зала на станции «Цветной бульвар»: от метро к его машине прошли пешком вдоль улицы, тихо встречающей вечер. Лара рассказывала про какого-то ученика, хитрого двоечника, который просил его усыновить. Автомобиль, запаркованный у арки, ведущей во двор, мигнул фарами. Тимофеев сел за руль, а Лара спустя несколько секунд устроилась рядом. В следующее мгновение кто-то рванул ручку двери с ее стороны. Тимофеев дернул голову вправо. У машины, придерживая распахнутую дверь, стоял незнакомый кряжистый мужик. Сумерки не позволяли рассмотреть как следует его лицо: городские улицы полны странных людей.

— А ну, закрыть дверь! — прорычал Тимофеев.

Но мужчина, не удостоив его вниманием, обратился к Ларисе:

— Ты, конечно, свободный человек, но только объясни — зачем тогда я тебе нужен? Просто скажи — зачем я тебе нужен?

К огромному удивлению Тимофеева, Лара, мгновенно посерьезнев, взяла с заднего сидения свою сумку и вылезла из машины, хлопнув дверцей. Она что-то сказала мужчине: кажется, что-то успокаивающее, но он еще раз повторил свой странный вопрос. Ошеломленный Тимофеев сидел, оцепенев: он мог только сжимать руль... Лара, приоткрыв дверь, скороговоркой произнесла:

— Поезжай, пожалуйста, поезжай. Скорее.

Дверь снова хлопнула. Тимофеев сомнамбулически тронул рычаг и двинул автомобиль с места. Метров через триста, когда машина ползла уже во втором ряду, он мотнул головой и резко дернул вправо, к обочине. Сзади подняли жуткий галдеж. Он с трудом перестроился и, проехав еще немного, встал в запрещенном месте, вылез из салона и неверным шагом двинулся назад. Минут через десять он был у роковой подворотни, но тут не было уже ни Лары, ни мужчины. Тимофеев растерянно потоптался на месте, покрутил головой, заглянул в арку ближайшего двора, вернулся на улицу и достла телефон: Лара не отвечала.

Она не отвечала весь вечер. На следующий день и вовсе отключила телефон. Днем на работе Тимофеев трудно соображал: даже начал испытывать неприязнь к юридическим текстам. Дома просыпался глубокой ночью и лежал, таращась в темноту. Память — как бы без его ведома и назло ему — работала с каждой деталью рокового вечера.

Два дня спустя Тимофеев ей дозвонился. Первые две фразы он готовил:

— Это был твой новый друг? — спросил без вступления, тщательно передавая тоном спокойствие.

— Вроде как… да. Извини, что так вышло, — голос Лары звучал глуховато.

— Он выслеживал нас? Ты успешно вела двойную жизнь, так получается? Молодец, подцепила сразу двоих, очень рационально.

— Так получилось, извини, — Лара заговорила очень спокойно и неторопливо, — но сам посуди. Ты ведь не давал мне никакой надежды, перспективы. Ты все еще женат, когда разведешься, непонятно. Переезжать меня не звал. А мне ведь надо спешить, понимаешь. Быть приходящей женой я не согласна. Но ни на что другое я не могла рассчитывать.

Она сделала паузу и добавила:

— И все-таки я не хотела с тобой расставаться. Но вот, судьба, значит…. Да и нельзя было дальше ждать.

— А сейчас, значит, тебе все предложили? Включая контроль за каждым твоим шагом?

— Есть такая проблема, — раздумчиво сказала Лара, — но он любит меня. И простил. И зовет замуж. Он вдовец, один живет, хочет, чтобы я была рядом с ним. Ты должен понять.

— Я, кстати, разведен, уже полтора года как, — сказал Тимофеев, и ощутил бессмысленность и бессилие сказанного.

Лара помолчала.

— Почему же от меня это скрыл? — спросила она, и тут же подвела черту, — хотя, какая теперь разница.

— Да никакой, — мрачно подтвердил Тимофеев и прервал связь. Дело было не только в том, что его душило отчаяние, но и в том, что он не знал, что еще сказать.

Несколько дней еще он всерьез размышлял, не позвонить ли ей снова и не предложить ли новый этап отношений. И почти уже решился, но в последний момент передумал, доказав себе, что свой главный выбор предусмотрительная Лара уже сделала. Потом решил позвонить Нине, но после размышлений опять передумал. Встреча с Ниной сейчас бы его не утешила. Вслед за решением не звонить и ничего не предпринимать пришло ощущение пустоты. Оказывается, он привык к присутствию Лары в своей жизни — на первом или втором планах, но всегда в поле зрения. Теперь пустота зияла. Иногда он начинал методично объяснять себе нечто важное: она — совсем не идеал и, в сущности, деревенская баба… и, в принципе, дура… Нет, пожалуй, не дура. Эти доводы не помогали.

Иногда, откуда-то из глубины, поднимались обида и глупое мстительное чувство, которое он подавлял, напоминая себе, что кратчайший путь к ненависти идет от чувства, полярного ненависти. Об этом чувстве он думал тоже, признаваясь себе в том, что не успел постичь всех его форм и стадий вызревания. Оно могло, оказывается, вести себя тихо, никак не проявляясь, вплоть до какого-то рокового момента.

Вернуться на сайт знакомств он, как выяснилось, пока не мог. Его тошнило от галерей, так же как и от документов, которые он вынужден был читать на работе. От документов и от работы, правда, удрать было нельзя. У одного писателя он вычитал, что срок излечения души после всякого болезненного разрыва — обычно около полугода. Но иногда бывает и меньше. Тимофеев внутренне это принял. И просто стал ждать.

Вадим Левенталь

Суд идет

Я обвиняю этого человека, которого я не знаю, как зовут, но слышала, что его называют Савелием Петровичем, Бревном, а еще Законником, в том, что он организовал убийство Егора Насимова, собственноручно лишил жизни Алену Воробьеву и Юлию Ковальскую, а также покушался на мою жизнь.

Вот как это было.

Вот как это было.

Егор был не в моем вкусе: высокий, да, но худосочный и слишком умничал. Мне нравятся мужчины прямые и сильные, а Егор — не скажу, что он был «тряпкой», но из тех, кто заговаривает проблему даже тогда, когда лучшее решение — дать в морду. Мы познакомились с ним на презентации проекта моих друзей — была у них безумная идея, что-то на стыке социологии и балета — типа того. Он пришел с Аленой, я была немного с ней знакома. Я видела, как он на меня смотрел: ясно было, что у него сейчас ширинка лопнет; это льстит, понятно, так что когда Алена подошла нас познакомить, я не стала отговариваться временем, и мы минут десять поболтали. Сразу было понятно, что если они с Аленой и спят, то ничего особенно серьезного у них во всяком случае нет.

Егор занимался организацией клубных вечеринок, но по образованию был историк — было видно, как ему самому нравится этот ход конем. Только вечером, погуглив, я узнала, что еще он пишет статьи о кино — длинные и ни слова в простоте, но местами очень смешно.

Он нашел меня «ВКонтакте» и написал на следующий день, но увиделись мы только через месяц. Перебрасывались песенками, шуточками — это не была страстная бурная переписка, так — ничего не значащий треп; один раз пригласил на свою вечеринку, но я в тот вечер не могла. Он написал, что часто бывает в «Belle Epoque», и что если я буду проезжать мимо, то пусть заглядываю, авось он там.

В «Belle» мне назначила встречу Юля; надо было предложить другое место, но у меня в тот момент вылетело совершенно это из головы; я вспомнила про Егора только тогда, когда оказалась уже там, чуть раньше, а Юля позвонила, что она по пробкам едет с Новой земли, как обычно. Юля, бедная, хотела обсудить со мной свою личную жизнь — ага; я написала ему в чате, он тут же ответил: оказалось, он сидит в соседнем зале. Сидел он не один, а с Аленой; у Алены на лице было написано, что она не ест меня на ужин только потому, что меня здесь не подают, но — улыбалась и пропела, как рада меня видеть; думаю, на моем лице было что-то похожее — то есть у меня-то никакой ревностью и близко не пахло, но мы же все «зеркалим» друг друга, если верить той пергидрольной тетке, которая нам на втором курсе психологию читала. Вообще-то я решила посидеть десять минут и уйти, но успела проговориться, что жду подружку, и после этого не смогла найти предлог; сидела ждала Юлю — думала, она приедет, мы отсядем, — но кто же знал, что Юля будет ехать два часа: когда она появилась, мы все уже были на рогах. Я точно выпила три коктейля, и еще пару раз Егор брал на всех по шоту. Юля посмотрела на нас, говорит: «Вы тут что, день любви к алкоголю отмечаете?» Оказалось, она тоже с Аленой знакома, даже больше меня — они вместе на восточном учились. Юля хотя бы отвлекла нас с Аленой друг от друга.

Егор все это время молчал, отпустит какую-нибудь шуточку — и дальше улыбается, а Алена, чем больше пила, тем сильнее ей хотелось показать, насколько она меня круче: ехидничала как бы невинно, перебивала, ну и чуть ли не ложилась на него прямо там; в конце концов она меня завела, я тоже так умею — сказать что-нибудь, от чего люди зеленеют, и похлопать глазками. В какой-то момент мне нужна была салфетка — Алена как раз что-то рассказывала, — и я тронула Егора за руку, чтобы он мне передал. Это надо было видеть! Немедленно оказалось, что это самый интересный момент ее рассказа, и она так вдарила ему по плечу — думаю, задержи я свою ладонь чуть подольше, поехали бы прямо оттуда в травму класть гипс. Но салфетку он все же передал. Юля немного разрядила обстановку — когда пьешь, всегда ведь хочется, чтобы людей было больше, больше, новых и новых, так что она очень кстати оказалась. Они с Аленой зацепились языками, а я из вредности, когда Егор пошел в туалет, сделала вид, будто мне звонят, отошла как бы поговорить и столкнулась с ним у бара; словом, я умею сделать так, чтобы мужчина меня поцеловал, когда это нужно. Очень коротко — в конце концов, это была пьяная выходка, только и всего. И потом у меня действительно зазвонил телефон — это был Савелий.

Я позвала его в «Belle», он приехал буквально через пять минут; Алена, когда увидела его — костюм, часы, ну, видно же по человеку, — вся налилась кровью, у нее на макушке можно было бы яйцо пожарить.

С Савелием я познакомилась за две недели до того: ехала с какого-то позднего кинопоказа, ловила машину, остановился «гелендваген». Он меня спросил, откуда я, я сказала, что смотрела экспериментальное кино, ну и слово за слово, я стала жаловаться, какое ужасное было кино, еле досидела. «Ну хоть фуршет-то был за все страдания?» — «Нет» — «Так вы голодная?». В общем, я дала себя уговорить на ресторан.

Я бы не поехала, если бы видела, что ему нужна девочка на ночь; тут было другое: человек работает — не пьет, не отдыхает — на износ… десять, пятнадцать, двадцать лет. И вот вроде можно, наконец все себе позволить, а отдыхать уже разучился и не с кем. Ему просто хотелось поболтать, нового знакомства какого-то, свежего воздуха; девки-то что — девок он может себе хоть каждую ночь по десятку привозить; ему другое нужно было. Ну и потом, многих после сорока начинает тянуть в общество помоложе, особенно людей, которые свою всю молодость угрохали на работу — потому что есть ощущение, что что-то прошло мимо тебя. Он не рисовался, не продавал себя, про бизнес сказал мельком — импорт какой-то техники, — впрочем, понятно, что у таких, как он, бизнес не один; даже про охранника и водителя я узнала только в следующий раз, хотя любой другой на его месте нашел бы способ «случайно» проговориться. В следующий раз — это он меня уже пригласил честь по чести: заехал за мной в университет, открыл передо мной дверь и вместе со мной сел назад, показал на двух бугаев впереди: «Это, — говорит, — мои помощники, я зову их Преступление и Наказание». Шутки шутками, но он очень образованный человек.

Мы поужинали несколько раз, специально не договаривались — он просто звонил и спрашивал, что я делаю. Можно сказать, мы подружились — насколько это возможно за две недели; он сказал, что хотел бы такую дочь, как я. У них с женой не получилось детей: сначала — он сказал — было не до того, а потом это все еще сложнее — рожать нужно в молодости. И еще — что если бы вовремя получилось, то его дочери было бы сейчас столько, сколько мне. Конечно, я видела, что нравлюсь ему, но как друг я была ему нужнее — я видела, что он это понимает. И в «Belle» позвала его чисто по-дружески.

Он приехал мгновенно, был где-то рядом; девчонки переключились на него, особенно Алена (она-то, в отличие от Юльки, еще и датая была, они же и до меня с Егором сидели — не скучали), а Егор наоборот еще больше затихарился, только поглядывал через стакан — я так и не поняла, то ли он совсем пьяный был, то ли Савелий ему так не понравился. Я боялась, что он после моей выходки у бара будет смотреть в глаза и как бы невзначай гладить ручки, но нет, слава богу, а то Аленка бедная точно устроила бы сэппуку, а чем она виновата...

Когда мы встретились на следующий день с Юлей — обсудить все-таки ее личную жизнь — она сказала мне, что я некрасиво себя вела, что будто бы смотрела весь вечер на Егора, не обращала внимания на Савелия, и им приходилось его развлекать. Она выдумала это в свое и Алены оправдание, конечно; но я не стала даже пытаться ее убедить — ясно, что такие вещи люди выдумывают, чтобы быть в них уверенными вопреки всему, здравому смыслу — прежде всего. Единственное, что мне все же с грехом пополам удалось ей внушить, — это что я не сплю с Савелием. Ей это казалось невероятным: он так, типа, на меня смотрит, как на друзей не смотрят. «Слепой бы увидел, как он ревнует!» Я говорила ей, что он скорее, как к дочери ко мне относится, но разве тут что-то объяснишь... Зато мне показалось, что про Егора она знает больше, чем просто то, что он Аленин парень, ну и интуиция меня не подвела: она проговорилась, что, мол, «вообще-то я их с Аленой познакомила». Я в таких случаях рака за камень не завожу, спросила ее в лоб: «Ну и как он?» — «В смысле?» — «Не строй из себя целочку, я спрашиваю, как он в постели?». Юля от испуга даже на английский переключилась: «Oh, he's all right», говорит. Я потом долго еще ее подкалывала этим «he's all right».

Где-то через неделю был премьерный показ нового «Бонда», отцу прислали пригласительный, а он как обычно отдал его мне. Я пошла, потому что делать было особенно нечего — собирались вроде с Юлей в клуб, но она так и не перезвонила, а меня уже достало самой ей звонить. И только когда я пришла и увидела Егора с шампанским (помахал мне рукой — и тут же подхватил бокал для меня), обругала себя: надо было думать, что раз он пишет о кино, то будет здесь, конечно. Получалось так, будто я его преследую, а мне как раз меньше всего этого хотелось — не чтобы он так думал, а чтобы вообще так получалось. Егор вел себя очень корректно — не лез целоваться и даже не подал виду, будто помнит тот вечер, только спросил, как я добралась. Я говорю: «Нормально, ты спрашивал уже «ВКконтакте». Меня Савелий довез». «Facepalm! Не обижайся, — говорит, слишком много работы, все в голове путается». Мы довольно много выпили шампанского перед началом, бокала по четыре, но пока шел фильм, протрезвели. Вышли на улицу — белые ночи уже кончились, но все равно было светло: тихая, неподвижная, пустая ночь.

Мы пешком дошли до Большого; на Ординарной прогудел нам навстречу совершенно пустой троллейбус — большой светильник на колесах; поели в каких-то ночных суши, а потом Егор посадил меня в машину. Думаю, с моей стороны достаточно было бы малейшего намека — взгляда на пару секунд дольше, чем полагается, — и мы поехали бы к нему; но, во-первых, мне этого совсем не хотелось, не говоря уж о том, что у меня были месячные, а во-вторых, когда я доедала свой какой-то там маки-пиздаки, позвонил Савелий. Я не взяла трубку — потому что вообще-то было поздно: а вдруг я сплю? Но мне стало как-то не по себе; если и было какое-то романтическое настроение, то его как рукой сняло. Я заставила водителя въехать во двор и остановиться прямо у парадной: паранойя не паранойя, но мне показалось, будто напротив дома стоит «гелендваген».

Егор не спрашивал меня о Савелии, но я на всякий случай заговорила о нем сама: я подумала, что если даже Юля уверена, что я с ним сплю, то… — ну, словом, мне бы не хотелось, чтобы у людей обо мне складывалось превратное представление, а еще ведь все такие вещи расходятся кругами — и я решила заговорить о Савелии сама, первая, именно потому, что если бы он был моим любовником, то я этого не сделала бы. Я рассказала, что охранник и водитель между собой зовут его Бревном (я как-то слышала, когда Савелий отошел поговорить по телефону) — он и вправду похож немного на полешко: короткий и квадратный, только лицо острое, нос как будто заточенный и тонкие губы. Но я не ожидала, что Егор так отреагирует: у него всего на секунду — он был человек воспитанный — но все же, промелькнуло отвращение в глазах. Рафинированный мальчик: решил, что Савелий бандит, — настоящих бандитов он не видел, но боялся и презирал. Я рассмеялась, когда это увидела; тронула его за руку и сказала: «Не парься, он мой друг».

Потом я поняла, что это у Егора был такой способ защиты: в присутствии Савелия он начинал усиленно скучать. Мы с Савелием сидели в одной траттории на Литейном, немного выпивали, когда мне пришло сообщение от Егора — он звал меня на свою вечеринку в Грибыче, — и Савелий предложил: «А зови его сюда». Может быть, он сказал это просто из вежливости, но если бы я стала отказываться, это могло бы выглядеть так, будто у нас отношения с Егором, — поэтому я позвала. Получился странный вечер: Егор молчал, сказал только, что устал, и пил один виски за другим, а Савелий, наоборот, разошелся — я не видела его еще пьяным; как это часто бывает, от выпитого он становился, как хорошо потом сказал Егор, «бескомпромисснее и бескомпромисснее». Есть люди, которые любят из очень частных вещей делать глобальные выводы, вот на Савелия такой эффект оказала водка: официант не с той стороны положил ему рыбный нож — и он сказал, что никто в этой стране не хочет жить по правилам, и от этого все беды. И что один-единственный был человек, который заставил всех соблюдать закон, вот его и помнят несмотря ни на что как Отца. Егор оторвался от своего виски, спросил: «Это кто?» — и Савелий как бы нехотя (Егор потом сказал мне: «Такие ценят силу и признают власть, но любят поразить умом — особенно девушку; где-то они слышали, что девушки на это ведутся») сказал, что СтАлен. Егор стал еще более скучающим, если только это было возможно, и сказал: «Бросьте, это всего лишь был неопытный официант». Савелий ткнул пальцем в потолок и сказал: «Нет, нужно во всем видеть систему». В общем, я только и успевала переводить разговор на нейтральные темы — кухню, кино и так далее.

Егор ушел чуть раньше, ему нужно было рано вставать, а когда уходили мы с Савелием, я взяла со стола телефон — оказалось, Егор его забыл. Савелий заметил, и я сказала, что лучше отдам потом сама. Никакого такого плана у меня не было, но когда

Савелий довез меня до дома, я написала Егору в сети и предложила завезти телефон сейчас. Вызвала такси, чтобы не ловить машину на улице, долетела за пять минут — пока ехала, я думала о том, что в конце концов, похоже, это все равно произойдет, так какой смысл тянуть кота за хвост, уж лучше сделать это: раз-два, готово — и забыть. Я вошла к нему, сбросила туфли, он потянулся губами к щеке, но я подставила губы — и когда оторвалась, сказала: «Мне еще тогда понравилось». Во мне болталось несколько коктейлей, в нем — чуть не полбутылки вискаря; так что этого обычного чувства неловкости почти не было. Первый раз — прямо в прихожей: я сдернула с него джинсы — не всякий член с первого же раза возьмешь в рот, но этот того стоил. Было так, будто мы трахались впервые в жизни — и очень быстро. Потом уже, после ванной и еще виски с колой, в постели, Егор показал, на что способен: как будто медленно-медленно надувают воздушный шарик, так что он в конце концов не выдерживает и лопается.

Я не осталась у него: все же я сказала маме, что еду отдать подружке телефон. Сидела в машине и улыбалась, отвернувшись в окно, — перед глазами у меня было последнее: я лежу головой у него на груди, он одной рукой гладит мою спину, а другой щелкает в лэптопе — и в полной тишине поет PJ:

...on Battleship Hill I hear the wind,
say: cruel nature has won again...

И, только вернувшись домой, я обнаружила, что забыла у него лифчик.

После этого я видела Егора еще три раза — скорее, два с половиной. Он снова пригласил меня на свою вечеринку, на этот раз по телефону, я вызвонила Юлю, и мы пошли. Я взяла ее с собой не потому даже, что неловко приходить куда-то одной — плевать я хотела на все комильфо мира, — а потому что если бы там была Алена, с Юлей проще было бы сразу уйти. Но ее не было. Юля даже спросила у Егора, где она, а он сделал удивленные глаза и сказал: «Я думал, ты мне расскажешь… Не звонит, не пишет». Юля сразу замолчала — я поняла, что она пожалела, что спросила, но не приставать же к ней прямо там, в грохоте и мелькании.

Вечеринка вышла славная: Егору удалось выписать из Берлина какого-то крайне заводного ди-джея — я утанцевалась вусмерть, в баре колдовали два очень фактурных гея, бутылки у них прямо летали, и коктейли были один другого заманчивее. Юля довольно рано «слилась», и правильно сделала — она вообще была какая-то кислая, чего ходить — всем настроение портить. За мной стал увиваться какой-то хлыщ — такой, по которому не поймешь, straight он или притворяется: со стороны это забавно смотрится, но представить себя в постели с таким у меня никогда не получалось. В общем, мне пришлось познакомить их с Егором, я сказала, что посидела бы где-нибудь отдохнула, и мы сели за столик в углу, почти за занавеской — его держали специально для Егора. По дороге к нам прицепилась еще пара каких-то девиц, так что за столиком еле разместились, но зато там не так грохотало, и можно было сравнительно спокойно помолоть языками. Девицы навесились на хлыща, а он продолжал давать мне понять, что он самый клевый и уж конечно клевее, чем Егор, который опять больше молчал, а если начинал говорить, то как-то нехотя. В какой-то момент заговорили о кино, и хлыщ спросил, какое кино мне нравится. Я назло сказала, что Линч — не потому что так уж люблю Линча, просто видела, что у Егора была большая про него статья, а мне хотелось его немного разговорить; в общем, это была такая голевая подача. И как выяснилось, удачная: я сразу почувствовала ладонь Егора на своем колене. Тот парень стал на Линча нападать — «скукотища, ничего не понятно…», Егор стал хоть и медленно, но заводиться, а я с какого-то момента перестала следить за спором, только делала вид. Егор двигался очень аккуратно и не торопясь, так что когда его пальцы пробрались наконец ко мне в трусики, ему уже не пришлось выдумывать повод, чтобы отправить палец в рот или, например, смочить в коктейле. С кино они переключились на музыку, потом поговорили о Берлине и Лондоне, причем мне даже удавалось иногда хихикать где надо или говорить «точно-точно», но в конце концов мне все же пришлось спрятать лицо за стаканом, и после этого я плюнула на все, развернула Егора к себе и поцеловала его нежно-нежно: парню бедному пришлось преувеличенно громко улюлюкать вместе с девицами.

Ночь получилась длинная — мы пару раз наведывались за стойку, где Егоров приятель, похожий на советского физика-вундеркинда, чертил дорожки, танцевали, пили, люди приезжали и уезжали, так что когда мы все-таки свалили уже почти под утро, клуб был все еще полон. Мы приехали к нему, целоваться начали, еще не открыв дверь, а когда зашли, я усадила его на кровать и стала раздеваться. Егор тянул руки мне помочь, но я мягко отводила их, так что наконец он понял, чего я хочу, и перестал дергаться: сидел и не двигался. Я не торопясь разделась сама и стала раздевать его. Мне хотелось делать все медленно и самой раздеть его: слишком уж он все время был какой-то спокойный — я, конечно, никаких таких логических схем не строила в своей голове, но, думаю, мне хотелось поставить, что ли, плотину, чтобы ему пришлось прорвать ее. Я, уже абсолютно голая, расстегнула все пуговицы на его рубашке, на манжетах, сняла ее с него, сняла футболку, потом расстегнула ремень и — по одной — все пуговицы ширинки, развязала ботинки, сняла их, потом носки, стянула брюки, оставив трусы (снимать брюки вместе с трусами всегда казалось мне расточительством: зачем лишать себя удовольствия снять еще и трусы?), и, наконец, осторожно, высвободив сначала член, избавила его и от трусов. У него была смешная фигура: везде длинный и угловатый — член на его тощем животе лежал какой-то из другого места взятой вещью. У меня получилось: он все-таки не выдержал, с силой перевернул меня, и мы еще часа полтора, не меньше, кувыркались по его дивану, кровати, ванной и столу в гостиной. В этот раз я осталась у него, но, когда вечером уезжала домой, лифчик я все-таки взять забыла.

Это не были отношения — я даже говорила об этом Юле, когда объясняла, почему не сплю с Савелием. С Савелием все должно было бы быть всерьез: я бы была у него любовницей — мы бы встречались, он, наверное, снял бы или купил квартиру, где бы мы трахались, куда-нибудь бы ездили, он бы покупал мне всякие шмотки — ничего этого мне не было нужно. С Егором все проще пареной репы, — я прямо этими словами говорила, — он мне особо не нужен, и я ему особо не нужна, от этого секс слаще, easy cum — easy go.

Я призналась ей, что сплю с Егором, когда она поделилась со мной своими подозрениями по поводу Алены. Юля, похоже, специально для этого вытащила

меня из дома в какую-то кофейню, которую держали
ее друзья; сначала ходила вокруг да около, а потом —
«знаешь, мол, мне так неприятно тебе это говорить, но
Алена теперь с Савелием». Я с одной стороны, конечно,
мягко говоря, удивилась, а с другой — мне так смешно
стало от этого «неприятно говорить», что я все-таки
рассмеялась. По ее словам получалось, что Алена
успела вытянуть из Савелия телефон в тот вечер, хоть
и была пьяная в сосиску, а потом Юля поняла, что у
Алены есть какой-то секрет: она отходила поговорить
в сторону, когда ей звонили, стала куда-то пропадать,
и один раз она видела их вместе в каком-то кабаке на
Конюшенной, да и Алена перестала звонить Егору —
все сходилось четко.

«Мне абсолютно все равно, — сказала я, — с кем
Савелий спит. Я-то с ним не сплю и не собираюсь, а
Егор, это я точно знаю, не скучает». Ну, что да как, я
все вот это Юле объяснила. Она, я видела, подумала,
что я — блядь, но сказала только, что меня не понимает, — что она-то, наоборот, мечтает об отношениях,
надежности и всем остальном. Я подумала про себя,
что о чем ей еще остается мечтать, если на нее спрос
невелик, но ничего не сказала, конечно.

При этом сама она, конечно, ни разу не блядь.
Только когда позвонил Савелий — а он позвонил
позвать меня поужинать, но я сказала, что с Юлей, и
тогда он позвал нас вдвоем, сказал, что отправил за
нами машину, пусть мы пятнадцать минут подождем,
— она все эти пятнадцать минут провела в сортире,
а когда вышла, мне оставалось только в восхищении
присвистнуть: она нарисовала себе самое сексуальное
лицо — во всяком случае, как она его себе представляла. Я хохотала всю дорогу, пока его водитель вез
нас на Крестовский — пришлось даже вспомнить

какой-то анекдот, чтобы объяснить Юле, чего я ржу. Сквозь хохот я услышала, как Преступление разговаривает по телефону с Наказанием (или наоборот?) и называет Савелия Законником, — я ухватилась за это, чтобы сменить тему, спросила, почему. Водителя к тому времени уже заразили наши смехуечки. «Потому, — говорит, — что Савелий Петрович очень уважает закон». Теперь мы уже смеялись втроем, но когда отсмеялись, он все-таки сказал: «Савелий Петрович, мол, учился на юридическом и мечтал стать судьей». Несколько минут ехали молча, но потом меня снова пробрало — я вспомнила вдруг, как Савелий однажды тоже разгонял мне: «Школьником, — говорит, — всегда кажется, что самое важное — взять и "завалить" как можно скорее, и только с возрастом понимаешь, что это не главное, а главное — доверие». Я покивала тогда и сменила тему, потому что не скажешь же в ответ на такое: «Мне-то ты можешь доверять, милый», — но сейчас я представила, как Юля ответила бы ему именно вот этими самыми словами, да еще этак с придыханием, — и всю оставшуюся дорогу она пихала меня в бок локтем: «Что ты ржешь»?

Я бы хохотала весь тот вечер, честно говоря, но сдерживалась, чтобы не палиться, — правда было смешно, настоящий спектакль. Юля хлопала глазками и задавала вопросы типа «а что вы, Савелий, думаете о?», потом вдумчиво кивала, выслушивая его ответы — вроде как она подумала и вынуждена была согласиться, — мы, конечно, выпивали, но умеренно — шампанское, белое. Савелий, тем не менее, разошелся — я еще, помню, подумала, что некоторым людям нужно давать возможность преподавать в какой-нибудь специально для этого организованной школе, просто чтобы удовлетворить их страсть делиться опытом и знаниями. Он смотрел ей в глаза, постоянно наклонялся в ее сторону и хвалил ее разумность («вы очень, очень разумная девушка») — и по тому, как он иногда взглядывал на меня, я понимала, что он ведет себя так в надежде, что делает мне назло, — и я утыкалась в бокал, чтобы подавить приступы смеха. Я даже время от времени подыгрывала, чтобы игра не останавливалась, — встревала, не соглашалась и даже «высказывала собственное мнение», хотя, клянусь, у меня не было мнения ни по вопросу о том, как изменились гендерные отношения в России за последние двадцать лет, ни по поводу ситуации на рынке труда, ни, блядь, по поводу таможенной политики.

Закончилось все в результате тем, что мы сели в машину, меня довезли до Моховой, а Юле, конечно же, нужно было дальше — и когда она потянулась поцеловать меня, на ее лице мерцала целая хроматическая гамма чувств — от «че, думала, сама крутая?» до «прости, подруга, но может быть, это судьба?». Мама не могла понять, что это я хихикаю как заведенная, даже приспустила очки и оторвалась от «Фейсбука», чтобы спросить меня: «Ну и где нынче продают хорошую траву?». Впрочем, стандартным: «Ма-ам, пятнадцать лет мне было последний раз очень давно», — она удовлетворилась и уткнулась обратно в планшет.

Я все ждала, что Юля мне позвонит и скажет свое коронное «oh, he's o'kay», но через пару дней не выдержала и позвонила сама — телефон у нее был выключен. Не то чтобы я волновалась, но у Савелия спросила — мы вечером ужинали в «Belle» — он сказал, что высадил ее на где-то на углу с Суворовским, хотя, понятно, сам вопрос был идиотским — можно подумать, он так бы мне и сказал, что вот, мол, так и так, впендюрил ей хорошенько и вызвал такси. В тот вечер я видела Егора в предпоследний раз: он зашел в «Belle», когда нам уже принесли аперитив, сказал, что зашел поесть, и мы с Савелием, не сговариваясь, в один голос сказали: «Давай с нами», — мгновенно, потому что каждому хотелось опередить другого. Я тут же спросила, как дела у Алены, и Егор, умница, сказал, что все хорошо — уехала, мол, на две недели на конференцию в Японию. Савелий переспросил: «Алена — это та вторая девушка, которая тут с нами тоже сидела?» — и я не удержалась, съязвила: «Да, крашеная такая».

Мы начали пить в «Belle» и порядочно наклюкались уже там, но на этом не остановились. Когда надоело сидеть — во всякой попойке есть такой момент, когда оказывается необходимо куда-то ехать, — я стала говорить про клуб, Савелий предложил перебраться в паб, мы никак не могли договориться, и Егор, похоже, просто чтобы обратить спор в шутку, сказал: «А давайте ко мне, тут пять минут ходу». Я думаю, он сам не ожидал, что мы действительно сорвемся, закупимся в магазине вискарем и завалимся к нему. Тем не менее мы пробухали у него чуть не до четырех часов утра. Честно говоря, я бы уехала намного раньше — но я уже была достаточно пьяна для того, чтобы хотеть секса любой ценой, я просто ждала, когда Савелий уедет, и думала, как бы мне при этом остаться. Савелий пару раз намекал, что «не пора ли нам пора», Егор, понятно, слишком вежливый, чтобы намекать гостям, а я требовала еще виски с колой. Мы сидели в гостиной — Егор и Савелий на креслах, а я на диване; в какой-то момент я поняла, что Савелий не уедет просто так, и легла — ну вообще-то я и правда была в стельку. Савелий сказал, что у него завтра («сегодня, ха-ха») важные переговоры, так что нужно хоть пару часов поспать, стал поднимать меня, но я отмычалась: мол, в таком виде мне все равно дома появляться нельзя. Егор вытащил плед, накрыл меня, поднял голову и положил подушку, они с Савелием постояли надо мной, и Савелий ушел — даже по тому, как щелкали его ботинки, я слышала, в каком он бешенстве.

Я попросила Егора сделать мне чаю и, пока пила чай, почти протрезвела. Потом мы забрались в ванну и начали трахаться прямо там. Он почти не двигался, только ласкал меня руками, уже совсем смело наконец-то, я — ничего не могла с собой поделать — кричала и извивалась, даже ушибла его руку о край ванны и, перевернувшись, долго целовала ушибленный локоть. После этого мы сидели на кухне и пили имбирный чай — голышом, и я помню, как мне это нравилось, я хочу сказать — это меня страшно заводило: что мы совсем голые и немного этого стесняемся. Заснули мы еще нескоро, но, когда засыпали, я взяла его ладонь и положила ее себе между бедер. Самое последнее, о чем я подумала, прежде чем заснуть — я даже расхохоталась, но как-то внутренне, сил не было даже улыбаться, — «взять ноги в руки — это про секс».

Через пару дней я позвонила Егору и сказала, что так я никогда не заберу у него лифчик — каждый раз это будет «в следующий раз»; надо просто приехать и забрать. Была где-то середина дня, а вечером мы с Савелием собирались в театр — до Егора я дошла пешком, он сварил кофе и, разлив его по чашкам, пошел в комнату. Я стояла, прислонившись к двери, он выдвинул ящик стола, выудил из него лифчик и протянул мне. Я повернулась, он расстегнул молнию на платье, потом взял меня за бедра, развернул к себе, спустил лямки, положил ладони мне на грудь и сказал, что мог бы на ощупь узнать мою грудь из сотни других.

Это было несколько дерзко, но меня очень завело, я стала даже думать, не вернуть ли этот комплимент его члену, — ничего не получилось: позвонил Савелий. Я бы и не взяла трубку, но после последнего раза — все-таки это было не совсем красиво, — словом, мне не хотелось, чтобы он думал, что мне на него совсем уж насрать. Савелий предложил поужинать перед театром — мол, проголодался, к тому же после спектакля ужинать будет поздно. Пришлось надеть лифчик и попросить Егора застегнуть молнию. Я сказала Савелию, что сижу в кафе на Литейном, так что надо было еще успеть до Литейного добежать.

Он заказал столик буквально напротив театра: когда мы приехали, он усадил меня и вышел — минут через пять я в окно увидела, как Преступление с Наказанием в «гелендвагене» отчаливают, и Савелий, вернувшись, сказал, что отпустил их до вечера. Я боялась, что между нами возникнет какая-то неловкость, но нет: он только спросил, не мучилась ли я похмельем на следующий день, и я сказала, что похмельем — нет, но что диван был очень неудобный, к тому же спать одетой — то еще удовольствие. Он немного расслабился, когда услышал это, и буквально через минуту мы уже перешли к милому трепу ни о чем.

Мы выпили бутылку шампанского в ресторане и потом еще одну в антракте — после этой второй я немного поплыла и стала объяснять Савелию, что мне всегда история Ромео и Джульетты казалась несправедливой: «Я понимаю, законы жанра и все такое, но, в сущности, они ничем не заслужили», — на что Савелий сказал, что «все же некоторая справедливость есть: любишь кататься — люби и саночки возить, а не так, что люби и катайся». Он пошутил, и все-таки мне стало неприятно, но только на секунду — стоило мне представить себе Ромео и Джульетту на санках, меня пробрало на «хи-хи». И еще больше меня развеселило то, что, несмотря на все танцы рыцарей, в голове у меня все равно пела про cruel nature Пи-Джей — has won again.

Когда мы вышли из театра, машина уже ждала нас, охранник встретил у входа, мы сели, но поехали в сторону Обводного. Савелий сказал, что у него — сюрприз, и мне стало не по себе. Он был несколько взвинченный, но не так, как нервничают, когда чем-то недовольны; переговаривался с сидящими впереди охранником и водителем — я не понимала, о чем, но мне это не нравилось: как будто они выполнили какое-то его задание, спрашивать, впрочем, я не решалась. Мы довольно долго ехали, плутали по промзоне за каналом, и к тому времени, как мы наконец остановились — было похоже на заброшенный завод или что-то вроде этого, — я уже проклинала себя всерьез. Совсем жутко стало, когда водитель заглушил мотор: вокруг было очень темно и неправдоподобно тихо. Я набралась смелости, повернулась к Савелию и сказала, что мне это не нравится и что я хочу домой, но его это как будто только успокоило: «У меня, — говорит, — тут офис, не парься». Я еле сдерживала дрожь, лихорадочно соображала, что делать, и глазами показала ему на охранника с водителем — он сказал им, чтобы вышли. Я старалась говорить очень спокойно, но, кажется, у меня не очень получалось: просила объяснить, куда мы приехали и зачем, но он лишь отговаривался сюрпризом. Мы довольно долго препирались в духе: «мне не нравятся такие сюрпризы» — «да чего ты боишься?», и, чем спокойнее он был, тем больше я боялась, теряла контроль над собой, и в конце концов почти закричала, что, мол, если хочешь меня трахнуть, то давай, но в нормальной обстановке, а не на каком-то складе. И тогда он ударил меня.

Это не была пощечина, он просто двинул кулаком в лицо. Я плакала, кричала, выла, а он просто вышел, открыл мою дверь, вытащил меня и подтолкнул к охраннику, который схватил меня за плечо — очень больно, чтобы дать понять, что вырываться бессмысленно. Я уже не владела собой и могла только плакать, он почти волоком тянул меня. Никогда в жизни я не соображала так быстро: Савелий с водителем были немного впереди, открывали дверь, я свободной рукой нащупала в сумочке телефон, дернула переключатель, чтобы выключить звук, а потом сделала движение, как если бы хотела вырваться, и за те две секунды, что охранник не видел, сунула телефон в лифчик немного сбоку, почти под мышку. Над дверью горела лампочка, и я успела разглядеть табличку с названием какого-то ООО. Мы зашли в огромное помещение — склад, но пустой, — каждый звук отдавался грохочущим эхом. Я стала проситься в туалет. Савелий выглядел очень по-деловому, уверенно двинулся к какой-то двери и бросил через плечо, что, мол, отведите, а то нехорошо выйдет, только сумочку изымите. Я держалась за сумочку как за последнее спасение и постаралась еще больше завыть, когда водитель все-таки у меня ее вырвал. В туалете, чтобы выиграть время, я сказала, что мне нужны тампоны, и пока они переговаривались, искали их в сумке и несли их мне, я все-таки успела набрать маме смс. Пальцы плясали, как взбесившийся кордебалет, но я даже зачекинилась. Потом я завернула телефон в бумагу, чтобы он не гремел по кафелю, сунула его за унитаз и вышла. Я сама вибрировала, как телефон, и ничего не могла поделать: я представляла себе, как мама сидит с айпадом, смотрит какой-нибудь ролик — и плевать хотела на телефон.

Меня привели обратно на склад, посадили на стул и связали руки за спиной. Я плакала и просила меня отпустить, но эти двое как будто не слышали и только деловито, как-то очень слаженно действовали: поставили три стола буквой П, приставили к каждому по стулу и сели по бокам от меня. Несколько минут было очень тихо, только раздавались мои всхлипывания.

Савелий вышел из боковой двери: на нем поверх костюма была надета судейская мантия. У него было скучающее выражение лица — когда я увидела это, я оцепенела: это было безумие.

Водитель с охранником встали, дернули меня вверх и, когда Савелий устроился напротив меня, опустили и сели обратно.

Это был суд: водитель был как бы прокурором, хотя Савелий — он явно раздражался, что водитель не умеет говорить так, чтобы было похоже на протокол, — говорил за него. Мне пришло в голову, что если я буду вести себя тихо, то он захочет тянуть свою игру подольше, так что я перестала орать, только стучала зубами — непроизвольно — и всхлипывала.

Все было очень условно, бредово, но они были до идиотизма серьезны: возникали какие-то свидетельские показания — «подсудимая утверждала, что находится в кафе, однако слышал ли свидетель музыку? в кафе играла музыка! нет, музыки не было, из чего следствие заключает, что...», «подсудимая утверждает, что была сильно пьяна, однако следствию удалось установить, что вместо виски с колой она пила просто колу, незаметно выливая виски в раковину...» — какие-то улики, результаты следственных экспериментов и так далее. Все это довольно долго продолжалось. Наконец Савелий сказал, что «слово предоставляется стороне защиты», поднялся охранник и сказал: «Подсудимая полностью признает свою вину», — Савелий продолжил за него: «раскаивается и просит о смягчении наказания».

Тогда Савелий стал ходить из стороны в сторону, бормоча что-то длинное — «принимая во внимание…», «суд рассматривает…», «руководствуясь статьями…», — но к концу речи он стал сбиваться и явно выходить из роли, протараторил что-то совсем неразборчиво, снял мантию и остался в костюме, после чего подошел ко мне и сел на корточки.

Взял меня за подбородок и спросил, мол, знаю ли, к чему меня приговорили. Я сказала — нет.

Он сказал, что к тому же, к чему троих других.

Водитель с охранником подошли с двух сторон и теперь держали меня за плечи. Савелий подошел к столу, открыл ящик и достал их него шило.

Я не уверена, но, кажется, он сказал: «Зачем глаза тому, кто все равно не думает».

И перед тем, как перестать видеть, еще до того, как забарабанили в дверь, я вдруг вспомнила — и теперь я все время вижу эту картинку: когда Егор открывал ящик стола, чтобы вернуть мне лифчик, там, в ящике, кроме моего лифчика, были еще чьи-то сережки, упаковка прокладок, трусики — это был полный ящик женских вещей.

Багровый рубин из Могока

«А вы когда-нибудь презервативы в Рангуне в два часа ночи покупали»?

Если не ошибаюсь, такие фразы называются мемами — от слова «мемориальный». У нас, в нашем узком кругу, их много. Да вот хотя бы — «и они умирают».

Это было так: мы вселялись немалой компанией в весьма второразрядные шале на острове Капас у самого берега в Куала-Тренгану, в страшной малайзийской глухомани. Зато море было почти первого разряда, с мягким песком и огнями того самого Куала-Тренгану на ночном горизонте. И только мы собрались, побросав сумки по углам, погрузиться в это прильнувшее к берегу и трепетно замершее море, как вошел мальчик. Он нес китайские спирали от комаров и какой-то баллончик.

Капас считается необитаемым островом, в том смысле, что живут там только такие, как мы, — причем недолго, и еще служащие трех как бы отелей, на этом острове помещающихся. Но необитаемых островов не бывает, Капас очень даже населен, и на постоянной основе — населен странно злобными комарами. Дым тлеющей спирали кого-то из них, может, и отгоняет, но вообще-то, сообщил нам мальчик, перед сном стоит вдобавок распылить по всему плинтусу вот эту ядовитую жидкость.

— И они умирают. And they die, — завершил мальчик, на случай, если мы не до конца его поняли.

Дело было даже не в словах, а в выражении его лица. Вообразите гориллу с автоматом, у автомата только что был полный рожок, и горилла эта секунду назад осознала, что рожка ведь, в сущности, хватает совсем ненадолго, подержишь серый суставчатый палец на спуске — вот и все, праздник кончился, «и они умирают».

Есть еще — продолжая разговор о мемах — неотразимый аргумент в политологических спорах, ведущихся на темы демократических преобразований в том или ином успешно развивающемся государстве. Аргумент этот выдвигается обычно в ответ на оптимистичные оценки электоральных перспектив той или иной партии, которая весьма бурно выступает за какие угодно реформы (в столицах здешних стран хотя бы по одной такой карликовой партии должно быть). И только-только какой-то энтузиаст в наших дискуссиях начинает предсказывать обвальную демократизацию еще одного ныне угнетенного народа, как получает в ответ тот самый аргумент:

— А вы, я извиняюсь, рожи их видели?

Тут-то он и осознает, что одно дело — болтовня о какой-нибудь Бирме или Камбодже с экспертами из числа тех, что в жизни не покидали Британских островов, и другое дело — говорить с людьми, которые, простите, живут в этих самых Бирме или Камбодже.

И на лице энтузиаста появляется выражение… Ну, вы уже поняли, и не надо шептать то самое «и они умирают».

Весьма уважаемый мной Виктор Денисов живет в Рангуне, то есть в Бирме, уже одиннадцатый год, пусть и не подряд, а с небольшими заездами в Москву; он знает, какие у кого рожи, как и кто здесь умирает. Фраза насчет презервативов в два часа ночи — его. Он при мне загадочно изрекал ее пару раз, но почему-то скрывал подробности.

И только сейчас, на берегу любимого рангунцами озера Кан Дау Ги (мы пошли на его берег что-нибудь съесть в очень тихий китайский ресторанчик), он сжалился и поначалу как бы сквозь зубы сказал:

— Презервативы — это насчет Киры и того, что с ней тут приключилось уже года, наверное, три назад. А так как она, я слышал, покинула наши азиатские края, то почему бы не рассказать. В конце концов, в нашу эпоху репутация девушки сорока лет от подобных историй только улучшается.

И еще Виктор добавил: вообще-то вся история — чуть не самое жуткое, что с ним приключилось за долгие годы беспорочного несения службы в этих краях.

«Кира? Да, она ведь и вправду как-то исчезла из некогда любимых ею азиатских краев», — подумал я. Но кто знает, она могла оказаться в Италии или Америке, с ее-то профессией.

Кира — замечательное создание: она ювелир-дизайнер. То есть почти сверхчеловек. Острый длинный носик и светло-серые, спокойные-спокойные глаза. Их не часто увидишь, тот самый носик Киры чаще всего украшен довольно сильными очками, а то и хуже — перед одним глазом подрагивает на проволочке линза. Не ждите тут восторгов глупой женщины, увидевшей сияющий гранями камень. Кира, чуть приоткрыв маленький рот с выпяченной нижней губой, фиксирует взгляд на этом цветном осколке, она видит его насквозь, с прожилками, шелковистыми вкраплениями, трещинами; она кивает и снисходительно говорит: «Очень хорошо. Славный такой камушек».

И ее собеседник, если он продавец камней, отлично понимает — она увидела все. Она знает, сколько этот желтый сапфир стоит на самом деле. Из этого оба и исходят.

Кира, когда мы с ней познакомились, постоянно навещала Таиланд, поскольку работала на великого дизайнера Каперовича. Человек берет мусор и отходы, какие-нибудь там корявые жемчужины, которые еще лет тридцать назад считались браком, и превращает их в сюрреалистическую картину. Искореженное бледное полупрозрачное тело бывшего обитателя раковины подсвечивается осколками бриллиантов, по нему начинает бежать россыпь огней от бросовых маленьких рубинов, золотая проволока повторяет изгиб оживший жемчужины — и получается нечто, стоящее попросту непристойных уже денег.

Каперовича в наших краях никто и никогда не видел. Закупщиком сырья до своего исчезновения у него работала, повторим, Кира. Строгий тропический костюм, чаще — из светло-голубого шелка, каблуки, немилосердный взгляд сквозь очки — в Таиланде ее помнят многие. Это довольно призрачное создание, потому что ювелиры, и особенно закупщики, имеют привычку быть несколько эфемерными, невидимыми. Зачем кому-то знать, где живет человек, который может купить камней на пятьсот, а может и на пятьсот тысяч долларов? А если этот человек не успел положить добычу в гостиничный сейф? Не каждый шпион умеет так неожиданно появляться и неожиданно исчезать, как эти люди, через пальцы которых может в день пройти камней — на несколько миллионов. Ювелир — это одиночество.

Но однажды она, оказывается, побывала и в Бирме.

— …И очень нескоро я узнал, что наша Кира потащилась в Могок, — мрачно произнес Виктор Денисов, аккуратными движениями разливая виски.

Если вы увидите когда-нибудь этого человека, то слово «дипломат» придет в вашу голову в последнюю очередь. И вы будете неправы, он именно дипломат, но…

Вы увидите ледяные голубые глаза, очень внимательные. И лицо, состоящее из резких линий — острый длинный подбородок, отчетливые скулы; лицо, проштрихованное очень мелкими и ранними морщинками. И всю эту длинную фигуру, прислонившуюся к потрепанному «лендроверу»: а вы попробуйте покататься в обычной машине по дорогам Рангуна, даже и не в сезон дождей. Как вы проедете по дорогам, которых уже как бы и нет, хотя лет тридцать назад какой-то асфальт здесь клали?

И все вместе — да, я о Викторе Денисове, а не об улицах Рангуна — все вместе… охотник? Шериф из штата типа Аризоны?

В любом случае не тот человек, на лице которого при слове «Могок» можно ожидать даже намека на страх. Так, чуть дернувшаяся щека.

Да и я, услышав его слова, не то чтобы ощутил холод живота кобры, пробирающейся за воротник. В Могоке, в конце концов, военные так и кишат. И не пускают туда иностранцев.

— Я там вообще, как ни странно, не был, — подтвердил мои мысли Виктор. — Ни разу.

Исключения, однако, всегда случаются. Киру подговорил на эту бешеную поездку очень крупный рангунский ювелир, а они по определению должны быть знакомы с ключевыми военными, причастными к рубиновым приискам, самым знаменитым во всем мире. Они вообще-то могут выдать разрешение на визит.

— Но это даже на хорошей машине… — поморщился я.

— Шесть часов, — сказал Виктор.

Я поднял бровь.

— От Мандалая, — уточнил он. — Но что вы думаете — у такого ювелира, как в нашем случае, нет маленького частного самолета? Страна-то у нас, может, и африканская по уровню развития, но кто сказал, что по Африке не летают самолеты? Вот она туда с этим своим клиентом и полетела.

— Бирманцы, — начал мне объяснять Виктор, — великие мастера многоходовых интриг.

И когда с Кирой случилась после Могока, та самая история, Виктор не стал сразу ломиться в двери тюрьмы, он пошел по знакомым, хоть как-то причастным к ювелирным делам. И начал терпеливо выяснять, что за человек повез нашу девушку в край, где по утрам лежат сырые туманы, из них выплывают нагромождения ржавых жестяных крыш, а внизу, на середине мелкой реки цвета кофейного топаза, стоят отчаявшиеся личности по колено в воде, и зачерпывают, зачерпывают придонную грязь совками: вдруг в этих местах, где находили рубины и сапфиры еще при короле Анаврахте, что-то еще осталось?

И, представьте, интрига вырисовалась. Сложная, вовсе не сводимая к тому, что рангунский ювелир уж так возжаждал тела Киры, молочного, пухлого. Женщин с такой грудью и шеей вербуют в антитабачные активистки в Америке как олицетворение здоровья: курение старит кожу, а если кожа такая... Правда, Кире редко хватало одной пачки сигарет в день, но сливочная полупрозрачность, голубые вены под тонкой кожей — это почему-то никуда не девалось.

Интрига имела касательство, конечно, к деньгам и к конкуренции в этой тайно жестокой отрасли. И совершенно не дело Виктора было вступать в эту нескончаемую драку профессионалов; ему просто надо было знать, мог ли летучий ювелир и вправду устроить то, о чем говорили шепотом его коллеги, нужно ли ему было такое. И получалось, что очень даже мог, и очень даже нужно было. Чтобы Кира и те, кто за ней стоит, больше в этих краях не показывались. Чтобы с ними никто не имел дела никогда.

По словам Виктора, Кира вообще-то закупала по большей части нечто не слишком дорогостоящее, а Каперович будто нарочно превращал каменный мусор в дерзкие и неожиданные узоры; вот и Могок — на любом рынке там вы увидите эти рубины: ценой доллара два-три, полупрозрачные, далекие от легендарного оттенка «голубиная кровь» — они скорее цвета моркови… Да, Каперовичу шлют иной раз заказы и из Нью-Йорка, и тогда в ход идут совсем другие камни, и их тоже надо закупать. Но все это неважно, важно было другое — какой же ювелир откажется показать (а его гость откажется посмотреть) еще и настоящие сокровища.

Я никогда не бывал и вряд ли буду в Могоке; но я вижу эту сцену. Кира на табурете какого-то ювелира — там, в мастерских, нет роскоши в обстановке, но есть роскошь иная. Вот она сидит, нет, не в привычном голубом шелке, в чем-то дорожном цвета хаки, и с умиленной улыбкой мадонны смотрит, смотрит…

Ведь там, в Могоке, бывают не только рубины. Есть звездные сапфиры — неограненные кабошоны, в глубине которых лунно мерцает пятнышко света, иногда в виде шестилучевой звезды. Или сапфиры странного лилово-чернильного цвета, как спелая ежевика.

Послушай, Саломея: у меня во дворце спрятаны драгоценности, которые даже твоя мать никогда не видела. Это необыкновенные драгоценности. У меня есть ожерелье из четырех рядов жемчуга. Эти жемчужины подобны лунам, нанизанным на серебряные лучи. Они похожи на пятьдесят лун, пойманных в золотую сеть… У меня есть два вида аметистов, черные, как виноград, и красные, как вино, разбавленное водой. У меня есть топазы, желтые, как глаза тигров, и розовые, как глаза лесного голубя, и зеленые, как глаза кошек. У меня есть опалы, которые горят словно ледяным пламенем, опалы, которые делают людей печальными и боятся темноты. У меня есть ониксы, похожие на очи мертвой женщины. У меня есть лунные камни, которые меняются вместе с луной и блекнут при виде солнца. У меня есть сапфиры размером с яйцо, голубые, как голубые цветы. У них внутри разливается море, и никогда луна не тревожит его синевы. Итак, что ты желаешь получить, Саломея? Скажи мне, и ты получишь все, что пожелаешь.

«Дай мне голову Иоканаана», — ответила ему, как известно, Саломея; наша же Кира, наверное, просто сидела молча, линза дрожала перед ее глазом — и тут на свет явилась…

— Они хранят и переносят особо ценные камни в такой особой штуке, — сказал Виктор, — уже несколько столетий как неизменной, это круглая коробочка из бамбукового сустава, внутри лежит белая вата или шелковая тряпочка, а на ней…

История знаменитых рубинов из Могока занимает целые книги. Рубин Черного Принца и Педро Жестокого, тот самый камень, что украшал потом броню победоносного Генри Пятого в битве при Азенкуре. Чистый, прозрачный камень по имени Нга Маук, который носили на руке, в перстне, бирманские короли с семнадцатого века. Камень Маунг Линя, который был разделен на три рубина, каждый удивительного качества — это уже девятнадцатый век. А весил он до раздела четыреста каратов…

Впрочем, королевские рубины загадочным образом исчезли из дворца, когда в Бирму под грохот пушек пришли англичане, особенно некий полковник Слейтер. Но ведь шахты Могока работали и после англичан, работают и сегодня. Историю великих камней нашего времени рассказывают шепотом — поскольку продавать их можно только на официальных аукционах, но всплывают некоторые камешки почему-то уже в Бангкоке, за ними отправляются агенты бирманских спецслужб и, как ни странно, многое возвращают…

— А вообще там у них змеиное гнездо, в этом Могоке, — поморщился Виктор. — Вы ведь слышали, что когда эту долину обнаружили в доисторические времена, то она кишела змеями, и люди якобы добывали камни очень странным способом — бросали кусочки мяса птицам, птицы глотали мясо почему-то вместе с валявшимися на земле, среди гадюк, рубинами, потом их как-то надо было подстрелить… Ну, не знаю. А то, что и сегодня там, где добывают рубины, живут духи наас, и что если вы добываете большой камень, надо положить его на некоторое время в ямку, и через эту ямку никто не должен переступать? И что если добытчик слышит в джунглях рев тигра, то следует поднять цену на тот рубин, за который идет в данный момент торговля? Вот такое место.

Виктор внимательно всмотрелся в виски на дне бокала, будто там скрывался какой-нибудь янтарного цвета камень.

— Ну, и по всей Бирме давно ходили легенды, что кто-то добыл лет этак тридцать назад рубин, который назвали камнем из Сонтау. Известно даже, что весом он был до огранки сто девяносто восемь каратов — булыжник. А вот кому его продали и куда он подевался, один черт знает. А про этот камешек рассказывали очень, очень разное.

И вот — Кира смотрит на багровый, с туманными вкраплениями и почти черными точками внутри камень, похожий скорее на спелый полупрозрачный фрукт.

И смотрит.

И смотрит.

И ей кажется, что перед ней полная пульсирующей крови нежная, скользкая от соков плоть. Она вдруг ощущает, как к этой вздрагивающей плоти прикасаются мужские губы, потом язык, медлят, возвращаются и целуют ее уже всерьез, неотрывно, осторожно и бережно, язык не прекращает движения…

— Ну, как вы понимаете, никому не интересно, что было с Кирой в самом Могоке, — пожал плечами Виктор. — С этим ее ювелиром или кем угодно еще. Свободный и явно незамужний человек вдали от цивилизации. А вот когда она уже вечером того же дня вернулась в Рангун, то тут в нашей истории возник некий Степан Ганчук.

— Так я же его знаю, — задумался я. — Конечно, знаю.

— И ничего удивительного…

Степа Ганчук из числа людей необычайной силы, которые всегда выглядят старше своих лет. Я подозреваю, что Киры он мог вполне быть и моложе на пару годиков, но кого это волнует, если имеешь дело с горой мускулов. А лицо повыше этих мускулов — примерно как у хорошо побитого на ринге боксера.

Есть такая профессия — камеры таскать. Операторы телевидения редко бывают маленькими и слабыми. Сто килограммов мышц для них — что-то вроде нормы. От них шарахаются: заработать по скуле железным углом камеры, лежащей на плече такого оператора, не радость.

Степа Ганчук был знаменит с конца девяностых, после своих поездок в Пекин. В первой из них он только успел вселиться в гостиничный номер, как туда буквально ворвалась китайская девица в какой-то униформе с большим конвертом в руке. А раз конверт — значит, по делу.

Степа кивком показал ей, куда эту штуку положить, и вернулся в ванную, из которой она его, собственно, и выдернула с бритвой в руке. А когда буквально через минуту снова вошел в комнату, девица была уже в его постели, и очевидно, голая.

Степа не то чтобы думал — он вместо этого застегнул на животе рубашку (повезло, что брился одетый), молча повернулся, вышел из комнаты и отправился вниз, к стойке регистрации, протестовать. И правильно сделал, потому что минут через десять в комнату постучался бы мужчина в форме местного полицейского, и дело бы запахло немалыми деньгами. Стандартный трюк для Пекина тех лет, но Степа о нем не знал, у него просто сработало чутье.

А второй прославивший его эпизод был во время встречи на высшем уровне в том же Пекине, опять же в девяностых, когда главным человеком там еще был дедушка Цзян Цзэминь, а с визитом к нему приехал Ельцин.

Операторов телевидения тогда выстроили на обычной для таких случаев платформе за бархатным канатом: всех, российских, китайских, каких угодно.

Степа в ожидании выхода Бориса Николаевича прошелся по залу и немножко поснимал с плеча, а когда вернулся, обнаружил, что китайские коллеги почти оттеснили его треногу с возвышения, причем оттеснили во второй ряд из только что законно занятого им первого. Что, кстати, для китайцев очень характерно.

Китайского Степа не знает, но он в том и не нуждался. Он просто пустил в ход плечи, бока, локти, заново отвоевывая свое законное место. Но китайцы — тоже, раз операторы, не слабые — стояли кучно и мощно.

— А внизу под платформой, — рассказывал Степа мне и прочим заинтересованным лицам, — крутится какой-то маленький китайский гаденыш в черном костюме, старый, но что, сука, характерно — с черными волосами, вот прямо у меня под ногами. Смотрит на меня, видит, что животное мучается — и говорит на специфическом таком русском языке: «Что-о? Пло-охо?» — «Пшел, — говорю ему, — на хрен, без тебя тут»… — «Нисего-о, — без всяких обид утешает меня гаденыш, — нисего-о, сичас будет хорошо-о». — И тут, — завершил рассказ Степа, — в дверях появился наконец Борис Николаевич, крашеный старый гаденыш подошел к нему, обнял, и они вдвоем подошли к микрофонной штанге в центре зала перед операторской платформой.

За свои подвиги Степа был удостоен почетного титула Ганчук-Пекинский.

Вот этот Степа как раз и находился в Рангуне в момент, когда там была и Кира. Как до ее полета в Могок, так и после.

Да-да, с Кирой он, конечно, познакомился, потому что снимал он для какого-то экзотического фильма ту, с которой в Бирму и приехал, — Тину Гаспарян. Доставававшую ему примерно до солнечного сплетения. Тина читала текст в кадре, Степа снимал ее, потом пагоды, улицы, озера, а Киру познакомившаяся с ней в отеле Тина подговорила организовать поход к ювелирам, поснимать камушки. И та была никак не против.

Снимать камушки Степа со своей камерой пошел на другой день после приезда Киры из Могока. И что, сука, характерно, Тина хотя и рвалась к ювелирам (кто бы сомневался), но сопровождать своего оператора почему-то не смогла.

А дальше была такая сцена: Степа установил треногу перед прилавком, под стеклом которого переливались и зыбко дрожали разноцветные точки. Поскольку установка треноги требует какого-то времени, девушки-продавщицы не то чтобы куда-то отлучились (в ювелирных такого не бывает), но тихо бормотали о чем-то в уголке, посматривая иногда на прилавок и только на него. Кира — да, в одном из своих шелковых костюмов, в очках, прохладно-невозмутимая как обычно — была по другую от них сторону прилавка.

И она взяла Степу за руку, как бы желая что-то показать.

И уверенно повела эту руку туда, где у нее оказался высокий, до середины бедра, разрез на юбке.

Он ощутил прохладу этого бедра, потом его рука после мгновенного сопротивления была перемещена чуть назад, к тяжелым ягодицам; эта рука обнаружила, что под юбкой нет ничего, даже полоски ткани на стрингах.

Кира при этом, чтобы для продавщиц сцена выглядела нормально, свободными пальцами что-то показывала на прилавке и даже, кажется, произносила какие-то слова. Но здоровенная рука Степана продолжала путешествие — уже сама, пытаясь пробраться между сжатых, но как бы нехотя начинающих раздвигаться полушарий.

Продавщицы кивнули друг другу и решили уделить гостям чуть больше внимания.

— Вот так, — спокойным голосом сказала ему Кира. — Ну, надо что-то все же поснимать. Недолго.

— На второй день он испугался, — сказал мне Виктор. — Вот так мы тут — да, да, за этим самым столиком — с ним сидели, он слопал целую порцию жареного риса и еще много чего, и одновременно пытался мне что-то объяснить. Причем видно было, что мужик не понимает, что происходит, но чувствует, что дело — дрянь.

Кира иногда с ним там, в его гостиничной комнате, как бы даже говорила. Но говорила об одном, а делала… Это было похоже на человека, с которым происходит что-то ему неподконтрольное, и человек пытается показать, что хотя бы речью своей он еще владеет.

Кира с сосредоточенным лицом и раздвинутыми коленями опускалась на уже замученного к тому моменту Степана, потом вздыхала, поднимала бедра, переворачивалась к нему белой в темноте спиной, снова опускалась и начинала двигаться — при этом произносила, пока еще могла, какие-то малоосмысленные обрывки фраз хорошо модулированным голосом.

Кстати, звонок в два часа ночи насчет того, где можно купить в это время в Рангуне презервативы — он тогда и был. Виктору. От Степана. Что уже показывало, что ситуация ненормальная, Степан понимал, что в посольство или просто знакомым дипломатам звонят обычно не за этим.

Презервативы в Рангуне лучше всего брать внизу, в своем же отеле, они там есть всегда и обязательно. Но никак не в два часа. Кира, впрочем, нашла много замечательных способов обойтись и без таковых.

А потом Степан… ну, скажем так, застрелился. Делал он это так: вылил в стакан все, что в его комнате, в мини-баре, было спиртного, добавил пива, выпил единым махом и скрещенными руками показал: все. Меня больше нет. Отключаюсь.

И Кира ушла.

— И вот после звонка насчет презервативов мне, на другой день, ближе к вечеру, звонят вполне официально местные власти и говорят: «Ваша гражданка — в нашей тюрьме, помогите разобраться», — сообщил Виктор.

Он вздохнул и провел длинной кистью руки по пепельной щетке волос.

Дело в том, что после короткого сна Кира поняла, что не может с собой справиться. Она вышла в коридор в халате и… нарвалась на глупого американца. Тот просто не понял, что это значит — когда женщина показывает ему пачку денег и распахивает халат. Он думал, что денег хотят с него.

А поскольку американец был там с женой, то он на всякий случай пожаловался администрации.

Бирманцы — буддисты, и к любви относятся с полным уважением, зайдите ночью в Парк независимости в центре города и посмотрите, как там жизнь на газонах. Да-да, в два часа ночи. Но если американец — из числа тех, кто толпой хлынул в страну после тамошнего славного старта демократии, выборов и всего прочего… К нему и его жалобе отнеслись со вниманием.

— Если бы ее просто посадили за проституцию или хулиганство, то это был бы пустяк, — сообщил мне Виктор. — Это ненадолго, и вообще мы бы как-то разобрались. Но бирманцы очень хорошо поняли, что тут происходит нечто странное. Вкололи ей успокаивающего, а что это такое — лучше не думать. Так же, как и о том, что будет, если нашу гражданку посадят в местный дурдом. Как вытаскивают из тюрем — дело в принципе понятное, а вот здесь ведь надо изучать много для себя нового. Экспертиза, перевод с русского и много всякого прочего.

Помог Степан Ганчук-Пекинский, признался Виктор. Хотя бы тем, что повторял: «Хорошая баба, не знаю, что на нее нашло, но не надо мне было ее отпускать».

Да если бы и не Степан, то Виктору не дала бы дремать Тина: у нее пропал оператор. Который, вместо работы, как ни странно, добрался до полиции, тюрьмы и пытался на русском языке им что-то внушить.

У Степана с Тиной отношения были не совсем те, что можно было бы подумать. Все считают, что человек с микрофоном в руке — начальник, а оператор — его раб. Но на телевидении это далеко не всегда так просто. Тут важно вовремя заметить, у кого деньги и вообще материальная ответственность за экспедицию.

Степану было лет тридцать с чем-то, Тине — еле за двадцать, и вообще-то она вела себя как ребенок, брошенный опекуном. То есть не столько скандалила, сколько жаловалась. Да, в конце концов, деньги и правда были у него, а у нее не было.

До того они поссорились. Степан довольно быстро понял, что Тина тащит фильм куда-то не туда. Кульминацией тут должны были стать кадры ее беседы с Нобелевским лауреатом, иконой правозащитного движения Дау Аун Сан Су Чжи. Вот это интервью Степан и сорвал.

Но Степан не только, в отличие от Тины, успел узнать, что «Дау» — это «мадам», Аун Саном звали отца правозащитной иконы, фамилия ее Су, а имя

— Чжи. Он еще и посмотрел в объектив на эту даму, когда она выступала перед парой сотен своих обожателей в каком-то крытом жестью сарае в День независимости (пока власть проводила многотысячный парад). Посмотрел — и увидел: усталую женщину шестидесяти с лишним лет, которой в сущности нечего сказать, которую не слушают и еле терпят ее якобы ближайшие сторонники… а что касается любви сотен или даже тысяч «людей улицы», то тут все просто. Да-да, «а вы рожи их видели?». Степан увидел. Так что его не волновала мадам Су Чжи. Ему нужно было спасти Киру. И он не давал покоя Виктору.

Степану и Кире повезло, обычный дипломат ничего бы не понял в происходящем. Но человек, любящий Бирму и Рангун, человек, который никогда не примет эти «Мьянму» и «Янгон», мыслит по-другому. Он понял значение отрывочных упоминаний про Могок, про багровые глубины, и думал вовсе не только о том, что российская гражданка терпит лишения в бирманской тюрьме.

— Вы правы, лично я предпочитаю терпеть лишения в пятизвездочном отеле, — заметил я Виктору.

В общем, он довольно быстро вывел свое расследование в нужную точку. В частности, прочитал, да даже узнал и у некоторых монахов, что такое рубин. Кроме всего прочего, это — камень бешеной физической страсти, чувственных удовольствий, он концентрирует сексуальную энергию — причем скорее мужскую. Ну, а то, что его считают кровавым камнем, символом войны и жестокости, — так это еще надо посмотреть, какой именно рубин.

И Виктор, забросив прочую работу, с головой ушел в мир ювелиров, никто из которых не был только лишь ювелиром. Он ездил по ним полный день, с раннего утра до ночи, а его собеседники еще делали звонки друг другу перед каждым его перемещением от одной ювелирной лавки в другую.

В какой-то момент кто-то как бы в шутку упомянул «камень из Сонтау». И все стало на свои места.

А еще была беседа с местным военным (конечно же) вершителем судеб, из тех бесед, на которых надо говорить все как есть.

Что интересно, историю Виктора этот генерал воспринял совершенно нормально, даже понимающе посмеялся. Что такое «камень из Сонтау», он слышал.

На следующее утро Виктор воспользовался разрешением своего военного друга посетить тюрьму. Всю дорогу за его «лендровером» ехали два невысоких, но физически явно подготовленных охранника из ювелирной фирмы.

Никаких пуленепробиваемых стекол в бирманских тюрьмах нет, их усадили с Кирой за привинченный к полу металлический стол друг напротив друга. И даже особо не мешали их встрече.

В этих тюрьмах человека одевают в местную пижаму отвратительного цвета — в данном случае бурую. Но Кира не испытывала никакого смущения. Происходило то же, что описывал Степан: она пыталась делать вид, что ничего необычного не происходит, поддерживала беседу, а Виктора это очень даже устраивало. Он сказал несколько слов насчет того, что идет речь о выходе из тюрьмы под залог (она вежливо что-то ответила без особого интереса), а потом как бы между прочим заметил: «А пока что — вы извините меня, если я с вами проконсультируюсь по одному профессиональному вопросу?»

Он достал из тщательно застегнутого кармана своей сафари… нет, не коробочку из бамбукового ствола, а просто коробочку. Придвинул ее поближе к глазам Киры и откинул крышку.

И она смотрела в это умиротворяющее сияние идеально зеленого света, как только что выброшенный в мир побег травы. И смотрела. И смотрела.

Нет, после этой процедуры Кира внешне не изменилась, не потрясла головой, не спросила «где я?». Но поинтересовалась: «Да, так что там насчет залога, кто его внесет?»

И Кира на другой же день вернулась в мир. В этот странный мир кирпичных стен кровавого цвета; деревьев, пустивших корни в колониальные здания сверху донизу; почти несуществующих дорог; мужчин в юбках и под зонтиками, женщин с цветами в волосах: Рангун.

«Самое трудное было, — сказал Виктор, — найти то, что только и могло помочь. Ведь изумруды в Бирме не добывают, это мог быть только Цейлон (который Шри Ланка) или нечто из Южной Америки». А ведь требовался не обычный изумруд, а настоящий, идеальный, совершенный, громадный.

— Ну и вот, — пробормотал Виктор. — После всего описанного как-то не хочется исполнять обещанное вам, но как же его не исполнить. Впрочем, я проверил. Эта штука должна спасать от сглаза и вообще завистников, обострять интуицию, помогать видеть смысл действий других людей. И то, что вам нужны были именно черные, — интересно. Это скорее для монахов и тому подобных… И редкие камни, жутко редкие. А стоят… Но — вот, если что, можно еще отдать владельцу. У меня с ним после этой истории с Кирой особые отношения.

Виктор нехотя протянул мне коробочку.

Две золотые запонки. И в каждой — по почти непрозрачному черному камню, неограненному — то есть кабошону. А в глубине туманной черноты — мерцающее пятнышко молочного света, иногда взблескивающее лучами.

Звездные сапфиры.

И я смотрел на них.

И смотрел.

Наталья Рубанова

А-Эротические кошмары

кошмарт номер раз: [Libido, чорт!]

Я баба слабая. Я разве слажу?
Уж лучше — сразу![1]

Продавщице магазинчика «Урожай» Раисе Петровне Кошелкиной доставили с курьером диковину: по ошибке, с тайным ли умыслом — поди теперь разбери, да и нужно ли? Раиса Петровна и не стала. Как самочка пресвободная, не имевшая, по счастливому стечению обстоятельств, хасбанта, а по несчастливому — френда, временами сносила она те самые тяготы, озвучивать которые приличным гетерам[2] словно б и не пристало, но кои, введя однажды во искушение, от лукавого век не избавят. «Ок, ок, но что же Раиса Петровна?» — перебьете вы торопливо, и будете, верно, правы: времечко нынче дорого — пространство, впрочем, дороже… Однако, мы отвлеклись, и потому просим тихонько ангелов: «Ну повторите, повторите же! Мы снова были заняты бог весть чем! Мы, как всегда, вас не слышали! Зато сейчас расправляем локаторы и внимаем, внимаем… Мы очень! Очень! Хотим! Внимать!» — и ангелы повторяют, повторяют любезно: «А то: когда руки опустятся, сыграет solo».

Выбросить живчик, как назвала Раиса Петровна ветреное — задуло — изделие, не решилась, хоть злые слезы оно и вызвало: так, по здравому рассуждению, и упрятала на антресоль. Ан рецепторы не обманешь: полжизньки «примой» продула! Шмыгнула как-то

---

1 Вознесенский.
2 Самка человека, один из полов, образующих род людей.

zaмуж, ножонкой одной постояла — нехорошо, другой — туда-сюда, туда-сюда — и вовсе паршиво: «Так недолго и цапелькой обернуться», — подумала, и больше уж не пыталась — ни с Ремом, ни с Ромулом, а уж про мать их волчицу… delete, dele-ete! Когда же талия заплыла окончательно, когда даже последние беспородные живчики канули в Летку, ну а дамские book'и — сегмент, не при любезном читателе будь сказано, сентиментальной лит-ры — были выдворены (в сердцах, в сердцах) с книжной полки, примостившейся над ворчуном ЗИСом,[1] — он, бедняга, лет тридцать страдал артритом, — Раиса Петровна то ли ойкнув, то ли икнув, окончательно сдалась: и лишь диковина, появившаяся в скворечне второго апреля, вернула ее к тому, что называют приматы, забывшие о подмене понятий, «жизнью».

Так — второго апреля, в день рождения Сказочника (хотя Раиса Петровна о том не ведала и «Девочку со спичками» ни оком, ни рыльцем), — в био-ее-программку встроили, о чудо, *страшную тайну*. «Миггом пггавят ггептильи!» — каркнул аккурат в момент встраивания попугай, и тут же, смутившись, заткнулся: в конце концов, даже если и так, ни хозяйка («Стаггая кляча!»), ни соседка Кошелкина («Стаггая дугга!»), чистившая за какие-то цветные бумажки его клетку, никогда ничего не поймут: «Тут двумя нитями[2] не обойтись, не-ет!..».

Глазки подопытной приобрели тем временем «романтичный блеск», щеченьки заиграли и даже живот, ах-ах, втянулся. «Теперь мне есть что скрывать!» — простодушнейшее кокетство привнесло в пресненький быт Раисы Петровны нотку пикантности,

---

1 Холодильник «ЗИС-Москва» ДХ2.

2 Зд.: ДНК.

ну а раз так, зафиксируем: достав стремянку, она лихо приставила ту к шкапу и, взгромоздившись на восьмую — пересчитаем, вот так, — ступень, замерла в напряженнейшем ожидании — или, быть может, вожделении: кто теперь разберет! А вожделела она, конечно, большое и теплое — сердце же, на минуточку, стучало та-ак, что его впору было придерживать — хотя б и мокнущими от стыда ладонями.

Когда же Раиса Петровна сняла с верхотуры коробку, пальчики задрожали — этими самыми пальчиками и нащупала наша птичка не только диковину, но и лежащий под ней дисочек. «А-ах! — вырвалось откуда-то из глубин живота: все когда-нибудь случается в первый раз, даже "а-ах". — Батюшки святы!» — обнажение ХХХ-маркировки ввело во смущение, переросшее вскоре в живейший — ну-ну — интерес. Осторожно, стараясь не упасть — и не уронить, не дай бог, CD, — спускалась Раиса Петровна со стремянки; очутившись же на полу, мухой метнулась к старому DVD. Метнулась, вставила диск — и снова: «А-ах!» — из недр, из недр: ай да коленца!

…Совать носок в замочную скважину мы, конечно, не станем, и все же заметим. Несмотря на приличную, пусть пэтэушную, *вьюность*, когда дале слюнявых целуйчикоf у подъезда не шло, несмотря на *пристойную младость* — без моно- и прочей лю.лю,— младость, скормленную сфере обслу.., — как не свихнулась Рая от скуки, ангелы наши умалчивают,— фильмчик был досмотрен-таки до конца. И все б ничего, кабы не Чорт — вот он, «авторский произвол», Андрій ибн Ви! — ну да, *большой и теплый*, как и просили; рога и проч. муш$кое стоинство были — «По-быстренькому?» — при нем. «Шут-ка... — пролепетала вмиг побелевшая, как рис, Раиса Петровна, и то ли от страха, то ли от вожделения, а может, от того и другого вместе, раздвинула, ахнув, небритые ноги. — Шут-ка-а-а-а-а!!»

Никогда, никогда не испытывала она ничего подобного… («Das-ist-fantastisch? — Ja-ja!»)

Никогда никого так не боялась — и одновременно не желала… («Das-ist-orgasmisch? — Ja-ja! Ja-ja!»).

Никогда не догадывалась, что лишь сила — сила, не членчик — и была ей нужна, а не: Ромул, Рем, мать их волчица… («Das-ist?.. — Ja-ja! Ja-jaa!! Ja-jaaa!!!»)

«Какие шутки с вашей сестрой? Матрица!» — пробормотал Чорт и, деловито почесав копытце, погладил Раису Петровну по дрожащей коленке. Кошелкина опять закряхтела: сначала тихо, потом погромче (она, бедняга, снова не поняла, от ужаса иль удовольствия), а потом взяла да и отдалась потоку — и с такой, трата-та-та, экспрессией, что soседка — пищавшая в церковном хоре Марья Ильинична Теркина, — хотела уж было приставить к стене бокал для прослушивания, и кабы не телефонный звонок, отключивший ее менталку ровно на четверть часа, а потом еще на две, непременно бы согрешила. «Ок, ок, но что же Раиса Петровна, — спросите вы, — что с нею стало? Неужто астральный секс — или, как его там… суккуб? инкуб? — столь хорош, что с людьми, пожалуй, и вовсе не стоит? А если и стоит, то через раз, — и лучше все же по Вирту?» Да, мы ответим. Конечно, мы вам ответим. Только поставим отточие. На память. На посошок. Вот та-ак…

«Запах! За-па-ах!» — учила Теркина попугая. «Запа-ах!..» — вторил ей попка до тех самых пор, пока труп продавщицы, обнаруженный копами в грустной ее скворечне (до магазинчика «Урожай» — ну, это в скобках — восемь минут хода) не доставили в морг с оказией: по ошибке, с тайным ли умыслом положили на грудь диковину, поди теперь, разбери — да и не нужно.

кошмарт номер два: [смешно]

Ольга Павловна, так уж вышло, была из тех дам, при упоминании о которых следует представить все-непременно горящую избу — или, на худой конец, пожарную лестницу. В первом случае мы визуали-зируем Ольгу Павловну, входящую в объятое огнем пространство и, что твоя саламандра, выходящую из оного; во втором — Ольгу Павловну в эмчээсовской форме, прижимающую к груди спасенного от верной смерти киндереныша, а также прослезившегося — весь в саже — пожарного, гаркающего в сердцах: «От баба!»

И все же «железной леди» Ольга Павловна, директор по маркетинговым коммуникациям небезызвест-ной торговой сети, себя не ощущала — особенно в те невероятно унизительные для нее моменты, когда Кристи — светлые джинсы, индийская сумка через плечо, ускользающий ежикотуманный затылок — приводила в дом очередную «вторую половину» и, глядя в глаза, искренне уверяла: «Мамочка, это — навсегда!» Ольга Павловна, сцепив зубы, верила (с кем бы дитя ни тешилось, лишь бы из универа не вылетело) — верила до тех самых пор, покуда одно из ветреных «навсегда», приехавших покорять столицу, не обчистило ее сумку и не было поймано с полич-ным. «В стойло!» — только и сказала тогда Ольга Павловна, и, хлопнув дверью, отвернулась от своего отражения — злые слезы душили, впрочем, вовсе не из-за банкнот — пусть и хрустящих, пусть и пятитысячных: нет-нет.

Не прошло и двух месяцев, как Кристи явилась в квартирку с новейшей пассией: традиционный рефрен — «Дорогая мамочка! Это навсегда» — обратился в лаконичное «Женечка». Улыбнувшись одними губами, Ольга Павловна кивнула, быстро прошла в свою комнату и, упав на кровать, свернулась калачиком. А чтобы рыдания не выпорхнули часом в коридор и не поплыли, что совсем ни к чему, в гостиную — и дальше, в девичью, — вцепилась зубами в шелковую свою «подружку» да пролежала так до тех самых пор, пока не провалилась в тяжелый сон. Кошмарик, выбросивший ее в трехмерку, заставил сердце биться чаще обычного: накапав корвалола, Ольга Павловна быстренько опрокинула мутное пойло, набрала номер покойного мужа да быстро-быстро зашептала в трубку: «Сашенька, как настоящие! — В другом измерении что-то щелкнуло, и она, поймав волну, продолжила: — Да, по всему небу, представь-ка… куча! Армия целая! Сотни — а может, тысячи! — тарелок летающих! И эти еще… глазастые… Передвигались по городу, будто всегда тут жили… И небо в конце украли… Вместо него механизмы свои с прожекторами поставили, — а от них ни-ку-да, ни за что-о! И Кристи за стар…» — не договорив, Ольга Павловна нажала на красную кнопку — в ее измерении что-то щелкнуло — и снова заплакала. Ну да, она жалела себя: ни «статус», ни «связи», ни то, что принято называть здесь словечком «хобби» (Ольга Павловна играла в шахматы и не прочь была пострелять в тире) не могли вытянуть ее из вялотекущего депресьона: как только Кристи появлялась в квартирке, в их прелестной квартирке на Гастелло не одна, пакостнейшее это чувство, смешанное со стыдом, переполняло так сильно, что иной раз дело доходило до форменного удушья: обида, горловая чакра — как по нотам… Бороться ж с собой — точнее, с мыслями, которые «она» приписывала, как и любой тутошний винтик социума, «себе», — Ольга Павловна не хотела, и только вздыхала: «Никогошеньки рядом! Ни-ко-го-о!.. Всю жизнь — сама все, всю жи-изнь!» — «Как в шестнадцать работать пошла, — замечает поймавший волну покойный муж, — так до сих пор и пашет». — «Перерыв на декрет — но это ли отдых? — вторит зацепившаяся за его мыслеформу умершая крестная. — Тошнотики — да пеленки…» Подключившись к их голосам, — вернее сказать, частотам, — Ольга Павловна сама не заметила, как, обернувшись в собаку, завыла-таки на Луну. Прибежавшая же на шум Кристи — «Почти голышом ведь… как быстро у них!» — присела на корточки: «Мамочка, это — навсегда!» — и, по-детски расплакавшись, погладила ее против шерсти.

Хотелось вот так: «Шли годы. Кристи с Женечкой жили душа в душу, Ольга Павловна же души не чаяла в детях», — да только годы, на самом-то деле, никуда не шли, а пошленько топтались на месте, и, хотя Кристи с Женечкой и впрямь жили душа в душу, детей как-то так не предвиделось. Ольга Павловна же, как и большинство сук ее возраста, мечтала всуе о щенах, и все чаще грустила — ее-то песенка свыта! Породистое отражение, глядящее из зеркала, тактично о том умалчивало — умалчивало до тех самых пор, пока зацепившаяся за поводок фраза Женечки «Я сделаю все, только скажите…» не повисла в воздухе. «А как же Кристи?» — тявкнула Ольга Павловна и выбежала из комнаты. Женечкины знаки внимания, обращенные, меж тем, к ее скромной персоне, перешли все дозволенные границы: когда Кристи не было дома, Ольга Павловна старалась и вовсе не высовываться из конуры. Однажды в сумерках, правда, выскользнула, как ей казалось, т и х о н ь к о, но не тут-то было — Женечкин силуэт, замаячивший в конце длинного коридора, наложился — игра теней — на силуэт Ольги Павловны, и было это так, с позволения сказать, волнительно, что наша сука даже не нашлась, что и пролаять. То ли дело Женечка, чей лексикон поразил бы в момент тот чье угодно воображение! То ли…

Никогда в жизни не говорили Ольге Павловне таких слов. Никогда не чесали так нежно за ухом. Никогда не была она «чудом природы» и «раненой ланью». Не помнила себя более счастливой и опустошенной одновременно, и потому, словно ее лишили на миг чувств, даже не ощутила Женечкиных объятий, совпавших аккурат с появлением Кристи: «Что же, у вас все схвачено?».

«Дрррянь!» — зарычала Ольга Павловна; пощечина получилась звонкой, но что с того? «Прости, ну прости, а… — запела вдруг Кристи, подставляя левую. — Я просто хотела, чтобы ты поняла… ну, что я обычно чувствую… Ты ведь считаешь меня ущербной, ушибленной на голову… А я просто не знала… Не знала, как объяснить еще» — «Ольга Павловна, я и впрямь не хоте…» — захлебывается вдруг слезами Женечка и, выскальзывая в коридор, быстро-быстро бежит по лестнице; их с Кристи разделяет пролет, один лишь пролет — и целая ма-ма.

Она смотрится в зеркало.

Хохочет.

Ей и в самом деле жутко, жутко смешно.

кошмар-черновик [IN VIVO]

1

Темнота — и вспышка слепящая (локоть? плечо? колено?..).

Капелька пота, стекающая по спине, застывает на ящерке: главное — успеть запеленговать, он думает, она ведь на Лину, на Лину его похожа, а еще — ну да, на ту, из Киндберга[1]: detka — нет, не читала: есть ли разница, впрочем, уф, да есть ли, на самом деле? «Какой же ты вкусный, ра-ра, — выдыхает она и, проводя тыльной частью ладони по рту, поднимается с колен. — Омерзительно вкусный!»

Рыжие волосы, тонкие щиколотки… дрянь, что мне делать теперь? «Убей, — Лина подсказывает, — убей, чтоб не мучилась: вот так (показывает) или та-ак (чертовка…), ах-ха-а!»

Он, пожалуй, обрадуется, если кто-то пустит ему пулю-другую в лоб, но увы: «кто-то» явно не догоняет, и потому он наклоняется, и потому кусает теплые ее пальчики: «ветреные», «смешные»... «Ну ладно "ветреные", — бормочет она сквозь сон,— но почему "смешные", смешные-то — почему-у?.. Тридцать шесть с половиной», — она уточняет, она поглаживает ступни: если, конечно, размер имеет значение… если, конечно, думать, будто что-то его имеет!..

Он знает: нельзя цепляться, знает хорошо (слишком?) — стоит позволить себе чуть больше, как сразу все потеряешь: подкладывать человечка под свой сценар… никому-ничего-не-должна, сбивает с мысле-формы рефренчик: не расслышать хотел, безумный! — не вышло, и все равно: к волосам, щиколоткам,

---

1 Кортасар. «Местечко, которое называется Киндберг».

ключицам — да ко всему, о чем, коль исчезнет, забыть бы надо, — прилип.

Ну, ну давай же, papochka! Она смеется, она обнажает зубы — обнажает, будто его Лина (да она и есть, она и пить ego Lina), — «Я вернусь, когда облетят листья, — она кивает на деревья, он касается ее губ — детских? — Один верхний обман, один нижний — ладошкой: левой — и правой, левой — и правой, левой — и пра... я, — обрывает она строку, — вернусь, нет-нет, ну правда, ты стал мне так до... так дорог, да-а! И не думай-ка тут подсовывать!»

Она подбрасывает купюры: водяные знаки слетают с резаной цветной бумаги и, покружив, обращаются в бабочек. Он не знает, что делать с ними, и кричит: «Какая "плата"! Я же отдать хотел! я просто! просто!»

Живешь «своей жизнью» лет триста — и вдруг: марево.

Раскол.

Вспышка.

«Мир, detka, такой большой, а ты — маленькая и хрупкая... Стоп-кадр, безумка, стоп-кадр! В деньгах ли только дело? Надо ли те...» Она касается его рта обманкой: сначала левой, потом правой, сначала левой, потом правой, и вдруг взрывается: «Да ты не понимаешь! (опять отсекает строку, опять становится тенью на потолке). Ничего, ничего-то не понимаешь! Я должна, да, на все себе, блин, должна-а!.. Не пялься вот так вот, ладно? Не вздумай пялиться даже... Я сказала тебе, ска-за-ла!»

У нее русалочьи — кали-юги русальной — зрачки: доплывешь до других берегов ли? Он не будет, впрочем, не будет спасаться, да и что есть спасение (в его случае), как не возврат должков? Ну и еще: вправе ли он в е р н у т ь?

— Мне было все равно, что с тобой, все равно-о: я был в бешенстве, я и правда не знал, как дальше… ненавидел весь свет — себя, тебя, да любого… не посылал тебе денег, специально не посылал, но теперь… теперь ты ни в чем не будешь нуждаться, теперь…

— Тсс, — смеется она, — можно выгуливать собак и сидеть с киндеренышами, танцевать стрип и петь на улицах, собирать землянику в Финляндии и апельсины — в Греции, спасать китов — что там еще бывает? — можно даже чистить Мексиканский залив, а-у-м-м-м: нефть в мангровых зарослях, в мангровых зарослях и на пляжах… Около сотни в месяц: why not?

Темнота — и слепящая вспышка.

Локоть. Плечо. Колено.

Капелька пота, стекающая по спине, застывает на тату ящерки. «Главное — успеть запеленговать ту», — он думает и слизывает.

— Я в детстве играла в гробики, — она говорит.

— В гробики? — он переспрашивает.

— Ну да, у нас там старый склеп был, вот я — индейской девушкой… Хо звали…

— Хо — из китайского…

— Ха, «китайская», папочка, только лю-лю бывает.

— Не говори «папочка».

— Прости, вырвалось. Почему ты исчез тогда?..

— …они ведь били, били тебя?

— Да, били, — она говорит отстраненно, дымит травой. — Били — сначала так, а потом вот та-ак (показывает): а когда долго бьешь по одному месту, оно теряет чувствительность (умолкает на миг) — это сказала Лилла, Лилла меня любила, Лиллу изъели черви.

Он думает, будто она плачет, но нет: просто так изогнулась. И вот тогда:

— Ты — как — хочешь?

— Я — как ты. А ты?

— Ну что ты спрашиваешь, почему ты все время спрашиваешь?

— Лина…

— Я не Лина!

— Я люблю тебя, Лина…

— Я не Лина, не Лина-а-а, — кричит она и выпархивает из постели — удерживать бесполезно: бежит известно куда, ну хорошо, хорошо, пусть примет душ, душ освежает, охлаждает, душ приводит в порядок мыс…

— Лина? — Звук разбивающейся о живот ванны воды. — Ли-на? Ли-на?

Полотенце падает на пол:

— Боюсь теней, папочка, боюсь пуще резины.

— Резины? — он переспрашивает.

— Ну да, резины, у него резиновая дубинка была: больно, на самом деле, а потом — не.., потом только круги перед глазами… плывет все, плыве-ет, и хорошо, хорошо в чем-то… не важно, что кровь, что страшно, — не важно все… и даже второй, и третий: встать не могла неделю, лечилась от дряни, а все равно, папочка, равно-о…

Локоть. Плечо. Колено.

Он бьет наотмашь: она не закрывает лицо, не кричит. Это из-за нее умерла Лина, это из-за Лины у них все наперекосяк, это из-за Лины он чуть не убил себя, из-за Лины от нее отказал…

— *Из-за тебя*, — это он закрывает лицо руками, это он кричит, — из-за тебя у ш л а Лина! А мы ведь были счастливы, да, счастливы! Понимаешь?.. Amo, Amas, Amat!

Она кивает и, широко разводя ноги, пришептывает:

— У деда-то конопля в саду росла — масло делал… Как-то мне говорит: «Жмых, Стешенька, выкини», — ну, я за ворота, а там: «Чего, говорят, несешь?» — «Жмых, — говорю, — несу, дед масло делал, выкинуть попросил…» — «Жмых?» — переспрашивают. — «Жмых, — говорю, — ага…» — «А ну, дай-ка его сюда — сами в компост снесем…» Вечером полдеревни в отключ…

— Почему жмых, Стеша? — Он трясет ее за плечи. — Почему жмы-ых?

…

Она смеется.

2

Лилла хочет выбрать укромное место. Лилла смотрит на нее так, будто видит впервые:

— Сте-ша, — тянет она, — Стешенька, как хорошо-то!..

Стеша достает штопор и, свернув бутылочке шейку, плотоядно облизывается:

— Почему, нет, Лилла? Ты боишься, что я не приду к тебе, что отправляюсь чистить Мексиканский залив прямо сейчас? Что обману — тебя ведь часто обманывали, Лилла? Лилла не отвечает — Лилла улыбается: Лилла хочет сказать, что она прекрасна, что у нее «восхитительные глаза», «необыкновенная кожа» и «потрясающая грудь» — да-да, вот так просто, так примитивно: «восхитительные» (ведь восхищают), «необыкновенная» (ведь такой не бывает), «потрясающая» (да от нее и впрямь трясет). Вместо этого Лилла пьет вино — глоточками маленькими и не говорит ничего, вместо этого Лилла улыбается каждой клеткой своего существа: Лилла знает, сегодня она останется, останется до утра, эта чертовка, стиляжка, дрянь — хрупкое чудо на карте трагичного ее мира, маленькое растение, трепетная душа. Она, Лилла, знает, что будет тянуть, словно нектар, душистый ее сок, и как тело ее, сверкнув, подобно молнии, разрядится слезами и шепотами.

Но все происходит совсем не так: прикосновения комкаются, штопор летит в стену, платье трещит по швам, руки и языки немеют. «Лилла, Лилла... — сбивается с ритма Стеша, — прости...» — и засыпает: она давно ведь уже не спала — с тех самых пор, как устроилась на чертову эту работку, тоска-тоска, а через час:

Локоть.
Плечо.
Колено.

Капелька пота, стекающая по спине, замирает на ящерке: «Главное — успеть запеленговать», — Лилла думает — и пеленгует: рыжие волосы, тонкие щиколотки... да что с ней делать теперь, а?

Она знает: нельзя цепляться, ну да, хорошо знает — стоит позволить себе чуть больше, как сразу — пиши пропало: никому-ничего-не-должна, это рефрен такой, она б хотела его не слышать — и все же цепляется: да, и к волосам, и к щиколоткам.

— Сколько зим без тебя, а? Нет, ты скажи, скажи-и, что за магнит? Медом, что ли, намазана? Отклеиться невозможно — приклеиться и подавно… ведьма? Лилла, Лилла… — качает головой Стеша, и слизывает капельку крови с ее языка.

Как ты танцевала?

— Как-как… — Стеша смеется. — Да нравилось мне, нравилось заводить-то! Сидит такой — тушка — в кабинке, пиво сосет, — а я раздеваюсь: трогать не дозволяется, охрана за стенкой… и так его обойду, и эдак… красный, как рак, станет, ну и дава-ай… Все одинаковые… А надоело — и бросила… Лилла, что-то не так, Лилла?

Жизнь сжимается — хруст, крик! — до маленькой точки на анатомической карте мирка: любое слово Лиллы, любое движение, в общем, бессмысленно: «Главное — не цепляться, — стучит в висках, — не привязываться, не то…»

А утром:

— Спать — смерть как хочу, убери ру… — И Лилла закрывается, и Лилла готовит кофе: Лилла знает — если вовремя приготовить кофе, никто не заметит, что она, сжав по-детски кулачки, беззвучно плачет над Мексиканским заливом: говорят, будто тот и впрямь существует.

3

«Стеша, не желаете отобедать?»
Он будто б из девятнадцатого, проездом.
Целует руку. Подает зонт и балетки.
Не друг, не недруг — Случай.
Да, отчего ж нет!
«Ваше величество…»

Обедают.

И девятнадцатый говорит, говорит.

И она слушает, слушает.

Слушает, чуть приоткрыв рот.

Точеный рот.

Рот, достойный кисти Веласкеса.

Санти.

Гогена.

Рот, принявший в себя сотню чужих.

Рот, который он, Случай, просит позволения нарисовать.

И получает.

Получает позволение.

...

«Да она лист, лист просто! Кружится — не поймать, да и не нужно, не нужно лови-ить! Летит себе, кувыркается, приземляется на секунду — и снова кружится... не лист, не-ет: лиса! Да она ведь и есть, она пить — лиса! Шкурка...» — «Да она просто мороженое, мороженое из ЦУМа того... мне шесть, мамочка в новом платье... и эти потолки, потолки высоченные... если поднять голову и посмотреть сквозь стекло на небо, оно покажется более настоящим, чем на самом — да! — деле... ну а потом — сразу — стаканчик вон тот... лучшее в мире мороженое с вываливающейся шапкой-сугробом — ам! — и нет... так и Стешенька... была вот — и нет, рас-та-я-ллл-а...» — «Да она просто змей, змей воздушный! Торговка иллюзиями! Одной рукой монетки считает, другой — мечту продает... и ведь летит, надо ж, летит по небу *вот этому*, а *там*: и лист, и мороженое, и сказка Шехерезады последняя…»

Локоть.
Плечо.
Колено.

Капелька пота, стекающая по спине, замирает на ящерке: «Главное — успеть запеленговать», — он думает.

Рыжие волосы и тонкие щиколотки: да что с ней делать теперь?

Он знает: нельзя цепляться, ну да, хорошо знает — стоит позволить себе чуть больше, как сразу — пиши пропало: никому-ничего-не-должна — это рефрен такой, он бы хотел не слышать его — и все же цепляется: да, к волосам, щиколоткам…

Цепляется ко всему, о чем следовало б забыть сразу после, даже если «ничего не было»: ну а что, собственно, было-то?.. Мираж, да и только!

…

Стеша ставит отточие и, убирая наши — мои да автора — пальцы с клавиатуры, долго дует на них, а потом — зверек, отгрызший себе лапу, чтобы вырваться из капкана, — бесстрашно обнюхивает.

4

[сложносоподчиненная женщина, кошмар последний]

Желудев хотел Женщину — да не простую, аки знамо чье ребро, но Сложносоподчиненную: чтоб непременно уж «и…, и…», а не — тьфу! — «или-или».

Вокруг, правда, сновали одни лишь жэнщины, а жэнщину Желудев не хотел, и потому искал без малого тридцать уж лет и три года: семь пар железных башмаков истоптал, семь посохов железных изгрыз, на иглу Кащеюшкину чуть было не подсел, а все нейдет. «Где ты, Сложносоподчиненнай-а-а?..» — кричал он иной раз во сне, во весь свой богатырский басок, ан бестолку. А раз так, решил Желудев по прошествии времени у транссилы совета искать. «Тонкий Духовный Мир, — канючил он, — поверни ко мне Женщину Сложносоподчиненную передом, а остальные все пусть лесом идут!». Озадачился по такому случаю Тонкий Духовный Мир, от наглости человеченной аж скорость света того убавил, ну и откликнулся: «Дурачина ты, простофиля! Чтоб Сложносоподчиненную привлечь, надобно самому Сложносочиненным стать! А ты с рылом своим пивным — в ряд шампанский, значит, желаешь?» — вот и весь сказ. Закручинился Желудев, запереживал, затомился во весь свой уд богатырствующий — одним словцом, спекся: никакая другая мысль, окромя как о Ней, в головушку-то нейдет, есть-пить хлопец не может, и вообще — нестоячка! Тень тенью ходит, ни кожи ни пушка над рыльцем — одни мослы торчат, ворочаться с бока на бок мешают, думки с ритма сбивают — часы и те нейдут! «Тонкий Духовный Мир! — взмолился тогда Желудев. — Что ж делать-то мне теперь? Век бобылем ходить? Для того ль меня мамо в поле капустном рожала, чтоб в муках все дни провел, чтоб удаль свою молодеццкую — да в компост дачный снес? Хошь што проси — все отдам: дай только Сложносоподчиненную: чтоб и… и…, значит, а не — тьфу! — или-или!». Посовещался, заслышав речи такие, один Тонкий Духовным Мир с другим, и так порешил: «Чтоб Сложносоподчиненную привлечь, надобно тебе, Желудев, учиться, учиться и учиться: сознание очищай, слышь? Клизма ментальная требуется — дальше фаллоса-то не видишь… так и Сложносоподчиненную, коли появится, проглядишь! А ну как из плена ума вырвешься, светом самому себе — чисто Будда — станешь, так Она враз и явится…»

Пригорюнился Желудев. Как самому Сложносочиненным стать, не ведает — не обучен работе душевной, как ум онемечить — не знает, а уж как светом себе самому по самое не могу засветить — и подавно. Начал, понятное дело, книжки ученыя читать, мудрецов в порядочке альфабетнутом по периметру разложил, и ну — как Ленин: и то вроде выучил, и это — а все не то будто, все будто воздуха нет у него… Тужился Желудев, тужился, а потом возьми да крикни: «Тонкий Духовный Ми-и-ирррр! Не можу я! НЕ мо-жу-у-у!» — а Тонкий Духовный Мир, не будь дурой, тихохонько так, по-родственному: «Здесь и Сейчас. Здесь и Сейчас. Отколись от ума. Проснись. Присутствуй!» Ну, ходит Желудев из угла в угол, как герой романа рыальистичнаго, здесь и сейчас, здесь и сейчас, точно тот попугай, рефренит, — а от ума все равно никак не отъединится: проснуться, присутствовать чтоб, стал быть, не может. Пуще прежнего опечалился Желудев, руки в кулаки сжал — и ну опять вопить во весь басочек-то богатырский: «Женщину! Женщину хочу! Сложносоподчиненную! Чтоб и так, и этак могла, и в воде морской, и в глади небесной — а еще и поговорить чтоб! И платьице… Платьице красное на ей штоб… красное, да, всенепременно…» Совещался Тонкий Духовный Мир, совещался, да и порешил Желудева в Сеть кинуть.

А в Сети все круглосуточно да круглосуточно. Почесал Желудев репку, а дальше так: «Экзотика — пикантно, БДСМ — жестко, свинг — прогрессивно, массаж — волшебно, он+он — поэтично...» Снова почесал репку Желудев, да и повернулся к классике жанра передом — а там: «Неудачный день? Один звонок — и он будет самым счастливым! Киски. Тигрицы. Пантеры», «Маша, 23, все виды и/о. Обожаю а/с», «Камилла, 31: сладкая, как мед, нежная, как пух, все умею и могу», «Аллочка, 25, бдсм, золотой дождь, и/о, приезжай скорей!», «Танюша, 18: твоя настоящая мокрая невинность», «Ирэна: выезд в течение часа в городской черте. БДСМ, а/с, и/о — цветные и белые девочки на ваш вкус и размер».

Перед глазами поплыло: что такое золотой дождь, Желудев догадался, но вот с бдсм, а/с и и/о дело обстояло куда хуже: неужто он так отстал от жизни, неужто прогресс зашел столь далеко? А может, он просто старый? Желудев вконец расстроился, но сладкой, как пух и нежной, как мед Камилле все-таки позвонил: пошлость, ну да, пошлость, но что делать, коли не только со Сложносоподчиненной проблемы — редкий, исчезающий вид, — но и просто с жэнщиной? Была не была: сколько лет-то прошло, сколько зим!..

Он тяжело задышал и набрал номер: из трубки послышался томный блюз, а затем не менее томный голос: доверия, впрочем, Желудеву тот не внушил. Ну нет, он понимал, конечно, что позвонил в салон и что Камилла, скорее всего, сейчас «работает», — но он-то хотел Камиллу — ну или ту Катю, которая себя за нее выдавала, чего уж... Плюнув, Желудев потянулся было за сигаретами, но пачка оказалась пустой: спешно накинув пальто, он бросился в супермаркет. Возможно, какой-нибудь умник и разглядел бы в сем перемещении перст «злого рока», возможно, иначе как объяснить то, что именно в его, желудевскую корзинку бросили аккурат у кассы *журнальчик*? «Издание не является эротическим, — прочитал Желудев рядом с вызывающего вида Карменситой. — Реклама сексуальных услуг не публикуется; при подготовке использовались материалы, взятые из свободных источников, а также полученные от заказчиков». Почесав в сотый раз репку, Желудев хмыкнул — за дурака его, что ли, держат? Карта метро с телефонами и женскими лицами на развороте, казалось, над ним смеялась. Барышни, все как одна, представлялись Желудеву понарошными, но самым гнусным оказывалось то, что все они выставляли эти чертовы счета: Желудев, положа руку на сердце, и рад был бы заплатить Сложносоподчиненной, но существовала ли она, уверен уже, пожалуй, не был. Для усиления сердечного хаоса прямо перед его носом пролетели Катюша Маслова с Сонечкой Мармеладовой — летели они как на картине «Прогулка», а Желудев никак не мог вспомнить фамилию художника, и потому страшно злился, хотя по сюжету предполагалось, будто он, аки истинный русский интеллигент, всенепременно захочет наставить падших созданий на истинный путь. «Если вам не удается достичь оргазма, а мужчина очень старается, оргазм можно и сымитировать. Так поступает каждая десятая: это не ложь, это забота!» — прочел Желудев в *журнальчике*, посмотрел на удаляющихся персонажек, нажал на delete, да и втянул голову в плечи.

Совсем сдулся он, все чаще Тонкий Духовный Мир гневить стал, горькую месяц пил — ну а р е б я т а знай себе: «Расширь тело свое световое на восемьдесят восемь процентов! Активируй двенадцать спиралей ДНК!». Схватился Желудев за голову — да так сильно, что черепушка его в какой-то момент хрустнула: тогда-то и вылетела из нее его птичка и, покружив, уселась, как ни в чем не бывало, на темечко нашего с-пальчика — и ну долбить — дыннннь, дыннннь! — будто так и надо. Сидит Желудев на скамеечке для ног, мозжечок свой злыдне крылатой скармливает, и кажется ему, что с каждым таким дзынннем все меньше и меньше становится, на убыль, верно, идет, — а что хуже всего, истончается… Птичка ж знай себе, поет: «Искал меня тридцать лет и три года? Днем с фонарем иска-ал? Терпи-пи-пи! А вот и дождь золотой… компенсация морального, миленькай…» — обтекая, Желудев вдруг почувствовал, что, уменьшаясь и истончаясь, одновременно словно б вытягивается; сухая шершавая кора, покрывшая с головы до пят, окончательно его онемечила — и только свинья с голубыми глазами и торчащими из ушей золотистыми волосинками — цвет «неба и осенней листвы» — похрюкивая, лакомилась спелыми желудями, устилавшими земляничную чью-то поляну.

Искусство книгосожжения в XXI веке

«Я в Лиссабоне. Не одна»
Про это, или Лиссабонское Дело
[перед прочтением сжечь]

Сборник любовно-эротических новелл «Я в Лиссабоне. Не одна» — своеобразный привет роману «451 градус по Фаренгейту» Брэдбери, где описывается тоталитарное общество, в котором, как известно, все книги подлежат сожжению. Первый трехтысячный тираж этой книги, выпущенный «Астрель СПб» в 2014-м, был уничтожен, так и не попав со склада АСТ в магазины. «Мой дом сгорел, зато весь город цел», пела когда-то Ольга Арефьева. «Ихнее» — цело, «мое» — в огонь ушло, воду и медные трубы прошло… Нам удалось возродить проект благодаря издателю из Канады Алексу Минцу, который заинтересовался уничтоженной в России 21 века книгой и захотел переиздать ее: ее, попавшую не так давно, как ни странно, под огонь издательской самоцензуры. Никто официально книгу «Я в Лиссабоне. Не одна» в России не запрещал, однако в АСТ сработало классическое «как бы чего не вышло». Проще сжечь, чем подумать, а зачем. Так и уничтожили тираж без объяснения причин.

Книга на руках: впору только баюкать. Что ж, автор-составитель сего имеет право на подобную

— почти телесную — избыточность. Сохранилось всего несколько экземпляров этого, теперь уже коллекционного, издания. Один томик прижился в калифорнийском университете Беркли, аккурат на полке «Banned in Russia». Остальные, почти три тысячи, сожжены — все, ну или почти, за редким исключением.

Книга не самая обычная, хотя ничего экстраординарного в ней нет. Формат 84x108 1/32. Тираж 3000. Подписана в печать 20.11.2013. «Я в Лиссабоне. Не одна», 18+. Новеллы: чудом, что тот феникс, возродившиеся из пепла — живущие сами по себе в Сети.

Лирическое отступление: «В Москву я вернулся успокоенным и даже с некоторой гордостью: автор запрещенной книги!» — писал Владимир Гиляровский в 1888-м после сожжения его «Трущобных людей». Да, запрещенные цензурой книги сжигали в Сущевской полицейской части, и Гиляровский на казни своего детища присутствовал. Вроде бы, «Трущобные люди» — последняя книга, сожженная в царской России, вроде бы потом не жгли, а «просто» резали, уточняют знатоки, но в контексте нашего «Лиссабонского Дела» факт остается фактом: литература, увы, становится, политикой, а хотелось-то просто издать книгу о любви… Любой любви. Да только такая ведь и бывает: «Любая любовь» — слышите танцующий шепоток Вероники Долиной, нет?

Нет. Перестраховавшиеся менеджеры и юристы издательства АСТ, принявшиеся несколько лет назад с неподдельным интересом листать «греховную» книгу, похоже, о «любой любви» не слышали никогда, потому-то со склада в магазин тираж так и не попал. «Как бы чего не вышло», опять и снова: усмотрели в книжке с картинками (великолепные «ню» предваряют каждый из текстов), «пропаганду порнографии и гомосексуализма»: 2014-й — время закручивания весьма определенных интимных гаек.

Деталь: в свое время маркетологи попросили убрать с обложки книги слово «эротические», оставить только «новеллы», усмотрев в «эротическом», видимо, обсценную лексичку 40-го кегля с конгревом и тиснением красной фольгой… Когда же макет отправляли в типографию, издательские борцы за нравственность решили цензурировать и так называемую пластмассовую физиологию (на обложке изображены манекены): директивы «надеть на кукол трусы», замалевать «все это» для ясности — какие уж тут шутки! Редакторы «СПб Астрель» (питерское ответвление московского издательства АСТ) сносили сие стоически: хотелось выпустить книгу, среди авторов которой были, в частности, популярный польский писатель Януш Леон Вишневский, лауреат Премии Набокова Валерия Нарбикова, лауреат Премии Довлатова Мария Рыбакова, лауреат «Русской Премии» Татьяна Дагович, лауреат Премии «Русский Гулливер» Иван Зорин, прозаики Улья Нова, Владимир Лорченков, Мастер Чэнь, издатель Вадим Левенталь, репортер Марина Ахмедова — финалист почившего «Русского Букера», ударившийся в политику журналист Сергей Шаргунов, поэтесса Лия Кергетова, автор этих строк Наталья Рубанова — лауреат Премии «Нонконформизм», как и писатель Андрей Бычков, — и не только.

История эта, возможно, так и не всплыла б в СМИ, кабы не «фейсбучный пост» одного из литераторов, Константина Кропоткина, чей текст вошел в злополучный «исторический» сборник. Начинался он так: «Сожгли, представляете? Они сожгли. Был в книге и мой рассказ… Книга должна была увидеть свет в начале 2014 года, но до магазинов так и не добралась. Всякое бывает, подумал я, и забыл ту историю. Однако сегодня она ко мне вернулась. Тираж книги, оказывается, сожгли. *Я специально еще раз напишу: книгу эротических рассказов сожгли!* В России. Вот что во время недавнего обсуждения проблем современной российской прозы я услышал от Александра Прокоповича: «Почему не пишут про… трансгендеров и так далее. В свое время была выпущена книга «Я в Лиссабоне. Не одна». Тираж сожжен. Почему? Потому что там был рассказ, где один андроид имеет отношения с другим андроидом. Нам сказали: «Вы что! Это же пропаганда гомосексуализма». Как вы считаете, какой вменяемый издатель возьмет книгу хотя бы с намеком на «это»? Магазины «Москва», «Библиоглобус», «Дом книги», «Буквоед»… они эти книги просто не берут. Вот куда их писать? Куда их издавать?...» Вы звери, господа! Книгоиздатели, цензоры, вы все, придумавшие жечь книги. Вы сожгли какую-то часть меня!».

Но оставим эмоции. В свое время заключения о так называемом лиссабонском деле писали специально для юристов АСТ известные в литсреде люди. Член литературной академии «Большая книга» Анна Наринская, в частности, сформулировала отношение к этому сборнику так: «Эротическая проза, подобная новеллам, собранным в сборнике «Я в Лиссабоне. Не одна», — часть мейнстрима современной словесности. К началу XXI века литература и кинематограф успели раздвинуть рамки нашего восприятия до такой степени, что подобные сюжеты, поданные в художественном контексте, оказываются для читателя частью определенной традиции и рассматриваются с большой долей условности. Ни о какой порнографии здесь не может быть и речи. Задача литературы — описывать жизнь во всей ее полноте. Так что невозможно замолчать такую важную ее составляющую как чувственность, какими бы странными на взгляд «среднестатистического» человека ни были ее проявления. Искусство не было бы искусством, если бы предлагало нам только картины конвенциональных и благопристойных любовных отношений», ну а член ПЕН-клуба, доктор философских наук Константин Кедров отозвался о «греховном гомоандроидном» рассказе Дениса Епифанцева так: «"Джеймс", входящий в сборник любовно-эротических новелл «Я в Лиссабоне. Не одна», является художественным текстом и не имеет отношения как к так называемой гомопропаганде, так и порнографии. Иначе пришлось бы повторять уже пройденные ошибки с запретом «Улисса» Джойса и произведений Андре Жида, что совершенно недопустимо! Рассказ «Джеймс» представляет собой попытку заглянуть в душу Существа, получившего человеческое тело, и как бы заново и впервые его обретающего. Еще Платон писал в своих гениальных трактатах, что только на крыльях Эроса художник способен воспарить в небо. Цель порнографии, в отличие от литературы, — грубый телесный физиологизм, и ничего другого. У всех авторов сборника совершенно другие цели».

Вишенка на торте: темноаллейные истории Бунина, ныне эталон любовной прозы, тоже считались когда-то порнографией... что уж говорить о набоковской девочке Гумберта Гумберта! Когда запретят «Лолиту»? Или описание душевных мук педофила наносит меньший урон нравственности пост-совчела, нежели зарисовка вполне пристойных, «по обоюдному согласию» (важное для юристов уточнение), одно- и двуполых решений того самого чувства, которое испокон веков движет миром и думать не думает о каком-то там гендере? «Книжная водка, проклятая водка!» — привет от Розанова, который (привет) можно перефразировать, смутно улыбнувшись, как «Книжный гендер! Проклятый гендер!»...

Что ж, оскароносный Джордж Бернс когда-то иронизировал, называя секс «одной из девяти причин для реинкарнации», ибо «остальные восемь не важны». Проверить, была ли в его шутке доля правды, мы едва ли сумеем. Однако проникнуть в святая святых — «искусство спальни» — можем. И сделаем это легко, даже если под рукой не окажется печатного сего издания: сборник «Я в Лиссабоне. Не одна» с кошачьей грацией сам выгуливает себя по Сети.

Под одной крышей в книге «Я в Лиссабоне. Не одна» собраны авторы из России, Польши, Израиля, Америки, Германии, Украины. Проиллюстрировала сборник, в котором представлены самые разные по темпераменту и исполнению сюжеты, художница и прозаик Каринэ Арутюнова. В предисловии к сожженной книге она пишет: «Что такое, в конце концов, эта самая эротика, чтобы уделять ей так много времени и внимания? Можно и вовсе запретить. Но, странная штука, заметьте: чем больше ее запрещают, тем больше ее остается. Она, как тесто, выползает из тесной кастрюли, растет на дрожжах, того гляди перельется через край».

Так и есть. «В сущности, есть лишь один вид психической ненормальности — неспособность любить»: именно этот эпиграф Анаис Нин, предваряющий «пост-новодекамероновские» новеллы, говорит о состоянии этого общества. Впрочем, без моралите. Довольно того, что все — как почти целомудренные, так и весьма откровенные — тексты этого издания, объединяет одно: предельная искренность и открытость их авторов, чья райтерская карма явно не отягощена синдромом ханжи. Литературная дерзость: именно она и дает пищу для ума и тела, именно она и превращает обычное, казалось бы, соитие в акт любви или ее антоним.

Искусство Любить, или Ars Amandi: так называли в эпоху Ренессанса искусство наслаждения. Читайте. Наслаждайтесь.

Наталья Рубанова, автор-составитель книги

Об авторах книги «Я в Лиссабоне. Не одна»

***

Каринэ Арутюнова (1963): художник, прозаик, поэт, автор книг «Пепел красной коровы», «Скажи красный», «Нарекаци от Лилит», «Падает снег, летит птица», «Цвет граната, вкус лимона», «Дочери Евы» и других. Финалистка израильского литературного конкурса «Малая проза» (2009). Лауреат конкурса памяти поэта Ури Цви Гринберга в номинации «Поэзия» (2009). Шорт-лист Премии Андрея Белого в номинации «Проза» (2010, сборник рассказов «Ангел Гофман и другие»). Лонг-лист премии «Большая книга» (2011, «Пепел красной коровы»). Шорт-лист премии «Рукопись года» (2011, «Плывущие по волнам»). Лауреат премии НСПУ им. Вл. Короленко (2017, книга «Цвет граната, вкус лимона»). Автор иллюстраций к сборнику новелл «Я в Лиссабоне. Не одна». Живет на Украине и в Израиле.

Модеста Срибна (настоящее имя Елена Груздева, 1973): психоаналитик фрейдо-лакановского направления, http://gruzdeva.com.ua. Кроме частной практики занимается психоанализом феноменов культуры и искусства, пишет рассказы, эссе, принимает участие в международных театральных проектах Culture Bridges и др. Имеет публикации на тему психоанализа и искусства (научно-практический журнал «Форум психиатрии и психотерапии» (Львов, Украина), историко-теоретический журнал «Киноведческие записки» (Москва, Россия), электронный психоаналитический журнал «Лаканалия», ведущая колонки «Психоаналитические записки» в журнале «Перемены.ру», ведущая авторского блога на «Сигме» и др.) В прошлом — соучредитель и редактор журнала «YOGA» (Киев). Живет в Киеве.

Татьяна Дагович (1980): по образованию филолог, философ. Лауреат «Русской премии» (2017) и премии «Рукопись года» (2010). Автор книг «Ячейка 402» («Астрель-СПб», 2011), «Хохочущие куклы» («Астрель-СПб», 2012), «Продолжая движение поездов» («Время», 2018). Публикации в литературных журналах «Новая Юность», «Берлин.Берега», «Знамя», «Нева» и др. Живет в Германии.

Мария Рыбакова (1973): писатель, филолог. Окончила МГУ, изучала классическую филологию. Книги: «Анна Гром и ее призрак» («Глагол», 1999), «Братство проигравших» («Время», 2005), «Слепая речь» («Время, 2006), «Острый нож для мягкого сердца» («Время», 2009), «Черновик человека» («Эксмо», 2014), «Если есть рай» (журнальная публикация в «Знамени», 2018). Роман в стихах «Гнедич» (шорт-лист Премии Андрея Белого; изд. «Время», 2011). Лауреат литературных премий: «Глобус», «Антология», «Московский счет», «Дебют», «Студенческий Букер», «Русская премия», Премия им. Довлатова. Тексты переведены на английский, французский, немецкий и испанский. Изучала и преподавала древние языки (греческий и латынь). Живет в разных странах.

Денис Епифанцев. Прозаик, автор книги «Слова и жесты». Рассказ «Джеймс», входящий в наш сборник любовно-эротических новелл, во многом повлиял на решение цензоров издательства АСТ не допустить до магазинов, а затем и уничтожить тираж книги «Я в Лиссабоне. Не одна» 2014 года (как и тексты Владимира Лорченкова, не вошедшие в данное переиздание 2020 года).

Александр Кудрявцев (1979): окончил Санкт-Петербургский государственный университет по специальности «Журналистика». Автор романов «Не бойся никогда» («Эксмо»), «Железные волки» («Астрель»), «Время секир» («Астрель»), сборника рассказов «Превращения» (изд. «Keshey Wilson Publisher»), сценария компьютерной игры для компании «Meety Made». Автор рассказов в сборниках «Петербург-нуар» (переведен и издан в США), «Неоновая литература», «Всё включено», «Рюмка водки на столе» и других. Живет и работает репортером в Санкт-Петербурге.

Татьяна Розина (Росс): окончила философский факультет университета Ростова-на-Дону; училась в университете Кёльна. Практиковала семейным консультантом смешенных русско-немецких пар, в результате чего появились книга «Как выйти замуж за иностранца» (изд. «Совершенно секретно», 2005: в доп. варианте переиздавалась и в «Алетейя», СПб, 2015). Член русских писателей Германии (рассказы изданы в журналах более десяти стран; в России – в журналах «Нева», «Дон», «Огни Сибири», «Наша Москва»). Автор книг «Через замочную скважину» (изд. «Эдита-Гельзен», Германия, 2003), «Путь в Германию» (изд. «Библиотека Вавилона», Краснодар, 2007), «Кама с утра», «Картинки к Фрейду» (изд. «Ридеро»,

2015). Публиковалась в сборниках, в т.ч. на немецком: «Воспоминания из другой жизни» (изд. AM-Verlag, Königswinter, Германия, 2006), в альманахе «XXI век» под ред. Ольги Бешенковской (2004, 2009) и др. Внесена в книгу «Русские зарубежные писатели начала XXI века. Автобиографии» (изд. «Литературный европеец», ред. Вл. Батшев, Германия, 2013). Живет в Германии.

Иван Зорин (1959 – 2020): московский писатель, публицист и видеоблогер. Окончил Московский инженерно-физический институт, кафедру теоретической ядерной физики. Автор более десяти книг, среди которых: «В социальных сетях», «Аватара клоуна», «Зачем жить, если завтра умирать» и др. Член Союза писателей России. Лауреат премии «Русский Гулливер», Премии «Золотой Витязь» и Волошинского конкурса. Проза входила в лонг-листы премий «Ясная поляна» и «Национальный бестселлер».

Вячеслав Харченко (1971): окончил механико-математический факультет МГУ и аспирантуру Московского государственного университета леса, учился в Литературном институте им. Горького. Участник поэтической студии «Луч» при МГУ и литературного объединения «Рука Москвы». Член Союза писателей Москвы. Стихи печатались в журналах «Новая Юность», «Арион», «Знамя», «Эмигрантская лира» и др.; проза — в журналах «Октябрь», «Волга», «Новый Берег», «Крещатик», «Зинзивер», «Дети Ра», «Лиterraтура» и др. Автор четырех книг прозы. Лауреат Волошинского литконкурса (2007) и премии журнала «Зинзивер» (2016, 2017). Рассказы входили в короткие и длинные списки различных литпремий («Национальный бестселлер», «Ясная

Поляна», «Русский Гулливер», Премия Фазиля Искандера и др.), переводились на немецкий, китайский и турецкие языки. Живет в Москве.

Лия Киргетова (1976): по образованию историк. Поэтесса, прозаик, блогер. Автор поэтических сборников «Лилит», «Земля-Воздух», «Мак», «Куба рядом». Проза: «Ничья», «L», «Голова самца-богомола». Живет в Москве.

Сергей Шаргунов (1980): журналист и прозаик, общественный и политический деятель. Книги: «Свои» (АСТ, 2018), «Погоня за вечной весной» («Молодая гвардия», 2016), «1993. Семейный портрет на фоне горящего дома» (АСТ, 2013), «Книга без фотографий» («Альпина нон-фикшн», 2011) и др. Издания на английской, итальянском, французском языках. Литературные премии: «Эврика!» (2005), «Arcobaleno» (Италия, 2005), Международная литературная премия «Москва-Пенне» (2014), «Большая книга» (2 место; 2017) и другие. Живет в Москве.

Константин Кропоткин. Славист, журналист, прозаик. Печатается в России и в Германии. Книги: «Содом и умора», «Дневник одного г.», «Сожители», «Живут такие парни» и др. Рассказы публиковались в сборниках «Либерти-лайф», в сборниках издательства «Квир». Ведет проект #содомиумора. Живет в Берлине.

Андрей Бычков (1954): окончил физический факультет МГУ и Высшие курсы сценаристов и режиссеров. Кандидат физико-математических наук. Учился также на гештальт-терапевта в Московском гештальт-институте. Автор и преподаватель оригинального творческого курса «Антропологическое письмо». Писатель, сценарист, эссеист, автор 18 книг, опубликованных в России и за ее пределами (в частности, проза – «Олимп иллюзий», «Вот мы и встретились», «Переспать с идиотом», сборник интервью и эссе «Авангард как нонконформизм» и др.). Книги и отдельные рассказы выходили в переводах на английский, французский, сербский, испанский, китайский и немецкий языки. Лауреат литературных премий «Нонконформизм», «Silver Bullet» (USA), «Тенета» и др., финалист Премии «Антибукер» и Премии Андрея Белого. Призер нескольких кинематографических конкурсов (за сценарии); сценарист культового фильма Валерия Рубинчика «Нанкинский пейзаж». Живет в Москве.

Валерия Нарбикова (1958): прозаик, художница. Окончила Литературный институт, печаталась в журналах «Знамя», «Крещатик», «Юность» и др. Изданы шесть книг в России, а также пять (в переводах) — во Франции, Германии, Голландии, Италии, Чехословакии. Удостоена присуждавшейся журналом Александра Глезера «Стрелец» Премии им. Набокова (1995, 1996), а также Серебряной медали Международного фестиваля фестивалей «ЛиФФт» (2017). Книги в переводах: «Около эколо». — Париж: «Альбен Мишель», 1992. (голл. яз.); «Равновесие света дневных и ночных звезд». — Амстердам: «Верелдбиблиотик», 1992; «Около эколо». — Амстердам: «Верелдбиблиотик», 1993 (нем. яз.); «Равновесие света дневных и ночных звезд»: Франкфурт-на-Майне: «Зуркамп», 1993; «Пробег — про бег» — Франкфурт-на-Майне: «Зуркамп», 1994. Живет в Москве.

Улья Нова (1976). Прозаик, автор книг «Инка», «Лазалки», «Реконструкция Евы», «Собачий царь», «Чувство моря» и др. (изд. ЭКСМО, АСТ). Дипломант международной литературной премии им. Бабеля за рассказ «Аккордеоновые крылья». Публикации в литературных журналах «Дружба народов», «Этажи», «Лиterraтура» и др. Живет в Москве и Риге.

Илья Веткин (настоящее имя Илья Шаблинский, 1962): по образованию юрист. Прозаик, лауреат Премии «Русский Декамерон» (2003), автор романов «Виновницы торжеств» («Астрель», 2005), «Зрелище на любителя» («Астрель», 2006), «Странница» («Центрполиграф», 2009), а также рассказов в сборниках «Всё включено» (2012), «Рюмка водки на столе» (2014) и др. Живет в Москве.

Вадим Левенталь (1981): прозаик и публицист, редактор. Окончил филологический факультет СПбГУ. Вел авторские колонки в изданиях «Соль», «Частный корреспондент», «СПб Ведомости», «Известия», «RT» и др. Более десяти лет работал в редакции издательства «Лимбус Пресс», сейчас руководит авторским импринтом в издательстве «Флюид FreeFly». Ответственный секретарь премии «Национальный бестселлер». Автор романа «Маша Регина» и сборника рассказов «Комната страха». Живет в Санкт-Петербурге.

Мастер Чэнь (настоящее имя Дмитрий Косырев, 1955): востоковед, журналист, политический обозреватель, прозаик; работает преимущественно в жанре детективной и историко-приключенческой литературы. Окончил ИСАА и Наньянский университет в Сингапуре. Автор более десяти книг (изд. «АСТ», «Эксмо»): «Любимая мартышка дома Тан», Любимый ястреб дома Аббаса, «Шпион из Калькутты. Амалия и Белое видение», «Шпион из Калькутты. Амалия и генералиссимус», «Любимый жеребёнок дома Маниахов», «Магазин воспоминаний о море», «Дегустатор», «Шпион из Калькутты. Амалия и золотой век», «Этна (Дегустатор-2)», «Магазин путешествий Мастера Чэня».

Наталья Рубанова (1974): прозаик и драматург // литературный критик и литагент. Член Союза российских писателей. Лауреат Премии «Нонконформизм», Премии журнала «Юность», Премии им. Тургенева. Лауреат Премии им. Хэмингуэя (Торонто, номинация «Публицистика»). Лауреат конкурса «Литодрама». Финалист фестиваля монопьес «SOLO» (Art-VicTheatre, Лондон, 2018). Финалист драматургического конкурса «Действующие лица» (лонг-лист, 2019) и конкурса «Время драмы». В Донкастере (Великобритания) в MediLab-Centre по мотивам первой книги поставлен спектакль «Violet» (на английском языке). Автор 4 книг (сборники рассказов и повестей «Москва по понедельникам»: изд. «Узорочье», 2000; «Коллекция нефункциональных мужчин»: изд. «Лимбус Пресс», 2005; «Люди сверху, люди снизу», изд. «Время», 2008; роман «Сперматозоиды», изд. «Эксмо», 2013) и публикаций в литжурналах России, Финляндии, Германии, Канады, США («Знамя», «Новый мир», «Урал», «Волга», «Новый Свет», «LiteraruS», «Крещатик», «Eleven-Eleven» (США, на англ. яз.), веб-журнал «Перемены», «Литеrrатура», «Топос» и др.). Авторсоставитель книги «Я в Лиссабоне. Не одна» («Астрель СПб», 2014; переиздание 2020 года в Издательстве Алекса Минца). Живет в Москве.

Вместо постскриптума

Что такое, в конце концов, эта самая эротика, чтобы уделять ей так много времени и внимания? Можно и вовсе запретить. Допустим, взять и сжечь книгу. Весь тираж.

Нет, не допустим. Действительно сжечь. Как будто и не было никогда.

Подбрасывать книгу за книгой, ворошить угли, чтобы лучше, значит, горела.

Ярче. Убедительней.

Смотреть не отрываясь, как пламя охватывает бумагу, страницу за страницей, строку за строкой, букву за буквой.

Как корчатся герои, как исчезают сюжеты, лица, миры. Так спокойней.

Но, странная штука, заметьте: чем больше ее запрещают, тем больше ее остается. Она, точно тесто, выползает из тесной кастрюли, растет на дрожжах, того гляди — перельется через край.

Конечно, есть такие люди, я слышала, которые прекрасно обходятся без этой самой эротики. Живут себе, детей рожают, цветы поливают, исправно ходят на работу и обладают массой положительных характеристик. Например, они редко опаздывают. Всегда говорят правду. Встают по будильнику. Постель у них заправлена, воротнички отглажены, ботинки начищены, взносы уплачены на год вперед. Эротику как таковую они давно отменили за ненадобностью, осталось запретить ее везде. Отменить, изъять, вычеркнуть, чтобы и следа не было, и духа.

На самом деле, эротика — она как бы есть, и ее вроде нет. В карман ее не положишь и на замок не запрешь. И как только начнешь думать о чем-то специально эротическом, оно тут же скисает. И рвется на волю, в джунгли, в прерии, в пампасы. Потому что в пампасах этих самых — и слова такого нет. И запрещать нечего, и бояться. А если вы спросите у них — ну что, друзья, как у вас тут обстоят дела с эротикой, то, скорее всего, вас просто не поймут, и придется долго объяснять, о чем же на самом деле вам хотелось поговорить. Но если и тогда вас не поймут, попробуйте это спеть или станцевать. Попробуйте не называть вещи своими именами. Придумать новые. Имена и эпитеты. Попробуйте описать это.

Неуловимое, ускользающее, зыбкое.
Постарайтесь забыть само это слово.
И тогда есть шанс, что вас все же услышат.

Каринэ Арутюнова,
автор иллюстраций к этой книге

Содержание

Приложение. Об этой книге

Литературно-художественное издание

Я в Лиссабоне. Не одна

Любовно-эротические новеллы

Составитель: *Наталья Рубанова*
Иллюстрации: *Каринэ Арутюнова*

Ottawa, Accent Graphics Communications, 2020